MICHAEL GERWIEN

Wolfs Killer

TÖDLICHER WAHN Der Münchner Journalist Wolf Schneider ist nach wie vor auf der Flucht vor den amerikanischen und deutschen Behörden. Gemeinsam mit dem kriminellen amerikanischen Politiker Arthur Smith landet er auf Kuba. Wolfs Halbschwester Eva ging auf der nächtlichen Überfahrt mit Arthurs Jacht über Bord. Die stundenlange Suche der beiden nach ihr verlief ergebnislos. Zuviel für Wolf. Erst Rebekka, seine Frau. Dann Roman, sein bester Freund. Nun auch noch Eva. Von den ungerechtfertigten Mordbeschuldigungen seitens der deutschen Polizei gegen ihn ganz zu schweigen. Er verliert seinen Lebenswillen. Lässt sich gehen. Gemeinsam mit Arthur. Koks, Alkohol und Frauen bestimmen ab jetzt ihren Alltag. Bis sie in eine lebensgefährliche Schießerei geraten. Geschah alles nur wegen der Konstruktionspläne für eine revolutionäre Laserkanone, hinter der die halbe Welt her ist? Wie auch Alejandro Gonzales, ein undurchsichtiger mexikanischer Geschäftsmann mit angeblichen Verbindungen zum Militär. Der Auftragskiller Dorian tötet ungeachtet aller Zweifel weiter.

© A. Biedermann

Michael Gerwien lebt in München. Er arbeitet dort als Autor von Krimis, Thrillern, Kurzgeschichten und Romanen. Darüber hinaus ist er auch Musiker und begleitet seine Lesungen selbst mit Musik.

Bisherige Veröffentlichungen im Gmeiner-Verlag:
Gründerjahr (2018)
Schattenrächer (2017)
Schattenkiller (2016)
Stückerlweis (2016)
Brummschädel (2015)
Krautkiller (2015)
Andechser Tod (2014)
Wer mordet schon am Chiemsee? (2014)
Jack Bänger (E-Book. 2014)
Alpentod (2014)
Mordswiesn (2013)
Raintaler ermittelt (2013)
Isarhaie (2013)
Isarblues (2012)
Isarbrodeln (2011)
Alpengrollen (2011)

MICHAEL GERWIEN

Wolfs Killer

Thriller

GMEINER SPANNUNG

Ganz herzlichen Dank an meine Lektorin Claudia Senghaas, die meine Projekte so hervorragend unterstützt.

Im Ehnried 5, 88605 Meßkirch
Telefon 07575/2095-0
info@gmeiner-verlag.de

1. Auflage 2018

Lektorat: Claudia Senghaas, Kirchardt
Herstellung: Mirjam Hecht
Umschlaggestaltung: U.O.R.G. Lutz Eberle, Stuttgart
unter Verwendung eines Fotos von: © CPN / Fotolia.com
Druck: CPI books GmbH, Leck
Printed in Germany
ISBN 978-3-8392-2353-6

Personen und Handlung sind frei erfunden.
Ähnlichkeiten mit lebenden oder toten Personen
sind rein zufällig und nicht beabsichtigt.

1

Dienstag, 22.05 Uhr, Havanna, Kuba.

»5.000 Peso für 100 Gramm? Kommt mir reichlich teuer vor, mein Freund.« Arthur sah den dunkelhäutigen Kubaner, der auf der anderen Seite des Tresens stand, mit gerunzelter Stirn an.

»Ist verdammt guter Stoff, Mann.« Der Barkeeper mit den langen schwarzen Haaren wich Arthurs vorwurfsvollem Blick nicht aus.

»Ich geb dir 3.000. Mehr hab ich noch nie bezahlt.«

»Zu wenig.«

»Lassen wir's.« Arthur machte Anstalten, sich von seinem Barhocker zu erheben.

Wolf, der die ganze Zeit über neben ihm gesessen hatte, stand ebenfalls auf.

Arthur hatte ihn hierher in diese düstere Kaschemme am Stadtrand von Havanna geführt. Nur er, Arthur und der Kubaner hinter der Bar waren anwesend.

Der Laden sei ein todsicherer Tipp von einem guten Bekannten, hatte Arthur gemeint, als sie vor zwei Stunden im Hafen festmachten. Eine echte Bruchbude.

Aber es gäbe dort den besten Stoff auf Kuba.

Ohne Koks würde er keine weitere Stunde überleben. Er müsse unbedingt dorthin. Sofort. Da könne Wolf mit seiner Pistole herumfuchteln, wie er wolle. Ihm wäre das egal.

»Okay«, sagte der Kubaner jetzt schnell.

»Was okay? 3.000? Also doch?«

Arthur hielt inne. Er sah ihn neugierig an.

»3.000 Peso.« Der Mann nickte. Er schob einen dursichtigen Plastikbeutel mit weißem Pulver darin über den Tresen.

»Na gut.« Arthur überreichte ihm im Gegenzug ein Bündel Scheine.

Der Barmann leckte Daumen und Zeigefinger feucht. Zählte routiniert.

»Ist gut, Mann«, sagte er schließlich. »Probiert hast du ja schon.«

»Ja, ja. Alles klar.« Arthur winkte ab.

Wolf und er verabschiedeten sich.

Draußen stand das Taxi, mit dem sie vom Hafen aus hergekommen waren. Der Fahrer wartete wie versprochen auf sie.

Sie stiegen ein. Hatten gar nicht mehr damit gerechnet, dass er noch hier war. Immerhin hatten sie eine gute halbe Stunde lang wegen des Stoffs verhandelt. Er versprach sich wohl ein großzügiges Trinkgeld von den reichen Amerikanern.

2

Dienstag, 22.15 p.m., Washington D.C., USA.

»Vergiss es, Thomas. Die Sache mit Arthur Smith und seiner Frau ist nicht länger von nationalem Interesse. Wir sollen nicht weiterermitteln.«

»Ich will den Dreckskerl aber unbedingt erwischen.« CIA-Agent Thomas Fox sah seinen direkten Vorgesetzten Walter Spinner mit einem fanatischen Blick an. »Er hat mich verarscht, als er mir aus seiner Villa entkam. Das kann ich nicht auf mir sitzen lassen.«

»Und ich sage dir nochmal: Vergiss es. Wir sollen Smith in Ruhe lassen. Und wenn das so ist, tust du das auch. Der Befehl kam von ganz oben.« Walter trank einen Schluck von dem Whiskey, den ihm der Kellner gerade vor die Nase gestellt hatte. Sein dritter.

Der Alkohol begann zu wirken.

Er entspannte sich zusehends. Fuhr sich langsam mit der Hand durch seine kurzgeschnittenen grauen Haare.

»Oder willst du ein Disziplinarverfahren riskieren?«, fragte er Thomas.

»So scharf geschossen wird wegen diesem Smith?« Thomas zog erstaunt die Brauen hoch. »Der muss ja mächtige Freunde haben. Versteh mich nicht falsch, Walter. Ich hab nichts persönlich gegen ihn. Er steht rein äußerlich betrachtet auf der richtigen Seite. Konservativ wie wir.«

Er trank ebenfalls einen Schluck Whiskey. Stellte anschließend sein Glas auf den blankpolierten Tresen zurück. »Aber irgendwas stimmt mit dem nicht. Sonst wäre er nicht auf Nimmerwiedersehen verschwunden«, fügte er hinzu.

Dunkles Holz, viel Glas, geschmackvolle Stühle und Tische. »Richies Bar« in der Innenstadt war eine sogenannte »gute« Adresse.

Gehobenes Publikum wie Geschäftsleute, Anwälte, die Erfolgreichen der Showbranche. Aufrechte Amerikaner.

Schwarze Gäste oder reiche Latinos waren hier die Ausnahme. Da bekam man noch eher gelegentlich einen wohlhabenden Russen zu sehen.

»Mächtiger als wir zwei zusammen sind seine Freunde auf jeden Fall. Also lass ihn besser in Ruhe. Geh lieber mal ins Puff und lass ordentlich Dampf ab. Zum Beispiel bei einem hübschen Dreier. Siehst aus, als könntest du es gut gebrauchen.« Walter lachte markig.

»Hör mir bloß auf. Da gibt es doch nur noch Latinoschlampen und Negerinnen.« Thomas lachte nicht. Er blickte entrüstet drein.

»Was gibt es an Latinoschlampen und Negerinnen auszusetzen? Solange sie große Titten und einen geilen Arsch haben, sind sie genauso gut wie alle anderen.« Walter lachte erneut.

»Eben nicht. Was meinst du, was du dir bei denen alles holen kannst.« Thomas hob den Zeigefinger.

»Davor kann man sich schützen. Ich sag nur Gummi.«

»Nichts für mich.« Thomas schüttelte seinen inzwischen hochroten Kopf. »Du kannst gerne eine von diesen Schlampen ficken, wenn du unbedingt willst. Ich bleib lieber gesund. Kann's abwarten, bis ich ein sauberes weißes Girl kennenlerne. Amerikanisch, blondes langes Haar, nett, gläubig. Ehemalige Cheerleaderin oder sowas. Gutes Elternhaus, nicht zu dumm, nicht zu schlau. Sowas will ich. Verstehst du, Mann?«

»Schon gut. Reg dich wieder ab. Sind sowieso alles Schlampen. Hier wie dort.«

Walter trank erneut einen Schluck Whiskey.

»Ich will mich aber nicht abregen. Außerdem sind eben nicht alles nur Schlampen. Es gibt sie noch, die anständigen Girls. Davon bin ich überzeugt.«

»Träum weiter.«

»Mann, dieser Smith lässt mir keine Ruhe, Walter. Die Sache stinkt gewaltig. Glaub es mir. Ich rieche es förmlich.«

Thomas starrte brütend in das riesige verspiegelte Flaschenregal vor ihnen.

3

Dienstag, 22.30 Uhr, Havanna, Kuba.

»Auch mal, Peter?« Arthur zeigte auf die Line Koks, die er auf dem runden Holztisch im Wohnraum seiner Luxusjacht zurechtgeschoben hatte.

»Lieber nicht.« Wolf schüttelte den Kopf.

Er fühlte sich denkbar schlecht.

Führte sich gerade die turbulenten Ereignisse der letzten Wochen noch einmal kurz vor Augen. Konnte kaum klar denken.

Versuchte trotzdem, Ordnung in seinen Kopf zu bringen.

Erst wurde seine Frau Rebekka ermordet.

Danach starb sein bester Freund Roman.

Nach Rebekkas Tod hatte er geschworen, den Auftraggeber des Profikillers, der sie auf dem Gewissen hatte, zu finden. Sich an ihm zu rächen. Den Killer selbst, einen gewissen Nobody, hatte er bereits in München getötet.

Vor kurzem hatte Wolf eine Zeit lang vermutet, dass Arthur der Auftraggeber war. Doch der Verdacht hatte sich bald wieder abgeschwächt. Arthurs Verhalten ließ keinerlei Schlüsse darauf zu, dass es stimmte.

Letzte Nacht war auf hoher See auch noch Wolfs Halbschwester Eva über Bord gegangen. Auf der gemeinsamen Flucht aus den USA mit Arthur.

Dass sie gar nicht miteinander verwandt waren, hatte sie ihm erst kurz vorher erzählt. Ihre Mutter, die seine Stiefmutter war, hatte es ihr vor ihrer Abreise aus Deutschland gestanden.

Warum auch immer. Späte Reue vielleicht. Altersschwachsinn.

Nichts als Chaos.

Wolf wünschte, er wäre zuletzt netter zu Eva gewesen. Nicht so abweisend.

Zu spät.

Bis auf seine entsetzliche Stiefmutter hatte er jetzt endgültig keine Familie mehr.

Verdammt noch mal. Der reinste Albtraum das alles.

Wie sollte es nur mit ihm weitergehen?

»Ich weiß übrigens immer noch nicht, wieso wir nicht nach Mexiko oder Kolumbien geschippert sind, um dein Koks zu holen«, fuhr er an Arthur gewandt fort, um sich von seinen dauerkreisenden trüben Gedanken abzulenken. »Wo haben die das hier überhaupt her?«

Er setzte sich zu ihm an den Tisch. War dem seltsamen Vogel wirklich zu trauen? Auf jeden Fall wäre es sicher besser, ihm gegenüber bei dem Tarnnamen Peter Müller zu bleiben.

»Die Kolumbianer schmuggeln es seit etlichen Jahren in Kleinflugzeugen außer Landes. Werfen es anschließend hier in der Nähe der Insel ab. Weil die USA in diesen Gewässern nicht kontrollieren dürfen.«

»Sie lassen es auf dem Meer nach Florida treiben?« Wolf machte ein verdutztes Gesicht.

»Quatsch. Die amerikanischen Großhändler fahren auf Speed Boats her. Fischen das Zeug aus dem Wasser und bringen es zu sich nach Hause, um es dort weiterzuverkaufen.«

»Und wie landet es hier auf der Insel?«

»Etliche Pakete, die auf dem Wasser schwimmen, werden von den Dealern nicht mehr gefunden. Auch die hiesigen Behörden übersehen Massen davon.«

»Und die holen sich Leute wie dieser Barkeeper vorhin?«

»Du sagst es.« Arthur grinste. »Verrückte Welt, was? Weil der Stoff direkt aus Kolumbien kommt, ist er auch so unglaublich gut. Da waren noch keine Zwischenhändler dran, die das Zeug strecken und verschneiden.«

»Schau an, schau an.« Wolf staunte nicht schlecht. »Und das ist heute noch so?«

»Sicher. Glaub ich zumindest. Wenn nicht, ist es mir auch egal. Auf jeden Fall ist der Stoff astrein. Nicht vielleicht doch eine kleine Kostprobe?«

Wolf zögerte.

»Na gut«, sagte er schließlich. »Schlimmer als es ist, kann alles sowieso nicht mehr werden.«

Er hatte im Grunde keine Ahnung, wie sein Leben weitergehen sollte. Alles war aus dem Tritt geraten.

Sobald er den oder die wahren Hintermänner von Rebekkas Mörder zur Strecke gebracht hatte, würde er sich Gedanken darüber machen. Herausfinden, ob er selbst ebenfalls sterben oder lieber weiterleben wollte.

»Das hier heitert dich bestimmt auf.«

Arthur drückte ihm grinsend die zusammengerollte Hundertdollarnote in die Hand, mit der er sich selbst gerade eine großzügige Menge des feinen weißen Pulvers in die Nase gezogen hatte.

4

Dienstag, 22.30 Uhr, Nuevo Laredo, Mexiko.

»Auch noch einen Drink?« Alejandro Gonzales sah seine neue Freundin aus den USA fragend an.

»Gerne«, erwiderte Jane. »Mit viel Eis, bitte.« Sie lächelte ihm verliebt zu.

»Okay. Bin gleich wieder da.« Er erhob sich gewandt aus seinem bequemen Ledersessel.

Tolle Lichteffekte. Moderne Designermöbel. Sorgfältig aufeinander abgestimmte Farben. Der exklusive »Club 222« in der Innenstadt von Nuevo Laredo, in den er sie eingeladen hatte, war geschmackvoll eingerichtet.

Jane musste an Arthur denken. Wie so oft, seit sie vor wenigen Tagen vor ihm aus Baltimore geflohen war. Was hatte ihren Ehemann in letzter Zeit nur so krass verändert?

Das Koks? Der viele Alkohol? Berufliche Probleme?

Alles zusammen?

Sie wusste keine befriedigende Antwort darauf.

Er hatte sie zuvor noch nie geschlagen. Vor einigen Tagen dann doch. Hatte ihr gar keine andere Wahl gelassen, als möglichst schnell zu verschwinden.

Nicht dass es ihr noch genauso ergangen wäre wie ihrer Kurzaffäre John Ferrari. Arthur hatte ihn umgebracht oder umbringen lassen. Das war zwar nicht bewiesen. Aber in ihren Augen so gut wie sicher.

Dass er sie suchte oder suchen ließ auch.

Sie hoffte inständig, dass man sie daheim nicht selbst des Mordes an John verdächtigte. War jedoch gleichzeitig voller Angst, dass es längst geschehen war. Gewiss hatte sie überall in seinem Haus Fingerabdrücke und Spuren mit ihrer DNA hinterlassen.

Das hieße dann wohl, dass sie für immer hier in Mexiko im Exil bleiben müsste.

»So nachdenklich?« Alejandro war mit ihren Drinks zurück. Er setzte sich.

»Es war eine anstrengende Zeit für mich in den letzten Tagen.«

Gott sei Dank hatte sie den gut aussehenden ritterlichen Mexikaner kennengelernt. Er wirkte so selbstsicher. Ein Restaurantbesitzer. Kräftig, muskulös und intelligent.

In seiner Gegenwart schien es keine Probleme zu geben. Genau das, was sie im Moment brauchte.

»Möchtest du darüber reden?« Er lächelte zurückhaltend.

»Weiß nicht.«

»Na komm schon. Du kannst mir vertrauen.«

Das hat Arthur auch immer gesagt. Am Anfang zumindest.

»Ich hatte Ärger mit meinem Mann.«

»Du bist verheiratet? Hätte ich mir denken können. Eine schöne Frau wie du ist nicht alleine. Da war ich wohl ein wenig naiv.« Er stellte ihre Drinks auf dem Tisch ab. Sein verschlossener Gesichtsausdruck dabei beunruhigte sie.

»Bin ihm davongelaufen. Will ihn nie wiedersehen«, beeilte sie sich zu sagen, bevor er am Ende beleidigt und verletzt das Lokal verließ.

Sie wollte nicht alleine sein.

Nicht jetzt, nach der Flucht aus ihrem bisher trotz allem wohlbehüteten Leben hinein ins Ungewisse.

5

Dienstag, 22.35 Uhr, Havanna, Kuba.

»Wow! Das haut rein. Ich bin hellwach.«

Wolf zog erfreut die Mundwinkel nach oben. Er gab Arthur seine zusammengerollte Hundertdollarnote zurück. Lehnte sich genießerisch in seinen Ledersessel.

»Ich hab's dir ja gesagt«, erwiderte Arthur, während er seinen Geldschein einsteckte. »So schäbig der Schuppen aussieht, so genial ist das Koks, das sie dort verticken.«

»Echt großartig. Ich fühl mich schon viel besser. Und jetzt?« Wolf klatschte unternehmungslustig in die Hände.

»Wie *und jetzt*?« Wolfs schneller Stimmungswandel schien Arthur zu überraschen. Obwohl er die aufputschende Wirkung von gutem Koks selbst am besten kennen musste.

»Machen wir in der Stadt einen drauf?« Wolf musste andere Menschen sehen, bevor er völlig durchdrehte. Er dachte schon wieder an Eva.

War sie tatsächlich ertrunken?

Hatten die Haie sie getötet?

Trieb sie noch auf dem Wasser?

Wurde sie von zufällig vorbeikommenden Fischern gerettet?

Immerzu dieselben quälenden Fragen. Sie bereiteten ihm inzwischen nahezu körperliche Schmerzen.

»Klar, Mann.« Arthur nickte begeistert. »Ich kenne hier einige Klubs, in denen es voll abgeht.«

»Dann nichts wie los.« Wolf straffte sich. »Alles wird gut.«

Sag's möglichst oft laut, dann glaubst du sogar irgendwann dran.

»Sicher, mein Freund.« Arthur streifte schwungvoll sein Jackett über.

Beide hatten sich bereits vor ihrem Ausflug in die Kokskneipe in Schale geworfen.

Wolf trug einen Anzug, den ihm Arthur großzügiger Weise aus seinem eigenen Fundus überlassen hatte. Er war ihm zu weit und zu kurz. Aber alles in allem noch im Rahmen.

Sie sahen gut aus.

Mit Koks im Kopf betrachtet, sogar richtig gut.

6

Dienstag, 22.40 p.m., Washington D.C., USA.

»Ich werde Smith finden, Walter. Vielleicht bin ich dabei einer großen Sache auf der Spur.« Thomas Fox sah seinen Chef vielsagend an.

»Was meinst du?«

»Ist gut möglich, dass er etwas mit den Morden an Bart Ewing und Tom Jansen zu tun hat. Und mit diesen Plänen für eine neue Laserwaffe, von denen die beiden anscheinend zu viel wussten.« Thomas redete sich immer mehr in Rage.

»Jetzt hör aber auf«, protestierte Walter kopfschüttelnd. »Dafür gibt es nicht den geringsten Beweis. Das ist ein reines Hirngespinst von dir. Nur weil dir jemand entkommen ist, musst du nicht gleich total austicken. Jeder macht mal einen Fehler. Auch du.«

»Aber ich habe bei dem Kerl ein richtig ungutes Gefühl.« Thomas bedeutete dem Barkeeper, zwei weitere Whiskeys zu bringen. »Ich weiß genau, dass er ein ganz übler Typ ist. Frag mich nicht woher, aber ich weiß es.«

»Du spinnst, Tom. Geh am besten ins Bett und schlaf dich aus.« Walter sah sich in der Bar um, die sich jetzt immer mehr füllte.

Junge und alte Durchschnittsbürger, die aus dem Kino oder dem Theater kamen, waren darunter.

Bunte Nachtschwärmer.

Engumschlungene Liebespaare.

Einsame Singles. Darunter auch attraktive Vertreterinnen des anderen Geschlechts.

Jagdzeit.

Er rückte mit einem kurzen Räuspern seinen Schlips zurecht. Setzte sich in Positur, sodass er selbst alles besser im Blick hatte und gleichzeitig bereits vom Eingang aus gesehen werden konnte.

»War es das etwa für dich? Ist unser Gespräch damit beendet?« Thomas sah ihn mit vor Empörung hochrotem Kopf an.

»Richtig. Entweder du entspannst dich endlich oder du verschwindest. Ich hab jedenfalls Feierabend.« Walter lächelte einer auffälligen Blondine zu, die sich mit wiegenden Hüften dem Tresen näherte.

Sie lächelte eindeutig zurück.

»Weißt du was, Walter. Du kannst mich mal. Ich kündige.«

Thomas knallte wutentbrannt seinen Dienstausweis auf den Tresen. Er warf 30 Dollar für den Whiskey hinterher, drehte sich auf dem Absatz um und stapfte hinaus.

»Verdammter Hitzkopf.« Walter sammelte kopfschüttelnd Geld und Ausweis ein. Er steckte beides in die Innentasche seines Jacketts. »Morgen kommt er jaulend angerannt und will seine Marke zurück.«

»Hallo, Fremder.« Die Blondine, die inzwischen bei ihm angekommen war, trug ein laszives Lächeln im Gesicht. »Muss dein Freund schon ins Bettchen?«

»Hallo, Schätzchen.« Er lächelte zurück. »Der ist müde. Im Gegensatz zu mir. Was trinken wir beiden Hübschen?«

»Sag du's.« Sie klimperte mit ihren verlängerten Wimpern.

»Irgendwas Scharfes würde zu dir passen.«

»Findest du?« Sie kicherte amüsiert.

»Absolut.«

»Gut. Dann also was Scharfes.«

»Okay.« Er winkte den Kellner herbei.

Klar. Sie war eine Nutte, die es nur auf sein Geld abgesehen hatte. Aber wen juckte es.

Wenigstens war sie weiß und sah fantastisch aus. Hätte bestimmt sogar Thomas gefallen. Dämlicher Choleriker.

Er würde nie mehr mit diesem Idioten auf ein Bier gehen. Jedes Mal versaute er ihm den Abend mit seinem nervigen Gejammer.

»Ich bin Angel«, sagte sie.

»Natürlich bist du das.« Er grinste anzüglich. »Ein echter Engel, den mir der liebe Gott geschickt hat.«

Nichts wie ran, Alter. Mit etwas Glück hat sie nichts Ansteckendes.

Er hasste Gummis. Sie beengten ihn.

Man fühlte sich nur als halber Mann damit.

»Du hast ganz schöne Muskeln.« Sie strich langsam über seinen Oberarm.

»Nicht nur an den Armen, Schätzchen.«

7

Dienstag, 22.50 p.m., Columbus, Ohio, USA.

Dorian wischte langsam das Blut von dem Jagdmesser, mit dem er gerade Jane Smiths jüngerer Schwester Mara die Kehle durchgeschnitten hatte. Er benutzte ein Papiertaschentuch dazu.

Als er fertig war, spülte er es in der Toilette hinunter.

Vor der finalen Schächtung hatte er sie überall geritzt. Mal tief, mal sehr tief, mal weniger tief. Ganz nach Gefühl. An den Stellen, an denen es besonders schmerzhaft war, hatte er sich extra viel Zeit damit gelassen.

Sie hatte geschrien wie am Spieß.

Ihn unentwegt mit zitternder Stimme um Gnade angefleht.

Dummes Ding. Ihre eigene Schuld. Hätte sie ihm einfach nur gesagt, wo sich ihre Schwester Jane aufhielt. Alles wäre gut gewesen.

Aber nein. Frauen mussten immer ihren eigenen Kopf haben. Waren prinzipiell rücksichtslos.

Er warf einen letzten kontrollierenden Blick auf Maras blutüberströmten nackten Körper, der gefesselt an einem Küchenstuhl hing.

Alles gut. Sie rührte sich nicht. War zweifellos tot. Ausgeblutet.

Sie würde niemandem von ihm erzählen.

Er nahm ihre Brieftasche. Durchwühlte das Haus, um es nach einem Raubmord aussehen zu lassen.

Verschwand in der Dunkelheit.

Zu Fuß, wie er hergekommen war.

Maras und Janes Mutter Lotti wohnte nicht weit weg in der Nachbarschaft. Vielleicht hatte er bei ihr mehr Glück.

8

Dienstag, 23.00 Uhr, Nuevo Laredo, Mexiko.

»Da war jemand. Ein Schatten.« Jane zeigte in die kleine unbeleuchtete Gasse, die rechts von ihrem Weg abging.

»Ich hab nichts gesehen«, erwiderte Alejandro. »Pepe, Julio, schaut mal nach, was da los ist.«

»Alles klar, Boss.«

Ihre Begleiter zogen ihre Pistolen aus den Achselholstern. Sie verschwanden mit lautlosen Schritten in der Dunkelheit.

»Warum sind deine Angestellten bewaffnet?«, wollte Jane flüsternd wissen. »Sind das Bodyguards? Ich dachte, sie sind Kellner in deinem Restaurant.«

»Mexiko ist ein gefährliches Land«, raunte ihr Alejandro zu. »Ohne Waffe bist du hier verloren.«

»Wieso trägst du keine?«

»Ich hab meine Jungs.«

»Stimmt.« Ein unbestimmtes Lächeln huschte über ihr Gesicht.

Sie verspürte den Anflug einer Ahnung, dass mit ihm etwas nicht stimmte. Was genau es war, konnte sie nicht sagen. Also ignorierte sie ihre aufkeimenden Zweifel gleich wieder.

Schließlich musste sie nicht alles wissen.

Sie hörten einen Schuss aus der Richtung, in die Pepe und Julio geeilt waren.

Jane schmiegte sich ängstlich an Alejandros Oberkörper.

»Nur ruhig«, sagte er, während er seinen Arm um ihre Schulter legte. »Die beiden sind die Besten in ihrem Job.«

»Ist es hier wirklich so gefährlich?«, fragte sie.

»Solange du in meiner Nähe bist, kann dir nichts passieren.«

»Gut zu wissen.« Sie lächelte dankbar.

»Da war nur eine Katze«, berichtete Pepe, als er und Julio fünf Minuten später zurückkamen.

»Warum habt ihr dann geschossen?« Alejandros Stimme schnitt wie ein Peitschenhieb durch die Nacht.

Jane duckte sich unwillkürlich.

»Julio wollte sie unbedingt abknallen und mitbringen.« Pepe lachte übermütig.

»So verschwendet ihr also mein Geld für teure Munition?«

»Sorry, Boss«, erwiderte Julio. In seiner Stimme schwang Angst mit. »Dachte, du freust dich, wenn ich sie dir mitbringe. Kommt nicht wieder vor.« Er senkte demütig den Blick.

»Das will ich auch hoffen. Du weißt, was dir sonst blüht.«

»Bitte schimpf nicht mit ihnen, Alejandro. Ich mit meiner Überängstlichkeit war an allem schuld. Sollen wir gehen?«

Jane hatte den Dialog mit gemischten Gefühlen verfolgt. Der starke Mann neben ihr hörte sich im Moment gar nicht mehr nach dem zuvorkommenden Kavalier an, den sie vor wenigen Tagen kennengelernt hatte. Den sie so sehr schätzte. Auf gewisse Weise sogar anhimmelte.

Er schien auch eine beängstigende Seite zu haben.

Wie Arthur. Wie ihr Vater.

Wie fast alle Männer, die ihr bisher begegnet waren.

»Gut, Jane. Lass uns heimgehen und das Ganze vergessen. Nicht so wichtig.« Alejandro ergriff ihre Hand. »Los, Leute«, wandte er sich aufmunternd an Julio und Pepe, die mit hängenden Köpfen dastanden. »Die Nacht ist viel zu schön, um sich zu streiten.«

Sie setzten sich in Bewegung.

Der Mond beleuchtete ihren Nachhauseweg. Die Luft war angenehm warm. Eine Katze miaute irgendwo in der Nähe. Möglicherweise diejenige, die Julio verfehlt hatte.

Manchmal hat man Glück, manchmal Pech, dachte Jane.

So war das Leben.

Hoffentlich hatte sie in Zukunft nur noch Glück.

9

Dienstag, 23.00 p.m., Washington D.C., USA.

»Gehen wir zu dir?« Angel schenkte Walter ein verführerisches Lächeln.

»Du meinst … ?« Er zog ebenfalls die Mundwinkel nach oben.

»Meine ich.« Sie legte sanft ihren Zeigefinger auf seine Unterlippe. »Tu nicht so, als hättest du nicht längst gemerkt, dass ich dich will.«

»Okay, Schätzchen. Lass uns abhauen. Aber nur, wenn es nicht zu teuer wird.«

»Keine Angst. Normale Preise.« Sie gab ihm ein Küsschen auf die Wange.

Er bezahlte schnell ihre Drinks. Anschließend hakte sie sich bei ihm unter. Sie verließen die Bar.

Auf der Straße wollte er ihnen ein Taxi herbeiwinken. Doch sie zog seinen erhobenen Arm wieder herunter.

»Lass uns ein Stück zu Fuß gehen«, meinte sie. »Ich brauche frische Luft.«

»Ist aber nicht gerade die beste Gegend, um nachts zu Fuß herumzuspazieren. Hast du keine Angst?«

»Ach was. Ich hab doch einen starken Beschützer dabei.«

»Na gut. Von mir aus.«

Walter fühlte sich nicht ganz wohl in seiner Haut. Die verlassen daliegende Straße. Und dann war er auch noch betrunken. Wenn sie hier jemand überfiel, hätten sie wohl nur geringe Chancen, unbeschadet aus der Sache herauszukommen.

Kurze, schnelle Schritte näherten sich von hinten.

Als würde ihnen jemand nachlaufen.

Hatte er übersinnliche Talente, von denen er bisher nichts wusste? Er drehte sich unauffällig um.

Nichts zu sehen.

10

Dienstag, 23.05 p.m., Columbus, Ohio, USA.

Dorian erreichte Lottis Haus keine 20 Minuten, nachdem er die tote Mara verlassen hatte.

Kein Licht brannte, was auch nicht anders zu erwarten gewesen war. Hier auf dem Land gingen die Leute mit den Hühnern ins Bett. Er würde sich gewaltsam Zugang ins Innere verschaffen müssen.

Das sollte kein großes Problem darstellen.

Von Mara wusste er, dass ihre Mutter alleine lebte.

Die gute Frau würde gar nicht wissen, wie ihr geschah, wenn er auf einmal vor ihrem Bett stand.

Lautlos schlich er ums Haus herum. Sah nach, ob ein Fenster oder eine Tür offenstanden.

Fehlanzeige.

Die gute Nachricht: Lotti schien keinen Wachhund zu haben. Wie leichtsinnig von ihr.

Diese hirnlosen Landeier waren zu vertrauensselig.

Er würde dennoch seinen Glasschneider benutzen, den er immer bei sich trug. So verursachte er keine Geräusche.

Routiniert schnitt er einen kreisrunden Ausschnitt aus der Scheibe, zog ihn vorsichtig heraus, langte hindurch, bekam den Sperrgriff zu fassen, öffnete das Fenster und stieg ein.

Die gesamte Aktion dauerte kaum zwei Minuten.

Drinnen blieb er eine Weile beim Fenster stehen, um seine Augen an die Dunkelheit zu gewöhnen.

Bis auf das laute Ticken einer Standuhr gleich links von ihm war alles still. Kein Fernsehen, kein Radio, kein Licht. Lotti konnte sich tatsächlich nur in ihrem Bett befinden, wie er es bereits angenommen hatte.

Also hinauf in die erste Etage, wo sich normalerweise die Schlafzimmer befanden.

Er schaltete seine kleine Taschenlampe ein, die er neben den anderen professionellen Utensilien, wie dem Glasschneider, seiner Waffe und dem Schalldämpfer, immer dabeihatte.

Vorsichtig setzte er einen Fuß vor den anderen. Wollte unbedingt verhindern, dass sie aufwachte, bevor er bei ihr war.

Die zweite Treppenstufe knarzte unter den Kreppsohlen seiner extraleisen Halbschuhe.

Er hielt auf der Stelle inne.

Versuchte es einige Zentimeter weiter links.

Alles gut. Weiter.

Wenn er sich am Rand der Treppe hielt, würde er nahezu lautlos nach oben gelangen.

Wenig später stand er vor Lottis Schlafzimmer.

Ihr leises Schnarchen war zu hören. Sonst nichts.

Sehr gut. Keine unerwarteten Hausgäste. Außer ihm selbst natürlich.

Dorian musste grinsen. Der spannende Moment kurz vor dem Zugriff amüsierte ihn jedes Mal. Mochte sein, dass es ein Relikt aus seiner Kinderzeit war. Zu wissen, dass ein nichtsahnender Mensch gleich eine Überraschung erlebte, mit der er nicht gerechnet hatte: köstlich.

Huch, ich erschrecke dich!

Hundertmal hatte er das mit seiner Mutter und Sophia praktiziert, als er noch klein war. Sie hatten ihn jedes Mal dafür geschimpft und verprügelt.

Doch er tat es immer wieder.

Konnte einfach nicht damit aufhören.

11

Dienstag, 23.05 Uhr, Havanna, Kuba.

»Bin gleich wieder da.«

Arthur wankte Richtung Toilette. Er bräuchte dringend die nächste Line, hatte er zuvor gemeint.

Wolf blieb an dem runden Holztisch sitzen, an dem sie vor zehn Minuten Platz genommen hatten.

Es war kein Restaurant. Aber auch kein Klub und nicht direkt eine Musikkneipe. Eher eine Art Bar, in der sich jeder so amüsierte, wie er wollte. Wie viele Lokale hier leicht heruntergekommen. Aber dafür sehr stimmungsvoll.

Eine Menge hübsche Frauen.

Eine große Bühne auf der eine buntgemischte Band Karibiksound zelebrierte.

Wenige Touristen, zahlreiche Einheimische.

Arthur und Wolf hatten Rum und dicke Zigarren bestellt. Was sonst sollte man tun im Land des Rums und der Zigarren.

»Möchtest du tanzen?« Eine dunkelhaarige kubanische Schönheit stand wie aus dem Nichts vor Wolf.

»Nein, danke. Bin verletzt.« Er zeigte auf den verschmutzten Verband über seinem halbabgetrennten linken Zeigefinger.

Die Wunde, die ihm Nobody vor wenigen Wochen auf dem Parkplatz der Garmischer Autobahn zugefügt hatte, schmerzte tatsächlich wieder unerträglich.

Langsam müsste es doch mal aufhören.

Er schlug sich jetzt seit Wochen damit herum.

Gleich morgen würde er zu einem Arzt oder in ein Krankenhaus gehen, um sie versorgen zu lassen. Eine amputierte Hand fehlte ihm im Moment gerade noch.

»Ach bitte. Lass mich vor meinen Freundinnen nicht dumm dastehen.« Die junge Frau sah ihn flehentlich aus ihren großen braunen Augen an.

»Na gut.« Er erhob sich.

Dass die Südländer überall auf der Welt immer so maßlos übertreiben müssen. Unmöglich.

Sie betraten gemeinsam die Tanzfläche.

Gott sei Dank spielte die Band etwas Langsames. Nach all den Strapazen, die hinter ihm lagen, wäre er zu keinerlei größeren Verrenkungen imstande gewesen.

Er sah Arthur von der Toilette zurückkommen. Winkte ihm kurz zu.

Arthur winkte ebenfalls.

Setzte sich wieder.

Zog an seiner Havanna.

Grinste zufrieden vor sich hin.

12

Dienstag, 23.05 p.m., Washington D.C., USA.

»Ich lass mich von dem Scheißkerl Walter nicht bevormunden. Soll er ruhig weiter auf seinem faulen Hintern hocken, saufen und den Kopf in den Sand stecken. Nichts für einen echten Fox. Stimmt's, Dad?«

Thomas sah kurz nach oben Richtung Himmel, wo er seine verstorbenen Eltern vermutete. Der Krebs hatte sie vor zwei Jahren aus dem Leben gerissen. Kurz nacheinander. Aufrechte, verlässliche Amerikaner mit Moral im Leib.

Nicht »mal so, mal so« wie diese ganzen Weicheier heutzutage.

Er war direkt von »Richies Bar« hierher in sein kleines Appartement in der Innenstadt gefahren. Hatte erstaunlicherweise sogar direkt vor der Tür einen Parkplatz gefunden.

Jetzt packte er eilig seine große karierte Reisetasche. Ahnte, dass er längere Zeit unterwegs sein würde, wenn er Arthur Smith erwischen wollte.

Ein Ersatzanzug musste genügen. Dazu noch eine Jeans und drei Hemden, T-Shirts, Sweatshirt, Sporthose, Unterwäsche, Socken. Rasierzeug und Waschutensilien. Das war's.

Marschgepäck immer so leicht wie möglich.

Natürlich nahm er seine Dienstwaffe mit. Genauso wie sein Tauchermesser und die kleine Ersatzwaffe, die er sich an den Knöchel binden konnte, falls es brenzlig wurde.

Den Dienstausweis, den er bei Walter gelassen hatte, würde er nicht brauchen. Schließlich war er inoffiziell unterwegs. Durfte sich nur nicht mit einer der Waffen erwischen lassen. Das hieße ab ins Gefängnis.

Er ließ die Jalousie herunter, nahm die Tasche, verließ seine Wohnung, fuhr mit dem Lift hinunter und stieg in seinen Ford Mustang.

Den hatte er sich vor zwei Jahren aus einer Laune heraus gegönnt. Ein echtes Edelteil mit etlichen Pferdchen unter der Haube.

Letztlich hatte jeder seine kleinen Schwächen.

Sein Kollege Jonathan Scott hatte erst gestern am Telefon erwähnt, dass Arthur Smith in einer Bar irgendwo auf dem Land in Virginia gesehen worden sein soll. Zusammen mit den Deutschen, nach denen Jonathan suchte, Eva und Wolf Schneider.

Jonathan hatte dort unten zwar nichts weiter erreicht, wie er sagte. Erstmal ein paar Tage Urlaub eingelegt.

Aber der Hauch einer Spur war immerhin besser als gar keine.

Thomas ließ den Motor an.

Er fuhr los.

13

Dienstag, 23.10 p.m., Washington D.C., USA.

»Rück deine Brieftasche raus oder ich knall dich ab, wie einen räudigen Hund.«

Der schmale Schwarze in Jeans und T-Shirt, der sich vor Walter und Angel postiert hatte, hielt seine Pistole mitten in Walters Gesicht.

»Mach schon, Mann. Gib ihm deine Kohle oder du stirbst.« Angel hatte nichts Engelhaftes mehr an sich.

Ganz im Gegenteil. In Sekundenschnelle war sie zum blonden Teufel mutiert. Fixierte Walter mit einem mitleidlosen Blick.

Offensichtlich kannte sie den Mann mit der Waffe.

Verdammte Scheiße. Er war ihnen wie ein blutiger Anfänger in die Falle getappt. Hatte bei seiner Vorfreude über einen anständigen Fick alle Vorsicht sausen lassen.

Dämlicher Vollidiot! Selbst schuld.

Hätte er nur auf Thomas gehört.

»Ich hab nicht viel dabei. Könnt ihr alles nehmen«, meinte er. »Nur keinen Stress.«

»Willst du mir etwa sagen, was ich tun soll? Willst du das?« Der junge Mann entblößte hasserfüllt seine Zähne. Alles an ihm war blanke Wut.

»Nein.« Walter schüttelte schnell den Kopf. Er überlegte fieberhaft, wie er ihn am schnellsten unschädlich machen konnte.

»Du sagst Nein zu mir? Zu mir sagt niemand Nein, verstanden?«

»Also gut. Dann eben nicht.«

»Halt's Maul, Arschloch.«

Walter bekam mit voller Wucht den Kolben der Waffe ins Gesicht.

»Reg dich ab, Joe. Wir wollen nur sein Geld.«

»Hast du sein arrogantes Glotzen gesehen«, erwiderte Joe. »Der Wichser nimmt mich nicht ernst.«

Er hielt den Lauf genau zwischen Walters Augen.

Dann drückte er ab.

Walter merkte nicht mehr, dass er wie vom Blitz getroffen nach hinten umkippte.

14

Dienstag, 23.10 p.m., Columbus, Ohio, USA.

Dorian stand am Fußende von Lottis Bett.

Sie atmete ruhig und gleichmäßig.

Er zog das dünne, aber feste Nylonseil, das er mitgebracht hatte, aus seiner tiefen Hosentasche. Legte es vorsichtig um ihre Füße.

Sie bemerkte es nicht. Schlief ruhig weiter.

Sobald er zwei Schlaufen um ihre Knöchel angelegt hatte, zog er ruckartig zu. Die anderen Enden des Seils, befestigte er blitzschnell an den Bettpfosten.

Lotti schlug erschrocken die Augen auf.

»Hilfe! Ist da jemand?«, rief sie laut in die Dunkelheit hinein.

»Nur ein guter Freund«, erwiderte Dorian, während er das Licht einschaltete.

Um Himmels willen. Wie sieht es denn hier aus. Die reinste Müllhalde.

Überall lagen Essensreste herum. Ungewaschene Kleidungsstücke. Stapelweise alte Zeitungen. Anscheinend war er an einen lupenreinen Messie geraten.

Er rümpfte angewidert die Nase.

»Was wollen Sie? Wer sind Sie?« Lotti richtete ihren Oberkörper auf. Sie strampelte wild, soweit es ihre Fußfesseln zuließen. Blickte panisch um sich. »Hauen Sie ab oder ich schreie. Mein Mann schläft in der Scheune. Er ist bewaffnet.«

Dorian betrachtete sie eingehend.

Ihre blonden Haare klebten nass am Kopf. Kein Wunder bei den sommerlichen Temperaturen heute Nacht.

Sie erinnerte ihn an seine eigene Mutter. Trotz all dem Hass auf sie und all den Auseinandersetzungen mit ihr, hatte er sie auch immer geliebt. Auf seine eigene Weise.

Bis in den Tod hinein sozusagen.

Gute Figur. Interessantes Gesicht. Sieht für ihr Alter immer noch attraktiv aus. Man will gar nicht glauben, dass sie eine arme Farmerin ist.

»Keine Angst, Lotti. Ganz ruhig. Ich will nur eine klitzekleine Information. Schon bin ich wieder weg.« Er legte den Zeigefinger auf seinen Mund, während er sich seitlich vom Bett ihrem Oberkörper näherte.

Bei ihrem Kopf angekommen, beugte er sich über sie.

Packte blitzschnell ihre Handgelenke.

Fesselte ihre Arme zusammen. Befestigte sie mit einem weiteren Stück Schnur, das er um ihren Körper herumlegte, auf ihrem Bauch.

Entgegen seiner Anweisung schimpfte und fluchte Lotti währenddessen wie ein Fuhrknecht. Um sie zum Schweigen zu bringen, stopfte er ihr einen Zipfel ihres Kopfkissens in den Mund, bis sie kaum noch Luft bekam.

Ihre Augen drohten vor Wut und Angst aus den Höhlen zu springen.

»Pass auf, Muttchen. Wir können das hier auf zwei Arten regeln«, sagte er mit leiser Stimme. »Entweder du zeigst dich kooperativ und alles ist in ein paar Sekunden vorbei. Oder du spinnst weiter herum, ohne mir zu sagen, was ich wissen will. Dann dauert es länger. Hast du das verstanden?«

Sie starrte ihn nur wie hypnotisiert an.

»Hast du das verstanden?«, wiederholte er geduldig. »Wenn ja, nicke einfach.«

Sie nickte langsam.

»Gut. Ich nehme dir zuerst den Knebel aus dem Mund. Ist bestimmt schön, wieder Luft zu bekommen, was?« Er lächelte fürsorglich. »Aber nicht beißen.«

»Fick dich«, schimpfte sie heiser, sobald sie wieder reden konnte.

»Ach, kleine Lotti. Mach's mir doch nicht so schwer.« Seufzend steckte er ihr das Kissen erneut in den Mund.

Zusätzlich brach er ihr mit einem gezielten Faustschlag das Nasenbein.

Das Blut strömte wie ein kleiner Wasserfall heraus.

Sie schrie in ihren Knebel hinein.

Wand sich wie ein Fisch auf dem Trockenen.

Warf wild ihren Kopf hin und her.

»Und? Sollen wir es noch mal versuchen?«, fragte er, als sie sichtlich zu erschöpft war, sich weiter zu wehren.

Eine Zeit lang blickte sie stumm vor sich hin. Dann nickte sie erneut.

Er befreite sie zum zweiten Mal von ihrem Knebel.

»Du Schwein«, schimpfte sie. »Ausgeburt Satans. Verdammter Hund.«

»Könnte ich bitte endlich meine Frage stellen, Madam?«, fragte Dorian im höflichen Tonfall eines englischen Butlers.

»Mach mich los, Arschloch, dann reiß ich dir den Kopf ab. Mieses Stück Dreck. Dafür landest du in der Hölle.«

Mut hatte sie. Das musste er zugeben. Schimpfen konnte sie auch.

Er grinste amüsiert.

»Die Frage wäre, wo ich deine Tochter Jane finden kann«, fuhr er fort, ohne auf ihre vulgären Tiraden einzugehen.

»Ich hab keine Tochter, die so heißt«, erwiderte sie.

»Doch hast du. Sie hat Arthur Smith geheiratet.«

»Was? Du kennst Arthur?« Sie hielt schockiert inne. »Dann frag doch ihn, wo sie ist.«

»Geht nicht, Lotti. Jane ist ihm abhandengekommen. Deshalb besuche ich dich heute Nacht. Ich soll herausfinden, wo sie sich aufhält.« Dorian zeigte ein eiskaltes Lächeln.

»Keine Ahnung, du Schwein. Mach mich endlich los und verschwinde.«

Statt zu antworten, schlug er ihr erneut mit voller Wucht ins Gesicht. Das Knacken verriet ihm, dass er ihr zum zweiten Mal die Nase gebrochen hatte. An einer anderen Stelle.

Sie brüllte vor Schmerzen.

Gut so. Manche brauchten eben ein bisschen länger, bis sie realisierten, dass er es ernst meinte.

15

Dienstag, 23.10 Uhr, Havanna, Kuba.

»Hey, Mann. Lass mein Mädchen in Ruhe.«

»Wenn es dein Mädchen ist, wieso will sie unbedingt mit mir tanzen?« Wolf sah den muskulösen jungen Mann, der sich vor ihm aufgebaut hatte, erstaunt an.

»Das geht dich einen verfickten Scheißdreck an.«

»Ich will keinen Ärger. Viel Spaß ihr beiden.« Wolf

wandte ihnen achselzuckend den Rücken zu, um an seinen Platz zurückzukehren.

Ihn interessierten die Menschen allgemein gesehen momentan nicht besonders. Lästige Fremde, die mit ihm streiten wollten, noch weniger.

»Gefällt dir mein Mädchen etwa nicht?«

Was soll das denn jetzt? Will sich der Vollidiot ernsthaft mit mir anlegen? Ist denn die ganze Welt verrückt geworden?

Wolf ging weiter, ohne den aggressiven Schreihals zu beachten.

»Hey, du Wichser. Ich rede mit dir«, erschallte es hinter ihm.

Aber ich nicht mit dir.

Wolf ließ sich nicht provozieren. Wozu auch. Die Szene war zu lächerlich.

Er setzte sich zu Arthur an den Tisch, nahm seine Havanna aus dem Aschenbecher, wo er sie vorhin abgelegt hatte, zündete sie erneut an und zog daran.

Sekunden später standen vier junge Kubaner vor ihnen.

»Was wollt ihr, Kinder?« Arthur gab sich gewohnt arrogant.

»Wir wollen deinem Freund in die Fresse hauen. Er hat unseren Freund beleidigt«, erwiderte der Kräftigste von ihnen.

»Ihr spinnt doch.« Jetzt wurde es Wolf zu bunt. Nach allem, was er in der letzten Zeit durchgemacht hatte, mussten ihm nun auch noch vier halbwüchsige Idioten dumm kommen.

Es reichte. Endgültig. Das Fass, in dem sich in den letzten Wochen viel zu viel Schlechtes angestaut hatte, lief mit einem Mal unaufhaltsam über.

Er stand ruckartig auf. Ging wie ein wilder Stier auf die Kubaner los. Ohne Rücksicht auf Verluste schlug er wild und ungestüm zu.

Schickte sofort zwei von ihnen zu Boden.

Seine Kräfte erschienen ihm unendlich. Seinen verletzten Zeigefinger spürte er nicht mehr. Niemand vermochte ihn zu stoppen.

Immer mehr Kubaner kamen, um ihren Landsleuten zu helfen.

Arthur erhob sich daraufhin ebenfalls. Er prügelte wie ein Berserker mit seinem Stuhl auf die Köpfe der Angreifer ein.

Immer wieder brüllte er dabei martialisch: »Geronimo!«

Wie Wolf bis unter die Haarspitzen voll mit Adrenalin.

16

Dienstag, 23.15 p.m., Columbus, Ohio, USA.

»Bekomme ich nun endlich eine Antwort?« Dorian hielt den kleinen Zeh, den er Lotti gerade mit einer Geflügelschere aus ihrer Küchenschublade abgeschnitten hatte, in die Luft. Er schüttelte ihn. Das Blut spritzte auf ihre Bettdecke. »Oder willst du wie deine Tochter Mara enden?«

»Was ist mit Mara, du Schwein?« Lotti konnte vor Schmerzen kaum sprechen. »Hast du ihr was angetan?« Sie weinte mit zusammengekniffenen, zitternden Lippen.

»Sagen wir mal so. Sie muss sich um nichts mehr Sorgen machen.« Er lächelte. Seine Augen lächelten nicht mit.

Dich krieg ich schon noch klein. Es ist immer dasselbe. Zuerst wollen sie nicht reden, und bald darauf plaudern sie wie die Wasserfälle. Alles nur eine Frage der Zeit und der Geduld.

»Was soll das heißen?« Sie starrte ihn ungläubig an. »Ist sie …?«

»Sie ist ihren Verletzungen erlegen, wie man so schön sagt. Wenn du nicht gleich redest, wird es dir genauso ergehen, Muttchen.« Seine salbungsvolle Stimme stand im krassen Gegensatz zu seiner Botschaft.

»Du mieses Monster, das wirst du bitter bereuen. Deine Mutter, die verdammte Hure, soll dafür verflucht sein, dass sie dich geboren hat.« Lottis Gesicht war jetzt nur noch verzerrt vor abgrundtiefem Hass.

»Sag mir einfach, wo deine missratene Tochter ist. Wird's bald.«

Dorian schnitt ihr mit einer blitzschnellen Bewegung den zweiten Zeh ab.

Lotti jaulte laut auf. Hechelte vor Schmerz. Krümmte sich in ihren Fesseln. Bis sie ohnmächtig wurde.

Er tätschelte ihre Wangen.

Zuerst sanft. Dann immer fester.

Schließlich schlug er sie mit der flachen Hand.

Links und rechts.

Mit voller Wucht.

Immer wieder.

Solange bis sie die Augen wieder aufschlug.

Seine Mutter und Sophia hatten ein ähnlich unwürdiges und peinliches Theater vor ihm abgezogen, bevor es an seinem fünfzehnten Geburtstag mit ihnen zu Ende ging.

Nicht ein einziges kleines Geschenk hatte er von ihnen bekommen. Stattdessen gab es nur wieder das Geschrei, wo ihre Drogen blieben. Warum er sie andauernd im Stich lasse. Was er für ein unbrauchbarer Nichtsnutz sei und so fort.

Nicht auszuhalten.

Er hatte kurzerhand beschlossen, dass sie ihn lange genug ausgenützt hätten.

Ihren Tod ließ er wie einen Unfall aussehen. Zwang sie mit einer Pistole im Anschlag dazu, in die volle Badewanne zu steigen.

Sie hatten geheult und gezetert, um Gnade gebettelt. Er solle sie bitte nicht erschießen und so weiter.

Sobald sie im Wasser lagen, hatte er den eingeschalteten Föhn hineingeworfen.

Sie zitterten eine Weile lang hektisch herum. Dann rührten sie sich nicht mehr. Ihre seltsam verzerrten Gesichter nötigten ihm ein breites Grinsen ab. Wie in einem billigen Horrorfilm, hatte er damals gedacht.

Niemand verdächtigte ihn jemals des Mordes.

Die gesamte griechische Verwandtschaft sprach ihm sogleich ihr Beileid aus. Sie luden ihn ein, nach Thessaloniki zu kommen. Dort wohlbehütet aufzuwachsen.

Es hätte ja so kommen müssen. Alle hätten seine Mutter davor gewarnt, mit Vassilis aus dem Nachbardorf nach Amerika auszuwandern. Nicht weiter verwunderlich, dass er sie gleich nach Dorians Geburt verlassen hätte. Er hätte schließlich bereits zu Hause gesoffen wie ein Loch.

Dorian wollte jedoch nicht nach Griechenland zurück.

Er wollte endlich seine Freiheit genießen. Hatte beim Jugendamt seinen alten Kumpel Luke aus der Nachbarschaft als großen Bruder vorgeschoben. Sich lieber an seiner Seite weiter im kriminellen Milieu hochgearbeitet, als zu einer Pflegefamilie oder ins Heim abgeschoben zu werden.

17

Dienstag, 23.15 Uhr, Nuevo Laredo, Mexiko.

»Gehen wir noch auf die Terrasse? Ich hab hervorragenden Weißwein im Kühlschrank. Aus Kalifornien.« Alejandro lächelte offen. Die vorherigen Anklänge von

Befehlsgewalt und Brutalität in seiner Stimme waren verschwunden.

Jane registrierte es aufatmend.

Sie konnte im Moment alles gebrauchen, nur keine weiteren Bosheiten oder Streit. Das war schlicht und ergreifend zu viel für ihre Nerven. Sie wollte Harmonie um sich herum. Und sie wollte glauben, dass Alejandro ein guter Mensch war. Auch wenn eine Stimme tief in ihrem Inneren begonnen hatte, daran zu zweifeln.

»Gerne.« Sie lächelte ebenfalls. »Es wird sicher eine Zeitlang dauern, bis wir wieder einen so schönen Vollmond wie heute zu sehen bekommen.«

»Du hast mir noch gar nicht erzählt, wieso du aus den USA fort bist«, meinte er, nachdem sie ihren ersten Schluck getrunken hatten. »Du kommst aus Nashville, sagtest du. Außerdem bist du wunderschön. Mehr weiß ich nicht von dir.«

Sie saßen in bequemen weißen Ledersesseln auf seiner Terrasse. Er hatte Kerzen angezündet. Die Zikaden aus den umliegenden Palmen und Büschen gaben ein exklusives Privatkonzert für sie.

»Doch, tust du, alter Charmeur. Ich erzählte dir zum Beispiel, dass ich meinem Mann davongelaufen bin.« Sie spielte unruhig mit ihrem Haar. Das Thema behagte ihr nicht.

»Stimmt. Ist er Countrysänger?« Er grinste.

»Wie kommst du darauf?«

»Nashville.«

»Ach so.« Sie musste unwillkürlich lachen.

»So gefällst du mir viel besser, Chica.« Er lachte mit.

Danach entstand eine längere Gesprächspause.

»Nein, er ist natürlich kein Countrysänger«, sagte sie schließlich. »Er ist Politiker. Und ich komme nicht aus Nashville, sondern aus Baltimore. Zuerst war er wie der Prinz im Märchen für mich. Ich stamme aus nicht so tollen Verhältnissen. Vom Land. Kleine Farm. Meine Eltern waren …«

»Arm?«

»Mein Vater hielt die Schulden irgendwann nicht mehr aus. Er hat sich totgesoffen.«

Ich sollte Mutter wieder einmal anrufen. Wie mag es ihr wohl gehen?

Sie erzählte einem Wildfremden ihre Lebensgeschichte. Was würde er jetzt von ihr denken? Zuviel Ehrlichkeit schadete nur. Das lehrte die Erfahrung. Wahrscheinlich warf er sie morgen hinaus. Dann konnte sie erneut nach einer sicheren Bleibe suchen.

»Wie dumm von ihm«, erwiderte Alejandro leise. »Wegen seiner Armut braucht sich niemand zu schämen. Meine Eltern besaßen nichts als die Kleider an ihrem Leib, als sie starben. Wie ging es weiter mit deinem Mann?«

Er berührte einfühlsam ihren Arm.

»Er war der beste Mann, den sich eine Frau wünschen kann. Hat mir so gut wie jeden Wunsch von den Augen abgelesen, doch dann …« Sie zögerte.

»Was dann?«

»Als er … vor fünf Jahren mit dem Koks und dem Trinken anfing, begann er, sich zu verändern. Es wurde immer schlimmer. Letzte Woche schlug er mich sogar. Zweimal. Ich dachte, er bringt mich um.« Sie weinte.

»Dieses Schwein. Wenn ich den erwische.« Alejandro sprang entrüstet auf.

»Sei still, Alejandro!« Sie sah ihn erschrocken und eindringlich zugleich an.

»Was ist los?« Er blickte erstaunt zurück.

»Da hinten.« Mit zitternden Fingern zeigte sie auf den kleinen Palmenhain im rechten hinteren Eck des Grundstücks. »Was ist da?«

»Ein Schatten. Wie vorhin auf dem Heimweg.«

»Kein Problem. Das haben wir gleich.«

Alejandro schaltete die Gartenbeleuchtung ein. Gleichzeitig bellte er einige schnelle Befehle auf Spanisch in die Nacht.

Seine Leute stürmten mit erhobenen Waffen Richtung Zaun.

Jane drückte sich währenddessen immer tiefer in ihren Sessel hinein. Sie hatte Todesangst.

Hatte Arthur sie gefunden?

Oder derjenige, den er beauftragt hatte, sie zu suchen.

18

Dienstag, 23.16 Uhr, Havanna, Kuba.

Wolf und Arthur hatten im Grunde genommen keine Chance gegen die Masse von Angreifern in der Bar. Dennoch kämpften sie sich beherzt den Weg zur Tür frei.

Sie traten auf die dunkle Straße hinaus.

Rannten so schnell sie konnten davon.

Links in eine Nebenstraße.

Die zweite rechts.

Dann wieder links.

Danach geradeaus und wieder rechts.

Sie hielten erst wieder an, als sie hinter sich niemanden mehr hörten und sahen.

Beide schnauften heftig.

Bekamen kaum noch Luft.

»Denen haben wir es gezeigt, Peter.« Arthur grinste trotz seiner Erschöpfung.

»Hoffentlich haben wir sie auch wirklich abgehängt. Ich bin mit meiner Kondition am Ende.« Wolf lehnte zusammengekrümmt an einer grauen Hausmauer. Er stieß die Worte einzeln hervor.

»Wenn sie uns wirklich verfolgen wollten, hätten sie es auch getan«, wusste Arthur. »Die waren viel jünger und sportlicher als wir. Bestimmt wollten sie sich nur über zwei dämliche Touristen amüsieren. Uns einen gehörigen Schrecken einjagen.«

»Warum dämlich?«

Wolf verstand immer noch nicht, was die ganze Sache sollte. Aber Arthur hatte dabei zumindest klar Flagge gezeigt. Er wusste jetzt, dass er sich auf ihn verlassen konnte.

»Die hielten uns sicher alle beide für amerikanische Touristen. Für die Kubaner sind alle Amerikaner dämlich.«

»Ist das so? Wie kommt es?« Wolf richtete sich langsam wieder auf.

»Liegt wohl an der Politik und an den Leuten, die hierher kommen, um Urlaub zu machen. Die meisten von denen sind nun mal dämlich. Und es werden in den nächsten Jahren immer mehr. Das wissen die Einheimischen hier natürlich auch.«

»Du kennst dich gut aus.«

»War ja schon ein paarmal hier. Die rassigen Mädels und das Koks sind echt nicht ohne. Die Männer können mir gestohlen bleiben. Die Touristen aus unserem Land ebenfalls.«

Arthur machte eine abfällige Handbewegung.

»Hast du vor ein paar Tagen nicht erwähnt, dass alle Latinos und ›Nigger‹ erschossen werden sollten?« Wolf zog neugierig die Brauen hoch. »Also logischerweise auch die Frauen?«

»Prinzipiell sage ich das auch nach wie vor. Aber wenn man selbst hier in Havanna ist, sieht man es anders. Sie können sehr nett sein, diese braunen und dunklen Häschen.« Arthur schnalzte genießerisch mit der Zunge. »Und preisgünstig«, fügte er mit erhobenem Zeigefinger hinzu.

»Das nennt man wohl Doppelmoral.« Wolf schüttelte leicht angewidert den Kopf. Er konnte mit Prostituierten nichts anfangen. Mit ihren oft zynischen Freiern wie Arthur noch weniger.

»Mag sein. Ich nenne es Spaß.« Arthur zuckte gleichmütig die Achseln. »Aber lass uns lieber schnell weitergehen. Sonst holen sie uns am Ende doch noch ein. Dahinten geht's zum Hafen.«

Er zeigte auf einen weißen viereckigen Kirchturm, der in einigen Hundert Metern Entfernung die Dächer überragte.

19

Dienstag, 23.25 p.m., Columbus, Ohio, USA.

»Dorian hier, Mr. Smith.«

Endlich war sein Auftraggeber rangegangen. Er hatte es eine halbe Ewigkeit bei ihm klingeln lassen.

»Hallo, Dorian. Hat leider etwas gedauert. Musste erst an Deck, damit wir ungestört reden können. Bin auf Kuba.«

»Aha. Ich bin hier bei der Mutter Ihrer Frau.« Dorian

blickte auf die leblos in ihrem Bett liegende Lotti hinunter.

»Und? Hat sie geredet?«, fragte Arthur aufgeregt.

»Leider nicht. Dabei packte ich meine gesamte Trickkiste aus. Eine zähe Familie. Mit der Tochter hatte ich zuvor ein ähnlich erfolgloses Rendezvous. Beide weilen nun nicht mehr unter uns.«

»Kein Wort? Ehrlich?« Arthur klang jetzt kalt und berechnend.

Es schien ihn nicht im Geringsten zu berühren, dass Dorian gerade seine Schwiegermutter und seine Schwägerin getötet hatte.

Wie auch immer. Hauptsache, er bezahlte pünktlich und zuverlässig.

»Ehrlich, Sir. Ich bekam kein Wort aus den beiden heraus. Bin mir sicher, sie wussten nichts. Alle beide.«

Dorian blickte durch Lottis Schlafzimmerfenster in die Nacht hinaus. Nach getaner Arbeit hatte er das Licht gelöscht und die Vorhänge zurückgezogen.

Der Mond stand weit oben am Himmel. Die Sterne blinkten hell. Alles erschien so friedlich und ruhig.

»Sie versuchten wirklich alles?«

»Ja, Sir«, erwiderte Dorian im Brustton der Überzeugung. »Ich will Sie nicht weiter mit Einzelheiten langweilen. Glauben Sie mir einfach, das jeder noch so gläubige muslimische Terrorist bei dieser Spezialbehandlung gesungen hätte wie eine Lerche über dem Feld.«

»Verdammter Mist«, zischte Arthur. »Wo ist die miese Schlampe nur?«

»Soll ich weiter nach ihr suchen?« Dorian setzte sich zur toten Lotti auf das Bett. Natürlich achtete er dabei darauf, dass er seinen dunklen Anzug nicht mit ihrem

Blut beschmierte. »Erscheint mir allerdings ziemlich aussichtslos.«

»Ja. Nein. Doch. Moment. Nein«, haspelte Arthur.

»Ja, Sir?« Dorian musste grinsen. Der Chef schien nicht ganz klar im Kopf zu sein. Wahrscheinlich zu viel kubanischer Rum. Verständlich. Wenn er schon mal dort war.

»Wir machen es so.« Arthur hatte sich offenbar wieder gefangen. »Wir verfolgen andere Prioritäten. Jane läuft uns nicht davon. Irgendwann taucht sie schon wieder auf und dann Gnade ihr Gott.«

»Gut, Chef. Was machen wir stattdessen?«

»Fliegen Sie erstmal wie abgemacht nach Europa. Töten Sie Reinhard Siebert in Berlin und suchen Sie in Portugal nach Mr. Black. Wenn Sie ihn finden, töten Sie ihn ebenfalls. Wer versagt, stirbt.«

»Gilt das auch für mich?«

»Natürlich nicht Dorian. Sie sind mein bestes Pferd im Stall. Wissen Sie doch. Geld wie immer. Hälfte sofort, Hälfte nach Auftragserledigung. Okay?«

»Sie sind der Boss, Mr. Smith. Sobald die Anzahlung auf meinem Nummernkonto in der Schweiz liegt, mache ich mich auf den Weg.«

Dorian legte auf.

Er erhob sich von Lottis Bett. Verließ, ohne noch einmal zurückzublicken, ihr Schlafzimmer, das Haus, das Farmgelände.

Europa wartete auf ihn. Die zwei Aufträge dort hatte er sicherlich schnell erledigt. Danach ging es nach Griechenland. Urlaub bei seiner Verwandtschaft.

Das Leben konnte großartig sein.

20

Dienstag, 23.30 Uhr, Nuevo Laredo, Mexiko.

Alejandros Männer hatten einen jungen Mann am Zaun entdeckt und ihn auf die Terrasse ins Licht gezerrt. Er trug militärische Tarnkleidung. Seine Maschinenpistole hatten sie ihm sofort abgenommen.

Auf Alejandros mehrmals gestellte Frage, wer er sei und was er hier wolle, schwieg er beharrlich.

»Ich kümmere mich später um ihn, Leute«, sagte Alejandro schließlich. »Bringt ihn solange in den Keller. Über die Sicherheitslücke beim Zaun hinten werden wir noch zu reden haben.«

»Okay, Boss«, erwiderte Julio.

Er verschwand mit den anderen und dem Gefangenen im Haus.

Alejandro setzte sich wieder zu Jane.

»Was macht ihr mit ihm?« Sie sah ihn aus großen schreckgeweiteten Augen an.

Ist er wirklich nur ein einfacher Restaurantbesitzer? Er legt eher das Benehmen eines Al Capone an den Tag.

»Ich werde ihn verhören und anschließend der Polizei übergeben.«

»Tut ihr ihm weh?«

»Nein.« Alejandro tätschelte beruhigend ihren Arm. »Eine reine Befragung. Damit ich weiß, wer er ist und von wem er kommt. Um alles andere soll sich die Polizei kümmern.«

»Gott sei Dank.« Sie lächelte froh. »Ich hasse nichts so sehr wie Gewalt.«

»Verstehe ich gut, Jane. Du bist sensibel. Das liebe ich auch so an dir.« Er lächelte beruhigend zurück. »Doch jetzt erzähl mir mehr von dir. Wir waren vorhin bei deinem Mann stehen geblieben. Hat er dich tatsächlich geschlagen?«

Ohne dass sie es wollte, stiegen ihr die Tränen in die Augen.

»Na warte. Der kann was erleben, wenn ich ihn in die Finger kriege.« Er machte ein finsteres Gesicht. »Eine schöne Frau wie dich darf niemand schlagen.«

»Ach, aber eine hässliche Frau schon?«

»Nein. Natürlich nicht. War nicht so gemeint.« Er hob abwehrend die Hände. Lächelte wieder. »Ihr modernen weißen Chicas. Ihr seid schon was.«

»Bitte lass ihn in Ruhe, Alejandro. Er ist Vergangenheit für mich. Ich will und werde ihn nie wiedersehen.«

»Wie du meinst, mein Engel. Aber er darf dir wirklich nie wieder wehtun. Sonst stirbt er.« Sein Tonfall ließ keinen Widerspruch gelten.

»Nicht nötig«, beeilte sie sich. »Bestimmt ist er nur ein wenig verrückt geworden. Das Koks, der Alkohol. Er braucht wohl eher ärztliche Hilfe. Stell dir vor. Er sprach sogar im Schlaf über eine Laserkanone.«

Am Ende bringt er ihn tatsächlich um. Das will ich nicht.

»Eine Laserkanone? Tatsächlich?« Alejandro horchte interessiert auf. »Ich hörte ebenfalls von solch einer neuen Superwaffe. Ein Gringo soll die Konstruktionspläne überregional anbieten, heißt es. Ein gewisser Mr. Snow. Kennst du ihn?«

»Nein. Woher weißt du das alles?« Jane fragte sich, ob Arthur wohl von derselben Waffe geträumt hatte? Oder war er gar dieser Mr. Snow? Zuzutrauen wäre es ihm.

Dass Arthur die Pläne Alejandro ebenfalls angeboten hatte, wusste sie nicht. Woher auch.

»Ein Bekannter von mir beim Militär hat es mir gesagt«, erwiderte er leichthin. »Vielleicht ist es ja dein Mann.«

»Mein Mann ein Waffenhändler, niemals. Es kann auch etwas ganz anderes gewesen sein, was ich hörte. So genau hab ich es gar nicht verstanden.«

Das aufflackernde Interesse in seinen Augen blieb ihr nicht verborgen. Aus einem unbewussten Reflex heraus wollte sie Arthur schützen. Obwohl er sich so schändlich ihr gegenüber benommen hatte.

Ein Teil von ihr schien ihn trotz allem immer noch zu lieben. Solche Gefühle konnte man auch schlecht schlagartig aus der Seele herausoperieren. Es dauerte seine Zeit, bis sie der Vergangenheit angehörten.

Lieber Gott im Himmel. Er wird mir immer unheimlicher, dieser Alejandro. Andererseits auch wieder nicht. Wüsste ich doch nur, was genau ich von ihm halten soll.

»Na gut. Aber wenn er dich nochmal bedrohen sollte, wird er es bereuen. Dabei bleibe ich, meine Schöne.« Er beugte sich zu ihr hinüber. Küsste sie sanft auf die Wange.

21

Dienstag, 23.55 p.m., Washington D.C., USA.

Thomas Fox bog auf den Highway Richtung Süden ein. Er dachte über seine bisherige Karriere nach. Vom Sohn eines kleinen Arbeiters bei den Ford-Werken in Dearborn zum Agenten bei der CIA. Gar nicht mal so schlecht bei all den Steinen, die man ihm von Anfang an in den Weg gelegt hatte.

In der Schule wurde er von Anfang an wegen seiner billigen Klamotten verspottet. Nie hatte er genug Geld, um die Ausflüge mit den anderen Kindern mitzumachen.

Als Jugendlicher hatte er zu jobben begonnen. Musste das ganze sauer verdiente Geld zuhause abgeben.

Während er an den schönsten Sommertagen die Regale im Supermarkt einräumte, gingen seine Klassenkameraden mit ihren Freundinnen zum Schwimmen.

Er selbst bekam nie eine Freundin ab. Das Image des Verlierers schien ihm anzuhaften wie Klebstoff.

Sein Frust darüber hatte ihn allerdings nicht davon abgehalten, im Leben voranzukommen.

Er blieb ehrgeizig und fleißig. Resignierte nie.

Alles in allem betrachtet hatte er es letztlich weit gebracht. Konnte auf alle Fälle stolz auf sich sein.

Seine Eltern im Himmel waren es bestimmt.

Und seine Erfolgsgeschichte würde weitergehen. Er würde Arthur Smith und die beiden Deutschen schnappen. Sie der Morde wegen der Laserkanone überführen.

Anschließend würden sie ihn befördern. Verdientermaßen.

Die nächst höhere Planstelle über Walter war gerade frei.

Genau da wollte er hin.

Walter sollte vor Neid erblassen.

Thomas würde ihm fortan nur noch von oben herab begegnen. Im wahrsten Sinne des Wortes.

Er würde ihn büßen lassen. Für all die beschissenen Jahre, die er unter ihm arbeiten musste. Diese nicht enden wollende Ewigkeit, die der arrogante Sadist ihn getriezt hatte wie kein anderer. Ihn nicht hochkommen lassen wollte.

Alle würden erfahren, wer der CIA Agent Thomas Fox wirklich war. Welche außerordentlichen Fähigkeiten in ihm steckten.

Niemand würde ihn mehr übergehen.

Er würde endlich seine Traumfrau finden, nach der er bereits so lange suchte. Wunderschöne weiße amerikanische Kinder mit ihr bekommen. Nie mehr einsam sein.

Er wäre ein gemachter Mann.

Das Leben wäre endlich gerecht ihm gegenüber.

Jawohl. Genauso würde es kommen.

Kleine stetige Schritte bis zum Ziel. Dann beherzt zugreifen. Er machte es genau richtig. Die Gewissheit darüber ließ ihn stolz lächeln.

»Go, Thomas, go! Du bist der King!«

Im selben Moment, als er das sagte, überholte ihn ein Truck. Der Anhänger scherte dabei ein Stückweit nach rechts aus und drängte ihn in den Straßengraben.

Thomas, der die erlaubte Höchstgeschwindigkeit wie immer vorschriftsmäßig eingehalten hatte, merkte gar nicht, wie ihm geschah.

Alles ging viel zu schnell.

Sein Ford Mustang überschlug sich mehrmals.

Dabei schleuderte es ihn wie eine Puppe im Wageninneren hin und her, bis er mit dem Kopf hart gegen das Lenkrad schlug.

Sein Genick brach.

Dunkles Blut schoss aus einer großen Platzwunde über seiner Schläfe.

Der Motor seines Wagens heulte noch einmal auf.

Stille.

Es würde keine Beförderung für Thomas Fox geben.

Keine perfekte Frau, die mit ihm Kinder hatte.

Er würde niemals von Walters Tod erfahren.

Arthur Smith oder Wolf Schneider würden niemals wissen, dass er sie unbedingt zur Strecke bringen wollte.

Die Spezialisten seiner Dienststelle gaben Tage später bekannt, dass der Airbag und der Gurt auf der Fahrerseite defekt gewesen waren.

Zwei äußerst seltene Fabrikationsfehler.

Ein schrecklich dummer Zufall.

Der Fahrer des 30-Tonners hatte entweder nicht bemerkt, was geschehen war oder er war absichtlich weitergefahren. Kein Mensch würde jemals die Wahrheit darüber herausfinden.

Niemand sonst hatte etwas beobachtet.

22

Dienstag, 1.15 Uhr, Havanna, Kuba.

Arthur schlief wie ein Toter in seinem Schlafzimmer.

Wolf rekapitulierte währenddessen auf dem Deck sitzend erneut die letzten Wochen und Tage.

Die aufputschende Wirkung des Kokains war zwar verflogen. Aber seine aufwühlenden Gedanken hielten ihn wach.

Verdammt noch mal.

Er konnte einfach nicht mehr damit aufhören.

Der Auftragskiller Nobody hatte Rebekka also getötet. Wegen der Konstruktionspläne für die Laserwaffe, die Dr. Weinberger an Wolf geschickt hatte.

Bestimmt musste Roman auch deswegen daran glauben.

Davon war Wolf nach wie vor überzeugt.

Er musste nicht einmal ein schlechtes Gewissen haben, dass er Nobody erledigt hatte. Genau wie den dubiosen und verlogenen Mr. Summer, der ebenfalls hinter den Plänen her war.

Beide waren bezahlte Mörder gewesen. Beide Male hatte er in reiner Notwehr gehandelt. Gar keine andere Wahl gehabt. Sonst hätten sie ihn umgebracht.

Jetzt war er hier auf Kuba gelandet.

Doch nur in den USA würde seine Rache für Rebekka und Roman endlich Erfüllung finden.

Die Spur der Laserwaffe hatte ihn zuletzt dorthin geführt. Irgendwo in diesem riesigen Land musste sich der große Unbekannte, der hinter allem steckte, verbergen.

Aber die Amerikaner suchten Wolf genauso wie die Behörden in Deutschland. Er brauchte sich zurzeit weder hüben noch drüben blicken zu lassen. Würde bestimmt gleich bei der Einreise verhaftet werden.

Über die grüne Grenze von Mexiko aus?

Blödsinn. Viel zu gefährlich. Dort wurden die illegalen Einwanderer mit Schusswaffen gejagt.

Machte das »Unternehmen Rachefeldzug« im Moment überhaupt noch Sinn? Sollte er es lieber erstmal zurückstellen?

Wohl die beste Option, die er aktuell hatte.

Zurücklehnen und entspannen, bis sich günstigere Möglichkeiten für ihn ergaben. Endlich den entzündeten Finger versorgen lassen, bevor ihm tatsächlich noch die linke Hand amputiert werden musste.

Also gut. So wird's gemacht, Wolf Schneider.

Ihm fielen vor Erschöpfung die Augen zu. Er hatte seit gestern nur zwei Stunden geschlafen.

Langsam ließ er sich auf die Seite sinken. Zog Arthurs Anzugjacke enger um sich.

Sollten sie ihn ruhig hier an Deck überfallen und umbringen.

Ihm war es einerlei. Das Wort Hoffnung hatte im Moment so gut wie keine Bedeutung mehr für ihn.

23

Nächster Montag, 9.10 Uhr, Berlin, Deutschland.

Reinhard Sieberts Kanzlei befand sich in der Berliner Innenstadt nicht weit vom Alexanderplatz. Dorian lag in 150 Metern Entfernung auf dem Dach eines fünfstöckigen Hauses. Er zielte auf den Eingang.

Seit einer Viertelstunde wartete er hier oben. Hatte sein Scharfschützengewehr, ein MSG90 A1 von Heckler & Koch mit Schalldämpfer, zusammengebaut und sich in Position gelegt.

Siebert musste jeden Moment kommen.

Dorian hatte am Freitagnachmittag einen Termin mit seiner Sekretärin ausgemacht. Für 9.30 Uhr.

Kaum Wind. Günstig für den Flugverlauf der Kugel.

Ein schwarzer Mercedes näherte sich dem Parkplatz vor dem Gebäude. Hielt an. Das musste er sein.

Siebert stieg aus.

Positiv. Derselbe Mann wie auf dem Foto, das Mr. Smith ihm per SMS zugeschickt hatte.

Dorian legte an.

Atmete langsam aus.

Atmete nicht mehr.

Drückte ab.

Siebert brach kurz vor dem Hauseingang zusammen. Blieb reglos liegen.

Perfekt gelaufen.

Kopfschuss.

Kurz und schmerzlos.

Dorian entfernte routiniert den Schalldämpfer und das Zielfernrohr vom Gewehr. Er packte alles zusammen in die Tragetasche, die er bereits auf dem Herweg benützt hatte.

Mitnehmen. Unterwegs in der Spree entsorgen.

Danach verließ er zügig das Dach.

Lief das Treppenhaus hinunter.

Trat auf die Straße. Stieg in das Auto, das er vorhin auf dem Parkplatz hinter der U-Bahn-Station bei seinem Hotel gestohlen hatte.

Betätigte den Anlasser. Fuhr direkt zum Flughafen.

Dort ließ er den Wagen auf dem Parkplatz stehen.

Seine Bordkarte für den nächsten Flug nach Lissabon befand sich in der Innentasche seines Jacketts.

Mr. Black durfte sich auf seine Ankunft freuen. Mr. Smith über die Erfolgsmeldung in Sachen Siebert, die er ihm gleich über sein abhörsicheres Handy vermelden würde.

24

Montag, zwei Wochen später, 10.05 Uhr, München, Deutschland.

»Ja, da schau her. Unser Amerikaner ist zurück. Und so fesch. Ganz ungewohnt ohne Anzug.« Seine langjährige Assistentin Berta Stocker grinste Hauptkommissar Anton Wallner breit an. Sie schien sich ehrlich darüber zu freuen, ihn wiederzusehen. »Na, wie war der Urlaub in Übersee?«

»Wunderbar, Frau Stocker. Gutes Essen, weite Landschaften, interessante Menschen. Wirklich toll diese Ostküste. Der Ausflug hat sich gelohnt, würde ich sagen.« Anton grinste ebenfalls.

Er fühlte sich anders in seiner neuen Jeans, den Cowboystiefeln und der riesigen schwarzen Lederweste, die er sich in Miami noch vor dem Rückflug besorgt hatte. Gar nicht mehr wie ein Beamter der Münchener Polizei.

Eher wie ein bayerischer Cowboy.

»Sie sind ja ganz aus dem Häuschen, Chef. Muss wirklich toll gewesen sein.«

»Hätte das meine Maria nur noch miterleben können.« Antons fröhliche Miene fror schlagartig ein.

Er hatte den Tod seiner kürzlich verstorbenen Frau längst noch nicht überwunden. Jede Nacht träumte er von ihr. Machte sich bittere Vorwürfe, dass er sie nicht rechtzeitig gerettet hatte, als sie in Portugal von diesem Lastwagen überfahren wurde.

»Ja, schrecklich, das mit Ihrer Frau.« Sie senkte mitfühlend den Blick. »Ein schlimmer Unfall.«

»Sie war die Beste. Naja, was soll's.« Er wischte sich kurz ein paar Tränen aus den Augen. »Das Leben geht weiter, heißt es doch so schön, nicht wahr?«

»So banal es klingt. Aber es stimmt. Haben Sie abgenommen, Chef?« Die selbst ziemlich mollige Berta zeigte auf seinen nach wie vor imposanten Bauch.

»Ein bisschen. War viel schwimmen im Meer.« Anton lächelte verschämt. Er mochte es nicht sonderlich, wenn seine Person im Mittelpunkt der Aufmerksamkeit stand. Außer er zielte von sich aus darauf ab.

»Steht Ihnen gut. Der Maurer wartet übrigens schon in seinem Büro auf Sie.« Sie machte ein wichtiges Gesicht.

»Hat er es wieder mal besonders eilig, der Herr Kriminalrat. Sein Pech. Fünf Minuten wird er auf jeden Fall noch warten müssen. Hier, Frau Stocker.« Er überreichte ihr eine große flache Schachtel.

»Für mich?« Sie errötete. »Aber das wäre doch nicht nötig gewesen.«

»Exklusives Schokoladenkonfekt aus Hershey. Was besonders Feines.«

»Oh super, Chef. Vielen Dank.« Sie nahm das Geschenk mit glänzenden Augen entgegen.

»Gerne. Für Sie ist mir nichts gut genug. Aber nicht alles auf einmal essen.« Er lachte kurz auf. »Wo ist übrigens der Moll?«

Antons ungeliebter Kriminalassistent war morgens prinzipiell nie pünktlich. Aber es war bereits nach zehn. Selbst mitsamt seiner üblichen Verspätung hätte er längst da sein müssen.

»Da fragen Sie besser den Chef.«

»Wieso?«

»Ich weiß von nichts.« Sie schüttelte vielsagend den Kopf.

»Hat er Mist gebaut, der Moll?«

Sie nickte unbestimmt.

»Aber wie kann das sein? Er gehört doch zur lieben Verwandtschaft vom Chef.« Anton runzelte mit einem ironischen Grinsen die Stirn.

25

Montag, 16.05 Uhr, Havanna, Kuba.

Heißer Wind, Palmen, das Meer, Sonne, wohltuender Schatten.

Wolf drehte sich vom Bauch auf den Rücken. Er stellte das obere Ende seiner Liege vorher ein Stückweit auf, sodass er Sicht auf den Strand hatte.

Ein Tag war wie der andere hier im Paradies.

Aufstehen, duschen, rasieren, Koks.

In die Stadt zum Frühstücken, danach wieder Koks.

Nachmittags am Strand oder in Bars abhängen. Dazu Koks und Bier.

Abends Koks, dann Abendessen. Danach wieder Koks, Girls und harter Alkohol. Am liebsten Rum.

Aller Voraussicht nach würde es bis in alle Ewigkeit so weitergehen. Zumindest solange, bis ihnen das Geld ausging.

Das würde bei Arthur deutlich länger dauern, wusste Wolf. Sein eigenes Geld lag in München auf der Bank. Das Nummernkonto in der Schweiz hatte er auch noch.

Eine Empfehlung seines ehemaligen Chefs Bernie.

Gott hab ihn selig.

Wolf hatte allerdings Angst, etwas abzuheben. Nicht mal über Onlinebanking. Sie würden erstens sofort wissen, dass er noch lebte. Zweitens über ihre Computer schnell herausfinden, wo er sich aufhielt.

Anschließend würden sie ihn schnappen. Nicht gut.

Bis auf die restlichen 800 Euro, die ihm noch aus Portugal übrig geblieben waren, hatte er kein Geld mehr bei sich. Also versuchte er, so sparsam wie möglich zu leben.

Was Gott sei Dank nicht weiter schwer war. Meistens bezahlte ohnehin Arthur fürs Essen und ihre Drinks. Sogar die Kosten für den Arzt, der alle zwei Tage Wolfs nach wie vor entzündeten Fingerstumpf behandelte, übernahm er. Für die Übernachtung auf dem Boot verlangte er nichts.

Arthur schien ganze Banken zu besitzen. Zumindest seinen teils großkotzigen Erzählungen nach. Er konnte ein widerlicher Angeber sein. Aber auch richtig witzig.

Wolf hätte das anfangs nicht für möglich gehalten.

»Kommt Zeit kommt Rat«, sagte er sich jeden Abend vor dem Schlafengehen.

Mal mehr, mal weniger davon überzeugt. Je nach Tagesform, Koks- und Alkoholmenge. Zum ersten Mal in seinem Leben ließ er es sich so richtig gehen.

Arthur, der nach wie vor glaubte, dass sein neuer Freund Peter Müller hieß und aus Hamburg kam, hatte ihn mehrmals daran erinnert, endlich den versprochenen Kontakt mit Wolf Schneider in Deutschland herzustellen, über den sie vor ihrer Flucht aus den USA gesprochen hatten.

Wegen der Konstruktionspläne für die Laserkanone.

Wolf, der natürlich selbst Wolf Schneider war, und niemals ernsthaft vorgehabt hatte, Weinbergers Pläne an irgendwen herauszurücken, vertröstete ihn immer wieder.

Was Arthur zunächst gar nicht gefiel. Schließlich hätte er seinen Teil ihrer Abmachung eingehalten. Da könne er erwarten, dass sein Vertragspartner ebenfalls seinen Verpflichtungen nachkäme.

Andererseits beharrte er nach einiger Zeit nicht mehr unentwegt darauf.

Offenbar entspannte auch er sich insgesamt gesehen immer mehr. Er telefonierte nicht mehr alle fünf Minuten mit Gott und der Welt. Brüllte nicht andauernd hysterisch herum. Lachte viel.

Hing mit Vorliebe gemeinsam mit Wolf am Strand herum.

»Solange man genug Koks, ein Mädchen im Arm und einen Drink in der Hand hat, ist die Welt in Ordnung«, sagte er jetzt. Er setzte sich dabei in seinem Liegestuhl auf, der keine zwei Meter von Wolf entfernt unter einem grünen Sonnenschirm stand.

»Ich will nur noch vergessen«, erwiderte Wolf.

Er trank einen Schluck Bier aus einer der eiskalten Flaschen, die sie in einer großen blauen Kühltasche mit weißen Streifen hergeschleppt hatten.

»Und wie vergisst man am besten? So wie ich es gerade sagte. Stimmt's, Peter?« Arthur lachte zischend.

»Du hast vollkommen recht, mein Freund. Prost.«

Sie stießen an.

26

Montag, 10.10 Uhr, Portugal.

Dorian war auf dem Weg zum Lissaboner Flughafen. Er hatte eine Woche lang ergebnislos halb Portugal durchquert.

Von Mr. Black keine Spur. Nicht einmal jemand, der ihm ähnlich gesehen hätte, war aufzutreiben gewesen.

Mr. Smith schien auf einmal kein gesteigertes Interesse mehr an der Sache zu haben. Es sah so aus, als wäre er zufrieden damit, dass Mr. Black von der Bildfläche verschwunden war.

Möglicherweise wäre er sogar tot, hatte er bei ihrem letzten Telefonat eingeräumt. Wenn nicht, hätte er sich wohl irgendwo verkrochen.

Auch gut, solange er ihm nicht in die Quere käme.

Man müsse einfach loslassen im Leben. Auf Kuba könne man das hervorragend lernen. Er und sein neuer Freund Peter hätten dort gerade eine grandiose Zeit. Dorian solle zu ihnen kommen und gemeinsam mit ihnen abhängen.

Dorian hatte höflich abgelehnt. Mit der Begründung, dass er bereits andere Pläne habe. Die Verwandtschaft in Griechenland besuchen.

Obwohl nur halb durchgeführt, hatte Smith den Auftrag trotzdem vollständig bezahlt. Inklusive Bonus und Erfolgsprämie.

Dorian freute sich auf seine ausgiebige Auszeit im Kreise der Familie. Die unzähligen Morde in letzter Zeit hatten ihn ein wenig ausgelaugt.

Er hatte dabei immer sehr gutes Geld verdient. Im Grunde genommen müsste er nie wieder arbeiten. Dennoch würde er später wieder Aufträge annehmen.

Wer einmal sein Hobby erfolgreich zum Beruf gemacht hatte, konnte nur schlecht wieder damit aufhören, wusste er. Eine Art Sucht stellte sich ein.

Außerdem empfand er so etwas wie eine zwingende Standesehre, die es ihm gebot, am Ball zu bleiben. Solange er fit genug dazu war. Vorschriften gab es diesbezüglich sicherlich keine. Es war mehr so eine innere moralische Verpflichtung, die ihn dazu brachte.

Er parkte den Leihwagen.

Betrat das Flughafengebäude.

Gab den Autoschlüssel ab.

Anschließend setzte er sich in die First-Class-Lounge. Schlug entspannt die Beine übereinander. Legte seinen Kopf ins Genick. Wartete mit geschlossenen Augen darauf, dass sein Flug nach Thessaloniki aufgerufen wurde.

27

Montag, 5.00 p.m., Washington D.C., Langley, USA.

»Wir nehmen die Ermittlungen im Fall Arthur Smith wieder auf.«

»Also doch. Ich dachte, die Sache wäre ein für alle Mal abgeschlossen.« Agent Jonathan Scott sah seine Vorgesetzte Victoria Meyers erstaunt an.

»Befehl vom Big Boss.«

»Hugh Bender?«

Jeder in der Abteilung kannte und fürchtete den Direktor für Science & Technology bei der CIA. Jonathan erging es nicht anders. Der Mann war ein unberechenbarer Teufel. Eiskalt und rigoros.

»Yep.«

»Und wo in drei Teufels Namen soll ich mit der Suche nach Smith beginnen?« Jonathan wunderte sich sehr über diese unerwartete Wendung der Dinge. Seit Thomas Fox und sein Vorgesetzter Walter Spinner unter mehr oder weniger mysteriösen Umständen ums Leben gekommen waren, hatte niemand mehr über Arthur Smith gesprochen.

Die Sache war allein Thomas' Steckenpferd gewesen. Jeder in der Abteilung wusste, dass er diesbezüglich nicht ganz richtig im Kopf gewesen war. Eine reine Verschwörungstheorie von ihm.

»Es gibt Hinweise, dass sich Arthur Smith auf Kuba aufhält.« Victoria schob ein Flugticket über den Schreibtisch.

Er registrierte es mit beiläufigem Interesse.

»Und jetzt soll ich nach Kuba fliegen und ihn dort auftreiben? Am besten auch noch diesen Wolf Schneider und seine Schwester Eva?«

»So ist es gedacht.« Ihr Blick zeigte keine Spur von Humor. »Und zwar noch heute Abend.«

»Jeder weiß, dass sich Thomas bezüglich Smith nur Schwachheiten eingebildet hat. Warum lässt man die Sache nicht auf sich beruhen?« Jonathan schlug sich aufgebracht mit der flachen Hand auf den Schenkel.

Morgen hatte sein Sohn Jimmy achtzehnten Geburtstag. Er freute sich schon seit Tagen darauf, gemeinsam am Abend exklusiv mit ihm essen zu gehen. Vor allem, weil er ihn seit der Scheidung von seiner Frau kaum noch sah. Wie sollte er ihm nur erklären, dass er nicht dabei wäre? Eine Katastrophe.

»Es ist nicht unsere Aufgabe Befehle infrage zu stellen, sondern sie zu befolgen.«

»Warum mussten Walter Spinner und Thomas Fox sterben? Hat das etwa irgendwas mit Smith zu tun?«

»Das wissen wir nicht.«

»Nicht oder nicht belegbar?«

»Nicht und nicht belegbar.«

»Also nochmal. Was soll das Ganze dann?«

Völlige Idiotie. Was will Bender nur von dem Kerl?

»Wenn Sie Smith nicht finden, machen Sie sich auf die Suche nach Wolf Schneider. Das Interesse an ihm ist inzwischen genauso groß wie an Smith.«

»Wieso das?« Jonathan sah sie neugierig an.

»Fragen Sie Mr. Allmächtig.«

»Bender?«

Sie nickte nur. Verzog nach wie vor keine Miene.

»Lieber nicht. Der hat mich seit einiger Zeit auf dem Kieker. Wann genau geht mein Flug?«

»In einer Stunde von Baltimore aus.«

»Aber ich muss noch packen.«

»Kaufen Sie in Havanna, was Sie brauchen. Rechnen Sie es mit der Zahlstelle ab. Ein Helikopter bringt sie zum Flugplatz. Er wartet bereits auf dem Dach auf Sie.«

»Schöne Scheiße. Muss gleich mal meinen Sohn anrufen. Der spricht danach nie wieder mit mir.«

»Auf Wiedersehen, Agent Scott.«

»Das Interesse muss wirklich enorm groß sein«, murmelte er, als er stirnrunzelnd von seinem Stuhl aufstand.

Er hasste Hugh Bender, seit der ihm seine Beförderung versagt hatte. Nur weil er einen Fehler bei der Verfolgung eines ausländischen Politikers gemacht hatte.

Gut, er hätte den Chauffeur des Mannes möglicherweise nicht zwingend erschießen müssen. Aber was sollte man machen, wenn sich im Dunkeln eine bedrohliche Gestalt dem eigenen Auto näherte.

Noch dazu mit einer Waffe im Anschlag.

28

Montag, 10.10 Uhr, München, Deutschland.

»Ja, der Herr Wallner. Erfreulich, Sie so sonnengebräunt und erholt wiederzusehen. Setzen Sie sich.« Kriminalrat Maurer zeigte auf den Besucherstuhl vor seinem Schreibtisch.

»Herr Maurer, was gibt's?« Anton sah seinen Chef neugierig an.

An sich hätte es keinen Grund gegeben ihn herzubitten. Alle Fragen bezüglich seines Wiederanfangs hier auf dem Revier hatten sie längst vor seinem Urlaub geklärt.

»Also, Herr Wallner.« Maurer räusperte sich umständlich. »Ich wollte sie persönlich darüber informieren, dass der Herr Moll während ihrer Abwesenheit in den Bayerischen Wald versetzt wurde. Sie bekommen natürlich einen neuen Assistenten. Das kann allerdings etwas dauern.« Er hob bedauernd die Hände.

»Oha, die Höchststrafe. Dass er vor meinem Urlaub einen Bock geschossen hat, weiß ich bereits. Hat er sich danach erneut etwas zu Schulden kommen lassen, der liebe Herr Sohn Ihres Cousins?« Anton konnte sich ein hämisches Grinsen nicht verbeißen.

Großartig. Endlich hatte der kleine Klugscheißer seine verdiente Abreibung bekommen. Es gab also noch Gerechtigkeit auf der Welt. Zumindest gelegentlich.

»Schwerer Ermittlungsfehler bei einer Mordsache. Reden wir nicht darüber.« Maurer machte eine wegwischende Handbewegung.

»In Sachen Wolf Schneider etwa? Sie wissen ja, dass ich den für unschuldig halte.«

»Nein, eine andere Geschichte. Sehr peinlich. Möchte wirklich nicht darüber reden.« Maurer wischte die kleinen Schweißperlen, die sich auf seiner Stirn bildeten, mit einem Papiertaschentuch ab.

»Aha.« Anton grinste weiter in sich hinein.

Er insistierte nicht. Später würde er sowieso alles über den Flurfunk erfahren. Zunächst einmal war es aber eine echte Genugtuung, seinen sonst so gottgleichen Chef auf den Knien zu sehen.

»Dieser Wolf Schneider scheint übrigens tatsächlich unschuldig zu sein«, fuhr Maurer, dankbar über ein neues Thema, fort. »Die Ballistik und die Kriminaltechnik fanden heraus, dass er bezüglich des Toten im Parkhaus und des Leichnams auf der Garmischer Autobahn wohl in Notwehr handelte.«

»Schau an, schau an.« Anton hatte also von Anfang an recht gehabt. Wie meistens. »Wie kommt's?«

»Es wurden ein Einschussloch in der Decke und eine Kugel aus der Waffe des Toten im Parkhaus gefunden. Der Mann am Rastplatz scheint Schneider ebenfalls angegriffen zu haben. Jede Menge von Schneiders Blut war überall auf dem Boden. Außerdem wurde eine Schusswaffe neben dem Unbekannten gefunden. Anzunehmen, dass er Schneider damit bedrohte.«

»Sieh an. Aber ein Schuss wurde keiner daraus abgefeuert?

»Nicht zur Tatzeit.«

»Also hat er ihn mit etwas anderem verletzt. Einem Messer vielleicht.« Anton legte nachdenklich das Kinn in die Hand.

»Das wir allerdings nirgends fanden.«

»Schneider muss es mitgenommen haben. Bestimmt wollte er keine Spuren hinterlassen, weil er wusste, dass wir ihn des Mordes verdächtigen.«

»So gesehen hätte er aber auch das Blut vom Boden wischen müssen.«

»Ein Amateur. Alles ging viel zu schnell. Was können die zwei Ihrer Meinung nach von ihm gewollt haben?«

»Das wissen wir nicht. Wäre Schneider hier, könnte er uns erzählen, was vorgefallen war. Ein Journalist kann schon mal in prekäre Situationen kommen. Das ist uns bekannt.«

»Ich tippe eher darauf, dass es etwas mit dem Mord an seiner Frau zu tun hat. Das viele Blut von Schneider auf dem Parkplatz gibt mir zu denken.« Anton erhob sich und lief im Zimmer auf und ab. »Hoffentlich ist er nicht zu schwer verletzt. War's das?«

»Es geht noch weiter, Herr Wallner.« Maurer setzte eine wichtigtuerische Miene auf. »Spuren der DNA des überfahrenen unbekannten Mannes in Solln wurden an Rebekka Schneiders Hals gefunden. Wir haben da mal einen Crosscheck gemacht, nachdem wir ihn endlich als russischen Killer identifizieren konnten.«

»Gute Entscheidung.«

»Glück war auch dabei. Ein Kollege in Moskau erkannte ihn zufällig auf einem der Fotos, die wir europaweit routinemäßig verschickt hatten. Es ist demnach so gut wie sicher, dass der unbekannte Tote Rebekka Schneiders Mörder war.«

»Wirklich?«

»Ja. Herrn Schneider verdächtigte man also auch diesbezüglich zu Unrecht. Eine Aussage von ihm würde sicher noch die letzten Zweifel daran zerstreuen.«

»*Man* verdächtigte ihn? Soweit ich mich erinnern kann, hielten *Sie* ihn ebenfalls für schuldig.« Anton blickte überrascht drein.

»Na ja, nicht wirklich. Das war eher der Politik geschuldet, mein lieber Wallner. Meine Vorgesetzten lassen mir oft keine Wahl.«

»Haben wir nicht immer eine Wahl?«

»In dem Fall nicht. Die Hauptagitatoren gegen Schneider waren vor allem unser unglückseliger Moll und jemand aus den höchsten Regierungskreisen. Den Namen darf ich Ihnen nicht sagen. Aber derjenige, welcher musste letzte Woche aus Gründen, die keiner so recht kennt, seinen Hut nehmen.«

»Gibt es so was auch.« Anton staunte kopfschüttelnd. »Allerdings hilft das Schneider nicht weiter. Der denkt doch nach wie vor, dass er für schuldig gehalten und gesucht wird. Wenn er überhaupt noch lebt.«

»Ist aber nicht der Fall.«

»Dass er lebt?«

»Dass er für schuldig gehalten und deshalb gesucht wird. Er kann beruhigt aufatmen.« Maurer lächelte beseelt, als hätte er soeben die diesjährige Weihnachtsbotschaft verkündet.

»Sie wollen es nicht verstehen, Herr Maurer, stimmt's? Er wird es nicht erfahren, weil er sonst wo auf der Welt unterwegs sein kann.« Anton blieb direkt vor dem Tisch seines Vorgesetzten stehen. »Wenn Wolf Schneider auf seiner Flucht etwas zustößt, tragen Sie einen großen Teil der Schuld.«

»Jetzt machen Sie aber mal halblang, Wallner. Als hätten Sie noch nie einen Falschen verdächtigt.« Maurer schnaubte empört.

»Schon. Aber ich hab dreimal überlegt, bevor ich handelte. Und mit Vorverurteilungen war ich immer vorsichtig. Sollten Sie auch mal versuchen, Herr Kriminalrat. Schönen Tag noch.«

Zieh nur immer wieder deinen Kopf aus der Schlinge, sobald es brenzlig wird, du aalglatter Karrieredepp!

Anton verließ kopfschüttelnd das Büro seines Vorgesetzten.

Er musste Schneider unbedingt finden, um ihm die gute Neuigkeit mitzuteilen. Nicht dass er sich selbst auch noch dabei schuldig machte. Ihm reichte die Schuld am Tod des portugiesischen Lastwagenfahrers, den er erschlagen hatte, vollauf.

29

Montag, 19.00 Uhr, Havanna, Kuba.

»Sollen wir zum Boot gehen und uns umziehen?« Arthur sah Wolf fragend an. »Es wird Zeit fürs Abendessen.«

»Hab keinen Hunger.« Wolf gähnte ausgiebig.

Die Sonne war gerade untergegangen. Der Himmel über dem Meer leuchtete blutrot. Das Wasser verfärbte sich in immer tieferes Dunkelblau. Der Wind ließ nach.

Wie auf Befehl erhob sich an seiner Stelle der Gesang der Zikaden.

»Der Appetit kommt beim Essen. Weißt du doch.«

»Ich würde lieber noch eine Line schnupfen.«

»Kein Problem, Alter.« Arthur lachte, während er ihm die Blechdose aus seiner Kombüse mit dem Koks darin hinüberwarf.

Der Inhalt würde ihnen sicher die nächsten zehn Tage lang genügen. Wenn der Vorrat zu Ende ging, würden sie Nachschub holen. Lieber Gott. Wie herrlich einfach das Leben sein konnte.

»So. Jetzt will ich gehen«, sagte Wolf, nachdem er seine Nasenlöcher mit dem wohltuenden weißen Pulver gefüllt hatte. Er lachte aufgekratzt.

Arthur lachte mit.

Sie zogen ihre T-Shirts an. Schlüpften in ihre Flip-Flops. Warfen sich ihre Handtücher über die Schultern. Schnallten ihre Rucksäcke mit den Büchern und den Pistolen darin um. Zogen los. So schnell es der unter jedem Schritt nachgebende Sand erlaubte.

Seit ihrer Schlägerei in der Bar vor gut drei Wochen trugen sie die Waffen, die sie aus den USA mitgebracht hatten, sicherheitshalber immer bei sich.

Ihre Liegen ließen sie stehen, wo sie standen. Sie würden sie morgen wieder brauchen. Niemand würde sie stehlen. Überall standen die Liegestühle der Badegäste herum.

Die Kühltasche mit dem Bier vergruben sie gleich daneben im Sand.

Vom Strand in die Stadt hinein mussten sie eine kleine unbeleuchtete Unterführung durchqueren.

Bisher war es darin immer hell genug gewesen, um problemlos von einem Ende zum anderen zu gelangen.

Heute waren sie jedoch spät dran. Der Eingang lag bereits im Dunkeln.

Dahinter war nichts zu erkennen.

»Hast du eine Taschenlampe?« Arthur drehte sich zu Wolf um.

»Nein.«

»Dann muss mein Handy ausreichen.«

»Sollte kein Problem sein. Sind ja nur zwanzig Meter.«

»Folgen Sie mir unauffällig.« Arthur lachte keuchend.

»Gerne, mein Führer.«

»Ich Hitler?« Arthur grinste.

»Blödsinn. Nur ein Scherz.« Wolf hob abwehrend die Hände.

»Genialer Taktiker.«

»Hitler?«

»Ja.«

»Wie kommst du darauf? Wir haben den Krieg verloren.«

»Trotzdem. Sein Blitzkrieg war einmalig. Der größte Feldherr aller Zeiten.«

»Schwachsinn. Er war das größte Arschloch aller Zeiten.«

»Erfolgreiche Leute machen sich oft unbeliebt.«

»Erfolgreich? Spinnst du? Er hatte etliche Millionen Menschen auf dem Gewissen. Das nennst du Erfolg?«

»Aber er war ein genialer Taktiker«, beharrte Arthur. »Könnte uns heute gut gegen die Drecksmexikaner und die Schurkenstaaten helfen.«

»Ein brutaler Massenmörder war er, sonst gar nichts. Schalt lieber das Licht von deinem Scheißhandy ein.«

Gerechte Empörung flackerte in Wolf auf. Für einen winzigen Moment war er ganz der Alte. Der junge kritische Journalist von einst, dem es um Wahrheit, Ideale und Gerechtigkeit ging.

Kurz darauf gewann jedoch gleich wieder seine neu gewonnene Gleichgültigkeit die Oberhand.

Wozu sollte er sich aufregen?

Sein Leben war sowieso gelaufen.

Bestimmt konnte er sich noch eine Zeit lang weiter mit willigen Frauen, Alkohol, Koks und ausschweifendem Strandleben selbst belügen.

Doch schon bald würden seine wirklichen Probleme wieder an die Oberfläche zurückkehren. Dann wäre der Punkt erreicht, an dem er sich offen eingestehen musste, dass er am Ende war.

Schluss machen oder weiterleben.

Die allerletzte Entscheidung läge allein bei ihm.

Arthur hielt sein Handy hoch.

Das Licht des Displays leuchtete nur schwach.

Gebückt, um nicht mit den Köpfen an die Decke zu stoßen, betraten sie den schmalen finsteren Gang vor sich. Die kleinen Kiesel auf dem feuchten Steinboden knirschten unter ihren anfangs zögerlichen Schritten.

Es roch muffig.

Ein Schatten zu ihren Füßen entfernte sich schnell.

Wahrscheinlich eine Ratte.

Verdammte Krankheitsüberträger.

Hoffentlich gab es nicht mehr davon.

30

Montag, 19.10 Uhr, Nuevo Laredo, Mexiko.

»Weißt du wirklich nicht mehr über diese Laserkanone, von der dein Mann sprach, bevor du ihn verlassen hast?« Alejandro betrachtete Jane neugierig.

Die Sache ließ ihm keine Ruhe, seit sie zum ersten Mal davon gesprochen hatte. Jetzt wollte er endgültig alles darüber wissen. Es musste sich um dieselben Pläne handeln, die ihm Mr. Snow bereits telefonisch angeboten hatte. War Janes Arthur etwa dieser Mr. Snow?

Eine rivalisierende Organisation machte ihm seit einiger Zeit Probleme. Mit dieser neuen Wunderwaffe wäre er ihren Leuten sicher überlegen. Er würde jeden Krieg gegen sie gewinnen. Nicht nur gegen sie.

Er wäre praktisch unbesiegbar.

Wenn ihm die Herstellung selbst zu teuer wäre, würde er die Pläne ans Militär verkaufen. Seine Leute dort würden sicher dafür sorgen, dass er einige fertiggestellte Exemplare als Provision abbekam.

»Nein.« Sie räkelte sich gähnend in dem bequemen Liegestuhl auf der Terrasse seines Anwesens. Der weiße Bikini, den sie trug, offenbarte ihre makellose Figur.

»Ganz sicher?«

Madre mia. Sie sieht wunderschön aus.

»Ganz sicher. Ich weiß, wie gesagt, nicht einmal, ob ich ihn richtig verstanden habe.«

»Trotzdem. Wo finde ich deinen Mann?«

»Zu Hause.« Sie sah ihn misstrauisch an. »Was willst du denn von ihm?«

»Nichts. Ich will nur über diese Waffe mit ihm reden. Fragen, ob er vielleicht tatsächlich etwas über die Konstruktionspläne weiß.« Alejandro setzte sich neben sie auf ihre Liege. Er knetete sanft ihr Genick. »Mein Freund bei der Armee hat immer Interesse an neuen Waffensystemen.«

»Aber du willst Arthur nichts anhaben, oder?«

»Nein. Ich will ein Geschäft vermitteln. Sonst nichts.« Er massierte etwas kräftiger.

»Aber er hat nur undeutlich im Schlaf gesprochen. Wahrscheinlich weiß er gar nichts von einer Laserkanone.«

»Wie heißt dein Mann, mein Engel? Wo wohnt er? Sag es mir doch.«

Sie zögerte.

»Komm schon, Jane.«

»Ich weiß nicht recht, ob ich dir das sagen soll. Du musst mir erst versprechen, dass du ihm nichts tust.« Sie begann zu schwitzen, obwohl die Sonne bereits untergegangen war.

Er spürte die Feuchtigkeit an seinen Handflächen.

Konnte es sein, dass sie ihren Mann immer noch schützen wollte? Nach allem, was der ihr angetan hatte. Aber hatte er das auch wirklich getan oder hatte sie gelogen?

»Ich tue ihm nichts«, versicherte er ihr. »Sag mir jetzt bitte seinen Namen und seine Adresse.«

Sein Griff um ihren Hals wurde noch fester.

»Hey, nicht so grob. Du tust mir weh.«

Sie entwand sich ihm. Setzte sich erschrocken auf.

»Entschuldige, Jane. War ein Versehen. Ich hab wohl zu viel Kraft.« Er lächelte betroffen.

Zumindest hoffte er, dass es so aussah. Beinahe hätte er einen sehr dummen Fehler gemacht. Noch dazu einen vollkommen überflüssigen.

Er musste sich bemühen, seine Emotionen besser in den Griff zu bekommen. Sie war unter Umständen sein ganz persönlicher Draht zur Macht.

Ein verantwortungsbewusster Capo vertrieb ein Huhn, das goldene Eier legte, nicht aus purer Unbeherrschtheit oder Leichtsinn. Es sei denn, er war ein unprofessioneller Vollidiot.

»Was ist eigentlich aus dem Mann geworden, den ihr hinten am Zaun eingefangen habt?«, erkundigte sie sich mit schiefgelegtem Kopf.

»Was soll mit ihm sein?« Er zuckte die Achseln. »Wir haben ihn der Polizei übergeben. Wie ich es dir sagte.«

In Wahrheit hatten sie seinen zerschundenen Leichnam nach ihrem Verhör auf der Mülldeponie vor der Stadt abgeladen. Trotz extremer Folter hatte er nicht gestanden, wer ihn geschickt hatte.

Guter Mann.

Schade, dass er auf der falschen Seite gewesen war.

Das alles verriet Alejandro ihr natürlich nicht. Es würde sie nur noch ängstlicher machen, als sie es ohnehin schon war.

31

Montag, 19.15 Uhr, Havanna, Kuba.

Sie kamen im fahlen Lichtschein von Arthurs Handy nur langsam voran. Es war kaum zu erkennen, wo sie lang mussten. In der Mitte des Tunnels wurde es auf einmal stockfinster.

»Der beschissene Akku ist leer«, fluchte Arthur.

»Tasten wir uns eben an der Wand entlang. Wird schon schiefgehen.«

»Ziemlich ungemütlich.«

»Fürchtest du dich etwa?«

»Hat ein Westernpony Zebrastreifen?«

»Na also. Nichts wie los.« Wolf schüttelte grinsend den Kopf.

Solange Arthur noch dumme Sprüche auf Lager hatte, konnte es mit seiner Angst nicht weit her sein.

Sie schlichen weiter. Vorsichtig einen Fuß vor den anderen setzend.

»Hast du das gehört?« Arthur blieb unvermittelt stehen.

»Was?«

»Da war so ein Klicken«, flüsterte Arthur. »Als würde jemand eine Pistole entsichern.«

»Ich hab nichts gehört.« Wolf flüsterte unwillkürlich ebenfalls. »Du hast dich bestimmt getäuscht. Kein Wunder bei einem halben Zentner Koks täglich.«

Sie horchten beide noch einmal konzentriert in die Dunkelheit hinein.

Ergebnislos.

Arthur setzte sich als erster wieder in Bewegung. Wolf folgte ihm mit zwei Metern Abstand.

Je weiter sie in die Unterführung vordrangen, desto feuchter und heißer wurde es um sie herum.

»Hoffentlich haben wir es bald geschafft. Ich kriege kaum noch Luft.« Arthur klang genervt.

»Geh einfach weiter.«

Ein lauter Knall zerriss die Stille. Hallte ohrenbetäubend von den Betonwänden wieder.

Ein Schuss.

Das Mündungsfeuer war deutlich zu erkennen. Wie ein Blitz aus heiterem Himmel. Keine fünf Meter vor ihnen.

Arthur schrie auf.

»Was ist? Bist du getroffen?« Wolf ließ sich blitzschnell zu Boden sinken. Er kauerte sich an die Wand, nahm seinen Rucksack von den Schultern, holte seine Pistole heraus, starrte angestrengt ins Dunkel.

Nichts zu sehen.

»Scheiße, ja.« Arthur stöhnte laut.

Ein erneuter Schuss folgte dem ersten. Er kam aus derselben Richtung. Wolf zielte auf das Mündungsfeuer. Schoss blindlings zurück.

Einmal, zweimal, dreimal.

Ein Schmerzensschrei. Er schien jemanden erwischt zu haben.

Gut so. Glück gehabt.

Todesangst und grenzenlose Wut stiegen gleichzeitig in ihm auf, während er den nächsten Angriff erwartete. Nobody und Mr. Summer kamen ihm in den Sinn. Er hatte sie erledigt. Mit etwas Glück zwar, aber immerhin.

Eine innere Stimme sagte ihm, dass er sich auch jetzt erfolgreich wehren würde. Nie gekannte Ruhe machte sich daraufhin schlagartig in ihm breit.

Keine Zweifel mehr.

Keine störenden Gedanken.

Nur noch ein einziges Ziel. Überleben.

Seine Hand zitterte kein bisschen, als er seine Beretta zum nächsten Schuss anhob.

32

Montag, 13.20 Uhr, München, Deutschland.

Anton klingelte bereits zum dritten Mal bei Eva Schneider. Sie öffnete nicht.

Es gab nur drei Möglichkeiten dafür.

Sie war nicht zuhause.

Sie wollte nicht öffnen.

Sie konnte nicht öffnen, weil sie verletzt, krank oder tot war.

Gefahr im Verzug. Eindeutig.

Ein guter Grund, um sich Zugang zu verschaffen. Es wäre auch weiter kein Problem für ihn hineinzukommen. Für den Fall der Fälle hatte er immer eine Auswahl an Dietrichen dabei.

Routiniert machte er sich an die Arbeit.

Während er ihre Wohnung wenig später betrat, bemerkte er zunächst massenhaft Umschläge und Werbeflyer auf dem Boden. Offensichtlich wurden sie seit längerer Zeit täglich durch den Briefschlitz in der Eingangstür hineingeworfen.

Stille.

Er sah schnell in den Zimmern nach.

Keine Spur von ihr.

Bad. Küche. Speisekammer.

Wieder nichts.

Nur der allgegenwärtige muffige Geruch von Staub und abgestandener Luft.

Sie schien nach wie vor bei ihrem Bruder in Portugal zu sein. Oder woanders.

Hier war sie jedenfalls nicht. So viel stand fest.

»Herrgott nochmal«, fluchte er. »Wo sind die beiden bloß? Irgendwie müssen sie doch erfahren, dass Schneider nicht mehr verdächtigt wird. Am Ende tun sie sich noch etwas an. Zumindest er.«

Mit sorgenvoller Miene blickte er sich nach nützlichen Hinweisen um.

Eine schöne Wohnung, bemerkte er währenddessen. Hätte man in diesem heruntergekommenen Viertel gar nicht erwartet. Gemütlich und modern zugleich. Geschmackvolle Möbel, Teppiche und Vorhänge. Er erkannte die ordnende Hand einer Frau darin.

Maria kam ihm in den Sinn.

Er vermisste sie.

»Scheißleben!«

Tränen stiegen ihm in die Augen.

33

Montag, 19.20 Uhr, Nuevo Laredo, Mexiko.

»Nun sag mir doch endlich die Adresse von deinem Mann«, bettelte Alejandro, während er zärtlich Janes Rücken kraulte. »Wenn die Vermittlung der Pläne an unsere Armee klappt, wirst du nie wieder arbeiten müssen.«

»Wieso das?« Jane zog verwundert die Brauen hoch.

»Die Provision reicht bestimmt für uns beide, um bis an unser Lebensende sorgenfrei zu leben.«

»Sorgenfrei? Heißt das bei dir auch Luxus?«

»Jeder Luxus, den du dir wünschst, wird wahr werden.«

»Tatsächlich?« Ihre Augen funkelten misstrauisch.

Zu tief steckte der Stachel der Enttäuschung in ihr. Die schlechten Erfahrungen mit Arthur hatten sie völlig aus der Bahn geworfen.

Alles was heute weiß schien, konnte bereits morgen schwarz sein.

Was, wenn Alejandro genauso skrupellos wie Arthur war? Wenn er sie wie eine heiße Kartoffel fallen lassen würde, nachdem er hatte, was er wollte?

»Wirklich, mein Engel. Ich sage die Wahrheit. Wir werden glücklich sein bis ans Lebensende. Das schwöre ich dir.«

»Klingt wie im Märchen.« Sie merkte selbst, dass sie sich nicht besonders überzeugt anhörte.

»Dein Mann wird dir ebenfalls dankbar sein.«

Will er mir jetzt Arthur schmackhaft machen? Warum sollte mich der noch scheren? Denkt er etwa, dass ich ihn immer noch liebe? Ist das tatsächlich so? Liebe ich Arthur noch?

»Es ärgert mich, dass ich dem Mistkerl auch noch ein Geschäft vermitteln soll. Verdient hat er das gewiss nicht.«

»Aber wenn wir ihn anständig abzocken, kannst du stolz auf dich sein.« Alejandro machte ein vielsagendes Gesicht.

Schau an. Er gibt nicht auf. Muss ja eine echt wichtige Sache für ihn sein, diese blöde Laserkanone.

»Abzocken?«

»Wir machen ihn arm. Zahlen einfach nicht.«

»Das klingt schon besser.« Sie brachte ein kleines Lächeln zustande.

»Und es geht alles mit rechten Dingen zu? Das Ganze läuft tatsächlich ganz legal und offiziell über die mexikanische Armee?«

Sie wusste, dass sie sich nur noch pro forma danach erkundigte. Hatte sie sich doch längst entschieden. Es war ein Deal mit ihr selbst, bei dem die Vorteile für sie überwogen. Hier bei Alejandro war sie einigermaßen sicher.

Noch zumindest. Voll und ganz darauf verlassen, dass es so bleiben würde, wollte sie sich nicht. Die zunehmenden Ungereimtheiten bezüglich seines Erscheinungsbildes blieben ihr nicht verborgen.

Zudem hatte der Stress der letzten Wochen das grundlegende Misstrauen in ihr wiedererweckt, das sie der Welt bereits als Kind entgegengebracht hatte. Es schien ihr in den Jahren von damals bis heute nur vorübergehend abhandengekommen zu sein.

»Natürlich, mein Engel. Wie ich es dir sagte.«

»Er heißt Arthur Smith. Hast du einen Zettel und einen Stift?«

»Sofort.« Er sprang auf, um beides zu holen.

Nachdem sie ihre und Arthurs Adresse und Telefonnummer für ihn notiert hatte, verschwand Alejandro in seinem Arbeitszimmer.

Um ungestört telefonieren zu können, wie er sagte.

Er wäre in Kürze mit einer eiskalten Flasche Champagner vom Besten zurück, ließ er sie vorher noch wissen. Kaviar, Austern und Lachs würden ebenfalls anwesend sein, um gemeinsam mit ihnen zu feiern.

Jane legte sich leise über seinen Witz lachend auf ihre Liege.

Sie entschloss sich dazu, lieber weiter den warmen Abend zu genießen, anstatt noch eine Sekunde länger über Arthur nachzudenken.

Herrlich der Süden.

Nicht einmal etwas überziehen musste sie sich bei den angenehmen Temperaturen.

Ihr Bikini genügte vollauf.

34

Montag, 19.25 Uhr, Havanna, Kuba.

Wolf erwiderte die nächsten Schüsse seiner Gegner, indem er immer wieder auf das Mündungsfeuer ihrer Waffen schoss. Danach warf er sich hin und her, sodass sie ihn verfehlen mussten.

Er vernahm dabei weitere Schmerzensschreie auf der Gegenseite.

Wenig später kamen keine Schüsse mehr von dort.

»Sind sie weg?« Arthur war kaum zu verstehen.

»Sieht so aus. Bleib aber besser noch liegen. Ich gehe rüber nachsehen.«

»Pass auf dich auf.«

»Natürlich.«

Als Wolf zurückkehrte, hatte er eine Taschenlampe dabei.

»Das Ding muss einer von den Idioten verloren haben«, meinte er leichthin. »Wie geht es dir, Alter? Ist es schlimm?«

»Sind sie endgültig weg?«

»Sieht so aus. Ich hab sie wohl in die Flucht gejagt.«

»Perfekt, Peter. Guter Mann.« Arthur lachte grimmig. Er keuchte gleichzeitig vor Schmerzen. »Mit mir geht's zu Ende. Bauchschuss. Es tut so verdammt weh.«

»Ich bring dich erstmal ins Krankenhaus.« Wolf machte Anstalten, ihn vom Boden aufzuheben.

»Nein, lass mich. Ich weiß, dass ich sterbe. Man spürt es, wenn es so weit ist. Glaube mir.«

»Ist das dein Ernst?« Wolf kniete sich zu ihm hinunter. Er legte seine Hand unter Arthurs Kopf.

»Mein voller Ernst.« Arthur schnappte kraftlos nach Luft. »Noch was. Kümmere dich um Wolf Schneider, Peter. Biete die Konstruktionspläne für diese neuartige Laserwaffe unserem Verteidigungsministerium an. Du kannst damit steinreich werden.«

»Ich muss dir was gestehen, Arthur.« Wolf zögerte.

»Was?«

»Ich bin Wolf Schneider.« Er konnte ihn unmöglich sterben lassen, ohne ihm die Wahrheit zu sagen.

Erstens machte die Lüge mit seiner falschen Identität jetzt keinen Sinn mehr. Arthur konnte ihm nichts mehr anhaben. Egal was. Zweitens hatte der verrückte Politiker es irgendwie verdient. Er hatte sich ihm gegenüber in letzter Zeit immer mehr als ein wahrer Freund erwiesen.

»Was sagst du?« Arthur sah ihn verwundert an.

»Ich bin Wolf Schneider«, wiederholte Wolf. »Der Journalist aus München, dessen Frau wegen der Pläne ermordet wurde.«

»Nicht … Peter Müller?«

»Nein.«

»Aber ich wollte das nicht.«

»Was wolltest du nicht?« Jetzt war es an Wolf sich zu wundern. Gespannt wartete er darauf, was Arthur als nächstes sagen würde.

»Ich gab den Auftrag, dich und deine Frau wegen der Pläne unter Druck zu setzen. Wollte sie dir zuerst abkaufen. Der Mord an deiner Frau … das war ich aber nicht.« Arthur bekam kaum noch Luft. Seine Stimme wurde immer leiser. »Der Killer handelte in Eigenregie. Ich ließ ihn dafür büßen. Er ist tot.«

»Es gibt also gar keinen Auftraggeber für den Mord an Rebekka?« Wolf starrte mit leerem Blick in die beginnende Dämmerung.

»Nein. Den Mord an deinem Freund Roman, von dem du immer erzählst, habe ich auch nicht zu verantworten. Dein Ex–Chef Bernie gab den Auftrag und bezahlte ihn. Genauso wie bei seiner Geliebten. Ich wickelte das nur für ihn ab.«

»Roman wurde also ermordet? Kein Unfall?«

»Bernie wollte es so.«

»Und was wollten Summer und Nobody von mir? Und dieser Killer am Flughafen in Lissabon? Und die zwei Kerle hinter dem Münchener Ostbahnhof?«

»Da lief die Sache bereits aus dem Ruder. Sie alle sollten dir die Pläne abnehmen und dich danach außer Gefecht setzen. Gott sei Dank warst du schneller als sie. Gut gemacht.«

Arthur brachte ein schwaches Lächeln zustande.

»Hab keine Angst vor der CIA«, fuhr er fast unhörbar fort.

»Wie meinst du das?«

»Der Mann, der hinter uns her war, Thomas Fox. Ich ließ ihn erledigen.«

»Woher wusstest du, wer hinter uns her war?«

»Sein Chef Walter Spinner rief mich an, als sie zusammen in einer Bar waren. Mein Netzwerk ist groß.«

»Scheint so, als wärst du ein großer Boss.« Wolf kam aus dem Staunen nicht mehr heraus.

»War ich. Auf jeden Fall. Ich könnte dir echt unglaubliche Geschichten erzählen …«

Arthur lächelte erneut. Diesmal sah er höchst zufrieden dabei aus.

Er atmete lange aus.

Danach bewegte er sich nicht mehr.

»Was für ein trauriges Arschloch.« Wolf legte Arthurs Kopf auf den Boden. »Aber trotzdem ein cooler Typ irgendwie. Egal. Scheiß auf ihn.«

Er drehte sich um und eilte Richtung Hafen davon.

Das Boot. Nichts wie hin. Er musste schleunigst von der Insel verschwinden. Bevor die Polizei Arthur fand.

35

Montag, 21.00 Uhr, Nuevo Laredo, Mexiko.

»Er ist nicht da.«

»Wer?« Jane sah Alejandro erstaunt an.

»Arthur, dein Mann. Er ist von daheim abgehauen. Spurlos verschwunden. Wusstest du das?« Er klang ungewöhnlich ungeduldig. Fast schon unfreundlich.

Diesen Ton hatte er bisher nur seinen Angestellten gegenüber angeschlagen. Ihr gegenüber noch nicht einmal im Ansatz.

»Natürlich nicht. Wie kommst du darauf?« Das Erstaunen in ihrem Gesicht wuchs.

»Könnte es sein, dass du mir nicht die ganze Wahrheit gesagt hast? Um ihn zu schützen.«

»Warum sollte ich das tun? Er hat mich geschlagen. Schon vergessen?« Ihre Augen blitzten wütend.

Sie war keine Lügnerin. Noch nie gewesen.

Das würde sich auch niemals ändern.

Bis auf kleine zwingende Ausnahmen höchstens.

Wenn man ihr gar keine andere Wahl mehr ließ.

»Nein, hab ich nicht vergessen.« Er schüttelte den Kopf. »Aber ich weiß nicht, was ich denken soll, Jane. Ich weiß nur, dass unsere Leute in Baltimore euer Haus leer vorfanden. Innen hat jemand alles verwüstet.«

»Oh Gott. Arthur ist anscheinend total durchgedreht.« Sie sah ihn ängstlich an. »Er will mich bestimmt umbringen, Alejandro. Einen Freund von mir hat er bereits umgebracht oder umbringen lassen. Vermute ich zumindest schwer. Und ich lüge übrigens niemals. So gut solltest du mich inzwischen kennen.«

»Bist du sicher, dass er dich sucht und nicht einfach untergetaucht ist?«

»Ziemlich.« Sie kaute nervös an ihren Nägeln. »Du musst mir helfen. Mich vor ihm beschützen.«

Ich muss unbedingt Mutter anrufen. Hoffentlich hat Arthur ihr oder Mara nichts zuleide getan. Ihm ist alles zuzutrauen.

»Das werde ich.« Er sah aus, als hätte er eine plötzliche Eingebung. »Hab keine Angst«, fuhr er fort. »Hier bist du in Sicherheit. Zumindest solange du die Wahrheit sagst.«

Er schien ihr immer noch nicht wieder ganz über den Weg zu trauen.

»Sagte ich nicht gerade, dass ich niemals lüge? Trotzdem danke.« Sie blickte eingeschnappt an ihm vorbei.

»Mir kommt gerade eine Idee. Wir werden ihn herlocken.«

»Wozu? Ich brauche ihn hier nicht.«

»Um an die Konstruktionspläne für diese Laserwaffe zu kommen natürlich. Was denn sonst?«

»Aber vielleicht weiß er wirklich gar nichts davon.«

»Dann schicken wir ihn wieder nach Hause. Oder zu den Haien. Wie es dir lieber ist.«

»Wie willst du ihn hierherbekommen?«

»Wir lancieren in der Zeitung, dass du hier bist.« Er klatschte begeistert in die Hände.

»Bist du verrückt. Einmal werde ich sicher auch von den amerikanischen Behörden gesucht. Wegen der Sache mit meinem ermordeten Freund in Baltimore. Und was, wenn er mich umbringt?«

»Hier wird er das gewiss nicht tun. Dafür sorgen meine Leute und ich.«

»Wie denn? Willst du ihn etwa gefangen nehmen?« Sie starrte ihm ungläubig ins Gesicht.

»Genau.« Er nickte bestimmt.

»Aber du tust ihm nichts?«

»Nein. Sicher nicht.«

Seine Worte hörten sich wie die eines Politikers vor der nächsten Wahl an. Souverän vorgetragen. Rein äußerlich überzeugend. Insgeheim ahnte der Zuhörer jedoch bereits, dass er eingeseift wurde.

»Ich weiß nicht. Glaubst du im Ernst, dass er Geschäfte mit dir macht, wenn du ihn einsperrst? Da kennst du Arthur aber schlecht. Der lässt sich zu nichts zwingen.«

»Wart's ab. Wir haben da unsere Methoden.«

»Etwa Folter? Spinnst du?« Sie stand aufgebracht von ihrem Liegestuhl auf. Ihre Stimme überschlug sich vor Entsetzen. »Ohne mich. Du hast doch gerade gesagt, dass du ihm nichts tust.«

»Keine Folter«, beruhigte er sie mit gelassener Miene. »Sicher nicht. Da gibt es wirksamere Mittel.«

»Wirksamere Mittel? Was soll das sein?«

»Ohne Gewalt. Mehr im chemisch-medizinischen Bereich.«

»Ich will das gar nicht wissen.« Sie hielt sich demonstrativ die Ohren zu.

Die Gewalt um sie herum schien langsam aber sicher zu einem festen Bestandteil ihres Lebens zu werden. War denn die ganze Welt schlecht? Oder suchte sie sich zielsicher immer nur die falschen Männer heraus? Alejandro hier war doch kein rein seriöser Geschäftsmann. Da steckte eindeutig mehr dahinter. Etwa eine der zahlreichen mexikanischen Gangsterbanden?

»Musst du auch nicht so genau wissen, mein Engel. Nichts Schlimmes, versprochen.«

»Hoffentlich.« Sie beruhigte sich einigermaßen, nahm wieder auf ihrer Liege Platz.

»Madre mia, was sage ich jetzt nur meinem Kontaktmann bei der Armee? Der hält mich bestimmt für eine Witzfigur, wenn ich ihm erkläre, dass bisher alles nur falscher Alarm war.« Er lief ärgerlich auf und ab.

»Wieso das denn? Du kannst doch nichts dafür, dass

Arthur verschwunden ist.« Jane trank einen Schluck von dem Champagner, den er wie versprochen mitgebracht hatte. Danach fuhr sie mit leicht zitternder Stimme fort: »Außerdem bekommst du Arthur mit mir als Köder bestimmt zu fassen.«

»Du hast recht.« Er setzte sich zu ihr.

»Natürlich hab ich recht. Und ich hab Angst.«

Er ist gar nicht mehr so nett und charmant wie am Anfang. Scheint sich genau wie Arthur nur um seine Geschäfte kümmern zu wollen.

»Musst du nicht.«

»Ist aber so.«

»Mein kleiner Engel.«

Er beugte sich zu ihr hinüber. Küsste sie zärtlich. Sie ließ es sich mit gemischten Gefühlen gefallen.

36

Montag, 21.30 Uhr, Arthurs Jacht.

Wolf fuhr auf hoher See Richtung Westen. Volle Kraft voraus.

Er hatte kurz nach dem Überfall Arthurs Boot in Gang gesetzt und Kuba verlassen.

Seine Hände zitterten, feucht von Schweiß.

Gott sei Dank hatte Arthur bei ihrer Ankunft gleich in Fahrtrichtung aufs offene Meer angelegt. Großartige Manöver waren somit nicht nötig gewesen.

Zwar hatte er vor langer Zeit zu Hause in München und am Starnberger See seinen Motorbootführerschein bestanden. Aber eine große Jacht, wie die von Arthur, hatte er zuvor noch nie selbst gesteuert.

Was den Umgang mit der Technik an Bord betraf, hatte er Arthur allerdings auf ihrer Herfahrt beobachtet. Sich dabei die wichtigsten Dinge gemerkt.

Er würde sich an den Navigationscomputer, die Sterne und die Sonne halten. Dann würde schon nichts schiefgehen. Mexiko konnte er so gar nicht verpassen. Früher oder später würde er unweigerlich an dessen Küste landen.

Verhungern würde er dort nicht. Unter Deck lagerte jede Menge von Arthurs Koks, das er nach und nach verkaufen konnte. Natürlich würde er einen ausreichenden Vorrat für sich selbst behalten. Die Jacht konnte er ebenfalls zu Geld machen.

Was immer ihn erwartete. Es wäre auf jeden Fall besser, als in einem kubanischen Gefängnis zu verrotten oder von den Ganoven, die sie überfallen hatten, doch noch aus Rache erschossen zu werden.

Arthur hatte bei seinen letzten Worten sicherlich nicht gelogen. Demnach gab es also keinen Auftraggeber für den Mord an Rebekka.

Einerseits tat es Wolf gut zu wissen, dass sie bereits gerächt war. Andererseits war dies durch einen Fremden geschehen. Was der Sache einen unguten Beigeschmack verlieh. Er hätte das lieber selbst erledigt.

War es tatsächlich Nobody gewesen? Ein Killer hatte den anderen gekillt? Wenn ja, müsste er ihm posthum fast dankbar dafür sein.

Also was jetzt? Den Rachefeldzug abblasen?

Natürlich. Machte keinen Sinn mehr.

Aber wie sollte sein Leben dann weitergehen?

Trauern? Weitersaufen und koksen?

Nach Deutschland zurückkehren?

Ein kühler Wind kam auf. Hoffentlich kündigte er keinen Herbststurm an.

Er zog sicherheitshalber eine Regenjacke über.

37

Montag, 21.40 Uhr, Havanna, Kuba.

Jonathan trat durch eine der gläsernen Schwingtüren des Flughafengebäudes ins Freie hinaus. Während er ein Taxi herbeiwinkte, registrierte er, dass sein graues Tweed-Jackett viel zu warm war.

Er zog es aus, legte es zusammen mit seinem Aktenkoffer auf die Rückbank und setzte sich auf den Beifahrersitz.

»Hotel?«

»Yes. Tryp Havanna Libre.«

Der dunkelhäutige Mann mit den kurzen krausen Haaren fuhr los. Jonathan scannte während der Fahrt die Gegend mit seinen meerblauen Augen.

Er ärgerte sich immer noch, dass er für den toten Thomas Fox die Kastanien aus dem Feuer holen sollte. Sicher hatte der ihren Big Boss Hugh Bender darauf heiß gemacht, diesen Arthur Smith zu finden. Völlig überflüssigerweise.

Warum ließen sie den Mann nicht in Ruhe? Genau wie diesen Wolf Schneider. Was konnte es denn groß bringen, sie hier aufzustöbern?

Hatte einer von ihnen etwa Benders Frau Pamela gevögelt?

Kaum vorstellbar.

Sie war unglaublich fett. Bender betrog sie nach Strich und Faden. Aber er verließ sie nicht. Ihre Familie war eng mit den Kennedys bekannt. Hatte Geld wie Heu.

Alles dieselben Dreckskerle. Egal, wo du hinschaust.

»Heiß.« Der Taxifahrer wischte sich mit dem Handrücken über die feuchte Stirn.

»Ja.«

Im Hotel würde er erst einmal duschen und sich danach leichtere Kleidung besorgen. Bermudashorts und ein lockeres kurzärmeliges Hemd wären angemessen. Außerdem würde er so auch weniger auffallen. Zumindest wenn er sich an den Stränden der Stadt und im Hafen umsah.

Aber das hatte alles bis morgen Zeit.

Heute Abend würde er erstmal leckeres kubanisches Essen, Musik und Rum genießen. Er liebte stark gewürzte exotische Speisen über alles. Cajun-Küche, karibische Küche oder afrikanische. Von allen dreien war er ein erklärter Fan.

Die Mädchen hier sollten außerdem umwerfend sein.

»Noch zehn Minuten. Kommen Sie aus Amerika, Senor?« Der Taxifahrer schien reden zu wollen.

Jonathan nickte nur.

Er wollte nicht reden.

Nicht jetzt und nicht hier.

38

Montag, 22.30 Uhr, Arthurs Jacht.

Wolf hatte sich nicht getäuscht. Der kühle Wind von vorhin war tatsächlich der Vorbote eines schnell herannahenden Sturmes gewesen, der jetzt in Orkanstärke durch die Nacht heulte.

Wassertropfen und Gischt peitschten waagerecht übers Deck.

Riesige schwarze Wellen türmten sich vor der Jacht auf. Warfen sie mit übermächtiger Gewalt hin und her wie eine winzige Nussschale. Immer und immer wieder.

Wolf hielt das Steuer fest umklammert. Die Knöchel seiner Hände traten dabei weiß hervor. Er hatte sich zur Sicherheit mit einem Gurt daran festgeschnallt.

Es kostete ihn größte Mühe, seinen Kurs zu halten.

Immer geradeaus und nach Westen. Das war im Moment das Wichtigste.

Auf keinen Fall durfte er quer zu den Brechern stehen. Das Boot würde unweigerlich kentern. In der aufgewühlten See sein sicherer Tod.

Die Sterne und der Mond waren längst nicht mehr zu erkennen. Um ihn herum herrschte Finsternis.

Nur der Bordscheinwerfer erhellte die nahezu senkrecht ansteigenden und abfallenden Wasserwände vor ihm in seinem Lichtkegel.

»Bloß nicht lockerlassen«, sagte er sich immer wieder.

Ein sich überschlagender Wellenkamm krachte scheppernd über den Bug. Zerschmetterte die rechte Frontscheibe. Zog das Vordeck mit sich in die Tiefe, bis das Boot fast senkrecht im Wasser stand.

Der nächste Streich traf das Heck.

Endlos scheinende Wassermassen begruben alles unter sich. Drangen ins Cockpit ein. Flossen und sickerten in die Kajüte hinunter.

Er stemmte sich mit aller Kraft dagegen.

Als sie sich zurückzogen, zerrten sie erneut mit Macht an seinem Körper. Rissen seine und Arthurs Pistole, die er neben dem Steuer deponiert hatte, mit sich.

Seine Brille fiel herunter, als sein Oberkörper von einem heftigen Ruck nach vorne geschleudert wurde. Verschwand für immer in den Fluten.

Was, wenn er sich abschnallte? Sich einfach den Kräften der Natur überließe?

Rebekka war nicht mehr da.

Roman und Eva auch nicht.

Im Moment wäre die beste Gelegenheit, ihnen ins Paradies zu folgen. Wo und was auch immer das sein mochte. Wenn es denn überhaupt existierte, was er bisher immer bezweifelt hatte.

39

Dienstag, 1.15 Uhr, München, Deutschland.

»In Ehren wiederaufgenommen. So nennt man das wohl. Moll muss totalen Mist gebaut haben. Er wurde versetzt. In die Walachei an der tschechischen Grenze.« Anton trank einen kräftigen Schluck von seinem Bier.

»Na dann, gratuliere.« Hubert prostete ihm zu. Er trank ebenfalls.

Sie saßen allein in »Huberts Stüberl«, nicht weit vom Isartor. Hubert hatte gerade eben seine letzten Gäste hinauskomplimentiert und die Tür abgesperrt.

»Ich bin so froh, dass der Depp weg ist«, fuhr Anton fort. »So viel Schmarrn wie der kann normalerweise niemand erzählen. Immerzu lag er daneben mit seinen Einschätzungen. Hirnloser selbstgefälliger Großkotz.«

»Ich weiß. Du hast oft genug über ihn geschimpft.« Hubert grinste. »Aber mal was anderes. Hast du es dir überlegt?«

»Was überlegt?«

»Ob du hier einziehen willst, in unsere Witwer-WG?«

»Hab ich gar nicht mehr daran gedacht. Nur wir zwei? Und jeder ein einzelnes Zimmer?« Anton machte ein fragendes Gesicht.

»Jeder hat sogar ein eigenes Badezimmer und zwei eigene Zimmer«, erwiderte Hubert stolz. »Es waren ursprünglich zwei Wohnungen. Jemand schlug irgendwann früher einen Durchbruch und legte sie zusammen.«

»Passen täte es. Wir kennen uns seit der Kindheit. Jeder weiß vom anderen, was für ein Sturschädel er sein kann.« Anton lachte. »Ist Freibier hier in deiner Wirtschaft inklusive.«

»Eins am Abend. Höchstens.«

»Geizhals.«

»Du verdienst schließlich gut als Hauptkommissar.«

»Könnte besser sein.« Anton lachte erneut. »Erinnerst du dich noch an den Fall mit dem Journalisten? Wolf Schneider. Es war, bevor ich in die USA abreiste.«

»Wie könnte ich das vergessen.« Hubert schenkte ihnen noch zwei kleine Biere ein. Sicherheitshalber. Gut möglich, dass sich ihr Gespräch noch eine Weile lang hinzog. »Du warst stinksauer darüber, dass sie ihn verdächtigten, obwohl du ihn für unschuldig hieltest.«

»Und das ist er auch. Jetzt sogar offiziell.«

»Unschuldig?«

»Ja.«

»Ist doch super.«

»Eben nicht. Er ist mit seiner Schwester geflohen und denkt wahrscheinlich, dass er immer noch verdächtigt wird.«

»Aber da kannst du doch nichts dafür.«

»Eben schon, Hubert. Das ganze Revier kann was dafür. Ich will es wieder gutmachen. Hab meine persönlichen Gründe.«

»Bist du neuerdings Jesus?«

»Schneiders Frau ist gestorben. Wie meine Maria, verstehst du? Ich weiß genau, wie sich das anfühlt. Darum will ich ihm helfen. Ich muss es einfach tun.«

»Wenn das so ist. Nur zu, Mutter Teresa.« Hubert lächelte ihm ermutigend zu. »Und wie schaut es mit der Wohnung aus?«

»Sag ich dir morgen früh. In Ordnung?«

40

Dienstag, 8.30 Uhr, Arthurs Jacht.

Der Sturm hatte seit dem frühen Morgen immer mehr nachgelassen. Wolf steuerte mit zusammengekniffenen Augen durch die langsam kleiner werdenden Wellen.

Er war völlig erschöpft. Sah so gut wie nichts ohne seine Brille.

Die Versuchung aufzugeben war groß gewesen. Dennoch hatte er sich dazu entschlossen weiterzuleben. Letztlich konnte niemand wissen, was die Zukunft noch brachte.

Außerdem war er eindeutig zu feige, sich umzubringen.

Er ahnte allerdings jetzt schon, dass sein weiterer Weg nicht unbedingt leicht werden würde. Es fing damit an, dass er seine momentane Position nicht genau bestimmen konnte. Die Wellen hatten den Navigationscomputer unbrauchbar gemacht.

Stattdessen hatte er sich bisher an den allem Anschein nach intakten analogen Kompass gehalten, der direkt vor dem Ruder angebracht war.

Immer stur Richtung Westen.

So musste es auch weiterhin funktionieren.

Irgendwann würde er die mexikanische Küste erreichen.

Hoffentlich war er nicht zu weit nördlich Richtung USA abgetrieben worden. Das könnte gefährlich für ihn werden. Sicher hatten sämtliche amerikanischen Behörden sein Fahndungsfoto.

Seine Hände schmerzten steif vor Kälte. Vor allem der verletzte Zeigefinger pochte unerträglich. Hatte sich wohl erneut entzündet.

Sein Magen knurrte vor Hunger.

Ihm war schwindlig.

Die See wogte jedoch immer noch zu stark, um das Steuer im Stich zu lassen.

Er würde sicher noch einige Stunden durchhalten müssen, bis er es wagen konnte, unter Deck nach Essen zu suchen.

Zu kentern wollte er auf keinen Fall riskieren.

Nur nicht ohnmächtig werden.

Niemals das Ruder loslassen.

Nicht einschlafen.

Die Sonne brach durch die letzten dunklen Wolken. Schenkte ihm ihre Wärme. Wenigstens das.

Hatte er eigentlich genug Proviant an Bord? So bald wie möglich überprüfen. Wasservorräte ebenfalls checken.

Er wusste, dass noch eine kleine Flasche Bier da sein musste und ein Rest Rum. Wenigstens das.

Noch einmal türmte sich eine haushohe Welle vor ihm auf.

Oh Gott. Ein riesiges Monsterteil. War so nicht mehr zu erwarten gewesen. Musste ein Nachzügler sein.

Es ging wie im Aufzug nach oben. Er umklammerte das Ruder, wie ein Ertrinkender den Rettungsring.

Das Boot erreichte den Wellenkamm.

Anschließend raste es steil hinab ins Bodenlose. Schlug krachend auf dem Wellental auf.

Wolf wurde schlecht.

»Verdammter Sturm! Verdammtes Meer! Scheiß Natur! Scheiß Welt!«, drängte es verzweifelt aus seiner Kehle.

Die Wellen wurden wieder kleiner.

Vorbei. Geschafft. Für dieses Mal.

»Rebekka, Rebekka, wo ist mein Schatz Rebekka?«, intonierte er leicht irre grinsend zu einer Kindermelodie. »Eva, ja Eva, wo ist denn meine Eva?«, fuhr er lauter singend fort. »Roman, mein Roman, sag mir schon, wo bist du hin?«

Anschließend lachte er hysterisch.

Bekam sich nicht mehr ein. Tanzte wild auf der Stelle auf und ab. Sang dasselbe nochmal. Versuchte es im Kanon. Merkte, dass das mit einer Stimme allein unmöglich war.

Lachte erneut.

Brüllte vor Lachen.

Weinte.

Schluchzte.

Entdeckte, dass er diabolisch kichern konnte.

Riss sich zusammen.

»Poseidon und Neptun, und wie ihr alle heißen mögt. Ihr kriegt mich nicht, ihr Penner!«, rief er. »Keiner kriegt mich. Ich mach euch alle fertig! Ich bin Wolf Schneider! Ich bin selbst ein Gott!«

41

Dienstag, 9.30 Uhr, Havanna, Kuba.

»Scheiß Rum. Oh, Mann.« Jonathan hielt sich stöhnend seinen unsäglich schmerzenden Kopf.

Er blickte mit halbgeöffneten Augen um sich.

Bemerkte, dass er nicht allein in seinem Bett war. Links und rechts von ihm lag jeweils eine nackte kaffeebraune Schönheit.

Schnell sah er an sich hinunter. Stellte fest, dass er ebenfalls nichts anhatte.

»Oh, nein.« Er schloss die Augen wieder. Versuchte sich daran zu erinnern, was letzte Nacht gewesen war. Kam nicht darauf.

Hoffentlich hatte er einen Gummi benutzt.

Er schaute erneut an sich hinunter. Ja, offensichtlich. Gott sei Dank.

Mist. Wenn das hier seine Chefin erfuhr oder noch schlimmer Hugh Bender, warfen sie ihn auf der Stelle hinaus. Schließlich hatten sie ihn nicht auf Urlaub und zum Vögeln hierhergeschickt, sondern um zu arbeiten.

Er wühlte sich aus dem Bett. Hob im Zeitlupentempo seine Unterwäsche und den Anzug vom Boden auf. Tappte barfuß über die Kleidungsstücke seiner Mitschläferinnen hinweg ins Bad. Zog die Tür hinter sich zu.

Duschen, anziehen, die Ermittlungen aufnehmen.

Das war der Plan.

Vorher musste er nur noch die zwei Girls loswerden. Das dürfte allerdings kein Problem sein.

Er sah in seiner Brieftasche nach, ob er sie bezahlt hatte. Hielt aber gleich darauf wieder inne. Wie sollte er das feststellen, wenn er nicht einmal wusste, wieviel er für Essen und Getränke ausgegeben hatte?

Seinem Filmriss und der Ebbe in seiner Kasse nach musste es insgesamt eine Menge gewesen sein. Wie er sich kannte, hatte er die Frauen auf Champagner eingeladen. Sicher war sein Hang zur Prahlerei wieder mal mit ihm durchgegangen. Wie immer, wenn er betrunken war.

Ein dämlicher Tick, den er sich nicht abgewöhnen konnte. Irgendwann würde ihn dieser Blödsinn nochmal Kopf und Kragen kosten.

Arthur Smith. Wo mochte er sein?

Hafenbehörden und Flughafen. Er würde alle Personen, die in den letzten drei Wochen eingereist waren, überprüfen.

Vielleicht hatte er Glück und Smith war unter seinem

eigenen Namen unterwegs. Reichlich unwahrscheinlich, mit dieser These Erfolg zu haben. Aber versuchen musste er es.

Also, immer schön der Reihe nach.

So waren die Vorschriften. So würde er vorgehen.

Nachdem er fertig angezogen in sein Zimmer zurückkehrte, weckte er die Frauen. Warf ihnen ihre Klamotten aufs Bett.

»Ola, Chicas, ab nach Hause!«, rief er laut. »Der Onkel muss arbeiten. Hopp, hopp, hopp.«

42

Dienstag 11.00 Uhr, München, Deutschland.

»Herrgott Sakrament, noch mal«, fluchte Anton Wallner laut. »Wollte Moll das Zeug etwa vor mir verstecken?«

Er hatte sich vorgenommen, die Akte Wolf Schneider noch einmal gründlich durchzugehen. Möglicherweise hatte er darin einen wichtigen Hinweis auf Schneiders Verbleib übersehen. Das wäre unverzeihlich gewesen.

Doch jetzt kam er wegen Molls seltener Blödheit nicht an den Stapel heran. Der hatte ihn im höchsten Fach ihres Regals ganz nach hinten geschoben.

»Hirnloser Depp«, schimpfte Anton weiter, während er überlegte, wie er weitermachen sollte.

Moment mal. So muss es gehen.

Er holte den alten Holzstuhl aus der Ecke, der dort als Ständer für die halbvertrocknete Yucca-Palme diente, die ihm Maria einmal mitgegeben hatte.

Versuchshalber setzte er einen Fuß auf die Sitzfläche.

Mist. Haut nicht hin. Viel zu wackelig.

Einer der Bürostühle kam ebenfalls nicht infrage. Sie hatten Rollen. Eine falsche Bewegung darauf, und sie durften ihn ins Unfallkrankenhaus einliefern. Die Sanis, die ihn tragen müssten, taten ihm jetzt schon leid.

»Frau Stocker!«, rief er ins Vorzimmer hinüber. »Ich brauche Ihre Hilfe.«

»Komme sofort, Chef«, erwiderte seine Assistentin.

Keine Minute später stand sie neben ihm.

»Sie müssten mal auf den Stuhl hier steigen und mir Wolf Schneiders Akte runterreichen. Geht das? Ich glaub, ich bin zu schwer.«

»Das glaub ich allerdings auch.« Sie streifte seinen mächtigen Bierbauch mit einem amüsierten Blick. Anschließend nahm sie den altersschwachen Stuhl ins Visier. »Kriegen wir schon hin. Ich hab vier Kilo abgenommen.«

»Wieso hat Moll die Sachen denn im hintersten Eck versteckt?«

»Es sollte nicht mehr daran weitergearbeitet werden, nachdem Schneiders Unschuld bewiesen war. So hat er es mir jedenfalls erklärt.«

»Wann genau war das?«

»Vor zwei Wochen etwa.«

Berta wuchtete sich schwungvoll nach oben.

Kurz darauf händigte sie ihm den Stapel Papiere aus.

Der Stuhl quietschte und ächzte zwar dabei. Doch er hielt ihrem Gewicht stand.

Auf Antons Schulter gestützt, sprang sie mit einem gekonnten Satz wieder auf den Boden hinunter.

»Vielen Dank, Frau Stocker. Respekt. Sie sind die reinste Artistin.« Er schenkte ihr einen anerkennenden Blick.

»Kein Problem, Chef.« Sie lächelte geschmeichelt. »Kann ich sonst noch was für Sie tun? Einen Kaffee vielleicht? Sie sehen müde aus.«

»Ein Kaffee wäre super. Der Föhn macht mir heute wie selten zu schaffen. Kopfweh ohne Ende!« Er grinste gequält.

»Wir haben Nordwind, Herr Wallner. Der Föhn wehte wohl eher gestern Nacht in ihrem Bierglas. Nicht zu knapp, ihrer Fahne nach.« Sie zwinkerte ihm gutmütig zu.

»Wie auch immer«, sagte er schnell. »Ein Kaffee wäre auf jeden Fall super.«

»Ich bringe Ihnen einen Kaugummi dazu.« Berta eilte aus dem Zimmer.

»Danke«, rief er ihr hinterher.

Anton ließ sich ächzend in seinen Bürosessel sinken. Er rief Hubert an.

»Also gut, ich zieh bei dir ein«, sagte er, ohne sich mit seinem Namen zu melden. »Zum nächsten Ersten, okay?«

»Anton? Bist du das?«

»Wer sonst? Oder hast du noch andere Kandidaten für deine Witwer-WG?«

»Nein, natürlich nicht. Hab dich bloß nicht gleich erkannt. Ja, super. Dann am nächsten Ersten.« Hubert klang sehr erfreut.

»Okay, Servus.«

»Servus. Wird sicher lustig.«

»Schauen wir mal.«

Anton legte zufrieden grinsend auf. Die Sache wäre geritzt.

Mal ganz abgesehen davon, dass er nach Marias Tod sowieso keine Beziehung mehr eingehen wollte. In nächster Zeit schon gar nicht.

Außerdem konnte das generell nur schiefgehen.

Er würde die Nächste andauernd mit ihr vergleichen. So sehr, wie er Maria immer noch liebte, würde die Neue dabei denkbar schlecht abschneiden.

Was wiederum ihr gegenüber nicht gerecht wäre.

43

Dienstag, 17.00 Uhr, Havanna, Kuba.

Die zwei Frauen hatten Jonathans Hotelzimmer heute Morgen bereitwillig verlassen. So fröhlich wie sie dabei lachten und schnatterten, musste er sie gestern wahrlich fürstlich für ihre Dienste entlohnt haben. Sei's drum.

Bevor Sie zur Tür hinaustraten, hatten sie ihm den Namen und die Adresse des Klubs hinterlassen, wo er sie heute Abend finden würde.

Natürlich nur, wenn er Lust dazu hätte, der starke Amerikaner. Sie könnten nächstes Mal auch noch eine Freundin mit aufs Zimmer bringen bei seinem großen Hunger nach Liebemachen.

Mal sehen, dachte er gerade. Gut möglich, dass ich nachher tatsächlich auf das großzügige Angebot zurückkomme. So schnell schicken sie mich sicher nicht wieder nach Havanna.

Doch jetzt hatte er erstmal einen Termin in der Gerichtsmedizin.

Er war den ganzen Tag lang herumgefahren. Hatte überall seine Fragen gestellt. Auch im Hafen und am Flughafen.

Niemand kannte einen Arthur Smith.

Es wären massenhaft verrückte Amerikaner unterwegs, hieß es. Wie sollte man da auf einen von ihnen besonders achten.

Allerdings hatte sich am Montagabend ein Peter Müller bei der Hafenbehörde angemeldet.

Allerdings wusste niemand, auf welchem Schiff er eingereist war. Die offiziellen Unterlagen hatte irgendwer verschlampt.

Wahrscheinlich der neue Lehrling. Leider. Was sollte man tun? Kaum noch zuverlässige Leute zu finden heutzutage.

Vielleicht gab es auch gar keine offiziellen Unterlagen. Nur den Notizzettel der Nachtschicht. Der Papierkram sei für viele Mitarbeiter lästig. Dieser Peter Müller hätte anscheinend einen Mr. Snow bei sich gehabt. Der Name stünde jedenfalls auch auf dem Zettel.

Jonathan hatte die spärlichen Informationen dankend angenommen. Danach hatte er sich von dem unentwegt achselzuckenden Beamten verabschiedet.

Unfähige Amateure. Zu blöd für alles.

Eine Spur zeichnete sich immerhin ab. Peter Müller konnte eigentlich nur der gesuchte Wolf Schneider aus Deutschland sein. Aber wo war seine Schwester Eva?

Ein Mr. Snow war Jonathan gänzlich unbekannt. Ein Deckname für Arthur Smith? Waren Schneider und Smith gemeinsam mit einer Jacht hier angekommen? Oder mit einem Fischerboot?

Der grauhaarige Gerichtsmediziner in der Pathologie begrüßte ihn überschwänglich. Schien irgendwelche Drogen oder Medikamente intus zu haben. War anscheinend selbst sein bester Kunde. Kein Wunder. Es lag genug von dem Zeug herum.

Er stellte sich ihm als Wolfgang Berger aus Deutschland vor. War vor etlichen Jahren nach einem Segeltörn hier auf Kuba hängengeblieben. Irgendwann zum kubanischen Staatsbürger geworden.

Wollte nie wieder in seine alte Heimat zurück. Zu viele schlechtgelaunte Menschen dort.

Ein Beamter der hiesigen Mordkommission war ebenfalls anwesend. Senor Gonzales. Das war vorher so abgesprochen worden. Offizielle Zusammenarbeit.

»Hier haben wir den Mann.« Berger zog schwungvoll das weiße Laken über einer Leiche mit beachtlicher Leibesfülle zurück. »Drei Schusswunden. Zwei davon in den Bauch. Er ist innerlich verblutet. Muss sehr schmerzhaft gewesen sein.«

»Moment mal. Das ist er.« Jonathan verglich das Gesicht mit dem Foto von Smith, das er auf seinem Handy bei sich hatte. »Das ist Arthur Smith.«

»Aha.« Berger sah ihn ausdruckslos an.

Gonzales tat es ihm gleich.

»Was ist passiert?«, fragte Jonathan.

»Soweit wir wissen, gab es eine wilde Schießerei am Strand unten.« Gonzales räusperte sich.

Offensichtlich behagte ihm die Luft in den feuchten Kellerräumen nicht. Möglicherweise war es ihm aber auch unangenehm, von den vielen Toten in ihren Kühlschränken umgeben zu sein. Die Einheimischen hier glaubten an alle möglichen Dinge wie Geister und Voodoo.

»Was war der Grund?«

»Möglicherweise ein Überfall. Wir fanden jede Menge Projektile und Patronenhülsen. Ihr Mr. Smith hier war ebenfalls bewaffnet. Er hatte Schmauchspuren an seinen Händen. Aber wir fanden keine Waffe.«

»Wahrscheinlich war er nicht allein«, vermutete Jonathan. Er dachte dabei an Wolf Schneider.

»Meinen wir auch.«

»Dann weiß ich Bescheid.« Jonathan schüttelte den beiden die Hände. »Vielen Dank meine Herren. Wir werden die Überführung der Leiche nach Washington übernehmen. Der Mann war ein hochrangiger Politiker.«

»Was hatte er dann allein am Strand zu suchen? Ganz ohne Bodyguards?« Gonzales sah ihn verblüfft an.

»Kann ich Ihnen nicht sagen. Danke noch mal.« Jonathan nickte ihnen knapp zu. »Ich finde alleine hinaus.«

Zurück auf der Straße schickte er eine SMS an die Zentrale. Darin stand, dass Mr. Smith tot sei. Ein Peter Müller legte am Montag zusammen mit einem Mr. Snow per Jacht auf der Insel an Beide seien nirgends aufzutreiben.

Mehr habe er bisher nicht herausgefunden.

Dann machte er sich zu Fuß zur nächsten Bar auf. Er brauchte dringend einen Drink.

Nur wenig später klingelte sein Handy. Hugh Bender war dran. Der Big Boss persönlich.

»Smith ist tatsächlich tot?«, erkundigte er sich im Plauderton.

»Sieht so aus, Sir.« Jonathan blieb stehen.

»Was ist mit diesem Mr. Snow und diesem Peter Müller?«

»Spurlos verschwunden. Alle beide.«

»Bringen Sie mir Peter Müller, Jonathan. Es ist bestimmt der Deutsche, den wir suchen, Wolf Schneider. Diesen Mr. Snow, mit dem er eingereist ist, können Sie erstmal vernachlässigen.«

»Daran, dass Müller der gesuchte Deutsche ist, dachte ich natürlich auch sofort, Sir. Aber wie soll ich ihn aufstöbern? Er ist spurlos verschwunden. Mr. Snow könnte natürlich auch ein Pseudonym von Arthur Smith gewesen sein.«

»Das mit Mr. Snow muss Sie nicht kümmern. Sorgen Sie dafür, dass Arthur Smiths Leichnam unverzüglich hergeschafft wird. Es wird natürlich ein Staatsbegräbnis geben. Dann fragen Sie beim Flughafen und im Hafen noch mal nach Wolf Schneider oder Peter Müller. Vielleicht ist er mit demselben Boot verschwunden, mit dem die beiden auf die Insel kamen.«

»Wird gemacht. Was ist denn bloß so wichtig an ihm?«

»Lassen Sie das meine Sorge sein. Konzentrieren Sie sich nur auf die Suche nach ihm.«

»Er mag mit Smith alias Mr. Snow geflohen sein«, sprach Jonathan ungerührt weiter. »Einen falschen Ausweis zeigte er bei der Einreise in die USA ebenfalls. Und in Deutschland mag man ihn wegen eines vagen Verdachts suchen. Aber was ist so außergewöhnlich dran?«

Das mit Mr. Snow muss sie nicht kümmern.

Warum sagte einem in diesem Scheißladen eigentlich nie jemand, um was es konkret ging? Die Agenten durften zwar die dreckigen Jobs erledigen. Aber das Wieso und Warum hatte sie nicht zu interessieren.

Es nervte gewaltig.

Außerdem war es nicht ungefährlich, wenn vonseiten Vorgesetzter wichtige Informationen verschwiegen wurden. Ein Agent sollte so viel wie möglich über seinen Gegner wissen, um sich auf ihn einstellen zu können.

Beschissene Geheimniskrämerei.

»Finden Sie ihn.«

»Mir kann's ja egal sein«, startete Jonathan einen erneuten Versuch. »Aber was hat das alles mit Smith und seinen üblen Machenschaften zu tun?«

»Tun Sie, was Ihnen gesagt wird.«

Der Boss legte grußlos auf.

Dämlicher Wichser!

Jonathan entdeckte ein Schild auf der anderen Straßenseite. »Bar and Music« stand darauf.

44

Mittwoch, 13.00 Uhr, Arthurs Jacht.

Die Sonne brannte erbarmungslos auf das Deck. Es war viel zu heiß für die späte Jahreszeit.

Wolf lag mit einem T-Shirt als Turban um den Kopf gewickelt im Schatten auf der breiten Sitzbank im Cockpit.

Er hatte den letzten Schluck Bier getrunken. Den Rum hatte er während der Nachtwache geleert. Gegen die Kälte.

Zu essen war außer einer Banane nichts an Bord gewesen. Er hatte sich die Hälfte davon gegönnt. Den Rest in den Kühlschrank gelegt.

Die verbleibenden Wasservorräte waren denkbar knapp. Reichten gerade mal für zwei kleine Tassen Espresso. Von duschen oder waschen war nicht einmal zu träumen.

Arthur hatte offensichtlich vergessen, die Tanks in Havanna aufzufüllen. Kein Wunder bei dem vielen Koks im Kopf.

Wolf dämmerte vor sich hin. Er hielt das Boot mit dem Fuß am Ruder auf Kurs.

Ab und zu erhob er sich und sah nach, ob Land in Sicht wäre. Jedes Mal erfolglos.

Wie es aussah, schipperte er irgendwo auf offener See herum.

Konnte gut sein, dass ihn der Sturm in den Atlantik hinausgetrieben hatte.

Möglicherweise war er aber auch nach wie vor im Golf von Mexiko unterwegs. Er wusste es nicht.

Da drüben. War das Land? Eine Insel? Kuba?

Blödsinn. Er fuhr ja nicht rückwärts.

Oder doch?

Keine Ahnung.

Herr im Himmel. Nur Wasser ringsumher.

Überall sah es gleich aus.

Immer wieder verengte er seine Augen zu Schlitzen, um besser sehen zu können. Ziemlich witzlos ohne Brille. Er nahm das Fernglas, das er unter Deck gefunden hatte, zur Hand. Sah hindurch.

Falscher Alarm. Wohl doch kein Land, soweit er das beurteilen konnte.

Offensichtlich spielten ihm seine Sinne einen Streich.

Wie lange würde er noch durchhalten?

Er war völlig ausgelaugt. Sogar zu kaputt, um sich vor dem Tod zu fürchten.

In der Kajüte stand das Wasser nach wie vor knöchelhoch. Aber wenigstens dieses Problem wäre in den nächsten zwei bis drei Stunden behoben. Die Lenzpumpen arbeiteten mit voller Leistung. Gott sei Dank hatte die Elektrik an Bord während des Sturms keinen Schaden abbekommen.

Gab es in der Gegend hier Piraten?

Mit Sicherheit. Die Kerle schipperten überall auf den sieben Weltmeeren herum. Auch an der südamerikanischen Küste. Speziell vor Venezuela, Surinam oder Guyana. Das war bekannt.

Vor allem natürlich einem Journalisten wie ihm.

Glücklicherweise hatte Arthurs Signalpistole den Sturm überlebt. Sie lag geladen neben ihm. Für den Fall der Fälle.

Sollten sie ruhig kommen, um ihn auszurauben. Er würde sich zu wehren wissen.

»Ich werde sie fertigmachen, die Schweine«, murmelte er mit von Salz und Hitze aufgerissenen Lippen. »Auf jeden Fall.«

45

Mittwoch, 15.00 Uhr, Havanna, Kuba.

Jonathan saß verkatert in einem der zahlreichen Straßencafés nahe seinem Hotel. Tatsächlich hatte er diesmal drei Frauen mit aufs Zimmer genommen. Allerdings konnte er sich erneut an nichts erinnern.

Wenigstens hatten sie ihn nicht beklaut. Seine Brieftasche mit den Karten und dem Bargeld lag unangetastet neben seinem Bett, als er aufwachte.

Glück gehabt.

Er würde ab sofort vorsichtiger sein müssen. So konnte es keinesfalls weitergehen.

Auf der Suche nach Wolf Schneider war er bisher nicht großartig vorangekommen. Allerdings wusste er jetzt, dass am Montagabend jemand mit einer Motorjacht den Hafen verlassen hatte, ohne sich abzumelden.

Gut möglich, dass Schneider nach dem Überfall damit aufs Meer geflohen war.

Eine Option, die er gerade an die Zentrale gesimst hatte. Andere, konkretere Spuren gab es nicht.

Während er mit schmerzendem Kopf nachdachte, setzte sich eine attraktive blonde Frau an den Nebentisch.

Lange Beine.

Hohe Wangenknochen.

Große blaue Augen.

Bombenfigur.

Sie lächelte ihm freundlich zu.

Er lächelte ebenso freundlich zurück.

Mein Gott! Das hört wohl nie auf. Andererseits warum denn nicht.

Bevor er hier alleine herumsaß und sich über Probleme den Kopf zerbrach, die er im Moment sowieso nicht lösen konnte, flirtete er lieber ein wenig.

Kurzentschlossen nahm er seinen Espresso samt Untertasse in die Hand. Schlenderte unauffällig zu ihr hinüber.

»Ist hier noch frei?« Er zeigte auf die drei unbesetzten Plastikstühle an ihrem Tisch.

Sie nickte. Schien nichts gegen neue Kontakte zu haben. Wunderbar. So hatte er sie eingeschätzt.

Er war einfach ein Menschenkenner der ersten Stunde.

»Amerikaner?«, fragte sie, als er sich setzte.

»Sie auch?«

»Ja.« Sie nickte erneut. »Ein paar Tage in der Sonne entspannen. Das Flair vom alten Kuba genießen, bevor es dahin ist.«

»Sind Sie alleine hergeflogen?«

»Meine Freundin holt gerade Zigaretten.«

»Darf ich Ihnen solange eine von meinen anbieten?« Er holte das halbvolle Päckchen Filterzigaretten aus seiner Jackentasche.

»Danke, gerne. Was machen Sie hier auf Havanna?«

»Das Gleiche wie sie.« Er gab ihr Feuer.

»Ich heiße Sara. Und Sie?«

»Jonathan.« Er zündete sich ebenfalls eine Zigarette an.

»Wie die Möwe?«

»Stimmt, auffallend. Oder wie der Schriftsteller.«

»Jonathan Franzen?«

»Genau. Oder wie der Engel auf Erden aus dem Fernsehen.«

»Sie meinen diese alte Serie mit Michael Landon?«

»Highway to Heaven. Ich sehe doch aus wie ein Engel, oder?«

Sie erwiderte nichts. Lachte nur amüsiert. Warf ihre langen Haare dabei zurück.

Jonathans Kopfschmerzen waren im Nu verflogen.

Was gab es Angenehmeres, als unter Palmen im Süden mit einer schönen Frau zu plaudern. Noch dazu mit einer charmanten und offensichtlich gebildeten Landsmännin.

Vielleicht sollte er den Job wechseln. Die Tourismusbranche wäre eine Option. Oder ein professioneller Begleitservice.

Bestimmt würde er eine Menge Geld dabei verdienen.

46

Mittwoch, 20.00 Uhr, Nuevo Laredo, Mexiko.

»Am Freitag zum Fischen? Auf gar keinen Fall. Mir wird schlecht auf dem Wasser. Die Wellen. Arthur hat sich vor Jahren auch eine Jacht angeschafft. Ich bin nur ein einziges Mal mitgefahren. Danach nie wieder.« Jane blickte Alejandro, der ihr gegenüber am Tisch saß, entsetzt über ihr Champagnerglas hinweg an.

Er hatte sie in sein Restaurant zum Abendessen eingeladen. Ein ausgesuchtes Fünf-Gänge-Menü. Mexikanische Gazpacho, Languste, Wolfsbarsch, Rinderfilet und Cocada, ein besonderes Kokosküchlein.

»Mach doch was du willst.« Alejandro winkte ab.

Er schien tatsächlich beleidigt zu sein, weil sie nicht mit ihm übers Wochenende aufs Meer hinaus wollte. Unglaublich diese Südländer. Empfindlich wie kleine Kinder, wenn es um ihr Ego ging.

Aber wehe, sie hatten selbst jemanden auf dem Kieker. Dann handelten sie knallhart. Das hatte er in den letzten Tagen bereits einige Male deutlich demonstriert. Es konnte einem Angst und Bange dabei werden.

»Sei nicht sauer. Mir wird wirklich schlecht. Und ich fürchte mich vor der Tiefe.« Sie lächelte einfühlsam.

»Dann musst du deine Furcht eben überwinden.«

»Wozu?«

»Um dich selbst zu besiegen. Das macht dich stärker.« Alejandros Tonfall wurde zwingend.

»Aber ich will gar nicht stärker werden. Schon gar nicht, wenn ich dafür ein Boot betreten muss.«

»Lebst du in meinem Haus?«

»Ja, wieso? Du hast mich eingeladen, soweit ich mich erinnern kann.« Sie runzelte die Stirn.

»Trinkst du meinen Champagner?«

»Sicher.«

»Liebst du mich?«

»Ja.«

»Wirklich?«

»Ja.«

Auf was will er hinaus?

»Dann gehst du auch mit mir Fischen.«

»Sicher nicht.« Was fiel diesem unverschämten Kerl eigentlich ein? Sie war nicht sein Eigentum. Ungute Erinnerungen an die letzten Monate mit Arthur stiegen in ihr hoch.

»Doch. Wirst du. Das ist ein Befehl.« Er sah sie mit entschlossener Miene an.

»Du hast mir nichts zu befehlen.« Sie wurde laut. »Bist du verrückt geworden? Was bildest du dir ein? Es dauert nur zwei Minuten, dann bin ich hier zur Tür hinaus.«

»Nicht, wenn ich es nicht will.« Er packte grob ihren Arm. Hielt sie fest.

»Du hast wohl nicht mehr alle Tassen im Schrank. Lass mich auf der Stelle los.« Sie versuchte, sich aus seiner hartnäckigen Umklammerung zu befreien. Keine Chance. Er war zu kräftig. »Lass los. Du tust mir weh, Idiot.«

»Lass los oder was?« Er grinste höhnisch.

»Oder du kannst das mit unserer Liebe vergessen. Für immer!«

In ihrem Gesicht zuckte kein einziger Muskel. Sie sah ihn unverwandt an. Nie wieder würde ihr ein Mann Gewalt antun. Und wenn sie selbst gewalttätig dafür werden musste.

Alejandro sagte eine Weile lang nichts.

»Verstanden, mein Engel.« Er ließ locker. Grinste verlegen. »Entschuldige. Es war nicht so gemeint. Es ist nur …«

»Es ist nur was?« Ihre Stimme klang kalt wie Eis. Sie rieb sich den schmerzenden Arm.

»Ich gehe nun mal so gerne zum Angeln.«

Der hat eine echte Meise mit seinen bescheuerten Fischen. Gratuliere, Jane Smith. Der nächste Psycho in deinem Leben.

»Dann geh doch. Ich hindere dich nicht daran.«

»Ich will aber, dass du mitkommst. Dass du dabei bist, wenn ich einen kapitalen Fang mache. Kannst du das nicht verstehen?«

»Nein.« Sie verdrehte genervt die Augen. »Du kannst mir deinen Fang ebenso gut zeigen, wenn du zurück bist. Noch besser, mach ein Foto davon.«

»Das ist nicht das Gleiche.«

»Für mich schon.« Sie trank einen Schluck Champagner.

Danach stellte sie das Glas neben ihren Teller, nahm eine Hummerschere in die Hand und saugte gekonnt das Fleisch heraus.

»Ich kann auch anders, Jane.«

»Ich auch.« Sie kaute langsam, wich seinem Blick nicht aus.

»Du scheinst mich nicht zu verstehen«, erwiderte er. »Sagen wir es mal so. Wenn du nicht tust, was ich dir sage, kann ganz Mexiko schnell sehr gefährlich für dich werden.«

Jetzt schlägt's aber dreizehn. Der Spinner ist tatsächlich genauso wahnsinnig wie Arthur. Er sollte besser aufpassen, was er sagt.

»Willst du mir etwa drohen?«

»Nein, ich will dich nur warnen.«

Sie dachte kurz nach. Anschließend starrte sie ihm geradewegs ins Gesicht.

»Bedeutet es dir wirklich so viel, dass ich mitkomme?«

»Ja.«

Sie meinte Tränen in seinen Augen zu erkennen.

47

Mittwoch, 14.00 Uhr, München, Deutschland.

»Besser eine späte Mittagspause als gar keine.«

»Stimmt, Chef. Trotzdem hätten wir auch eine Stunde früher Pause machen können.«

»Manchmal geht es eben nicht anders.«

Anton Wallner und Berta Stocker eilten über die glatten Stufen der grauen Steintreppe hinunter in die Kantine im ersten Stock.

Der Aufzug war zu Antons Leidwesen wieder einmal defekt.

Er hatte bis vor fünf Minuten hochkonzentriert Wolf Schneiders Akten auf Hinweise nach dessen Verbleib durchforstet.

Nicht der geringste Anhaltspunkt.

Auch die portugiesischen Behörden konnten ihm weder über Wolf noch über dessen Schwester Eva irgendwelche Informationen geben. Es sah so aus, als wären die beiden vom Erdboden verschluckt worden.

Er hatte sich gefragt, ob er sie möglicherweise doch in Virginia Beach am Hafen auf dieser Motorjacht gesehen hatte? Gleich darauf aber noch einmal festgestellt, dass das Boot viel zu weit weg gewesen war, um jemanden zu erkennen. Außerdem hatte er zu viel Champagner getrunken.

Die Aktenhinweise aus Amerika brauchte er also gar nicht weiter zu bearbeiten.

»Hoffentlich ist noch was von dem falschen Hasen übrig, Frau Stocker. Der war letztes Mal vor meinem Urlaub wirklich vorzüglich.«

Er lief schwer schnaufend hinter seiner Assistentin her.

»Bestimmt«, rief sie ihm über ihre Schulter hinweg zu.

»Aber schnappen Sie mir nicht die letzte Portion weg, bei ihrem Tempo.«

»Keine Angst, Chef. Ich esse nur einen Salat. Muss ein paar Kilo herunterbekommen.«

»Wozu? Sie haben eine Bombenkondition, wie man sieht«, keuchte er atemlos.

»Eine Frau ist immer bestrebt, sich zu optimieren.«

Berta öffnete die Glastür zum Speisesaal. Sie schlüpfte geschwind hindurch.

Anton beeilte sich weiter, mit ihr Schritt zu halten.

Ungemütlich wie eh und je hier drinnen, dachte er, während er sich kurz in dem Raum mit den kahlen hellgrauen Tischen und den Neonröhren an der Decke umsah.

»Gehen Sie immer noch jedes Wochenende in die Berge?«, fragte er Berta, als sie den Verkaufstresen mit den Plastiktabletts erreicht hatten.

»Ja. Ich muss mich fit halten. Nächstes Jahr möchte nämlich ich in die USA reisen. Es geht in die Rocky Mountains.«

»Tatsächlich? Da haben Sie sich viel vorgenommen. Aber wirklich schön dort drüben. Mir hat es super gefallen. Ach, da fällt mir gerade was ein, Frau Stocker.«

Der Yachthafen. Die Schneiders auf dem großen Motorboot. Aus heiterem Himmel überkamen ihn Zweifel. Eine Eingebung. Hatte er sie doch gesehen?

Überprüf es, dann weißt du es sicher.

»Kamen, während ich weg war, zufällig irgendwelche Anfragen aus Amerika?«

Sie dachte nach, während sie sich Salat auftat.

»Doch. Da war was«, meinte sie wenig später. »Gleich nachdem sie weg waren. Moll faselte irgendwas von einer Anfrage des amerikanischen Geheimdienstes.«

»Geheimdienst?«

»Sagte Moll jedenfalls. Aber Sie kennen ihn ja.« Sie fuhr ein paarmal wie ein Scheibenwischer mit ihrer Handfläche vor ihren Augen hin und her.

»Wissen Sie, um was es da ging?«

»Irgendeine Identifizierung. Er verfolgte die Sache wohl nicht weiter. Sagte, es sei Sache der Amis.«

»Was sei Sache der Amis?«

»Keine Ahnung.«

»Ich muss nochmal ins Büro, bin gleich zurück, Frau Stocker. Passen Sie solange auf meinen Hackbraten auf?«

48

Mittwoch, 14.10 Uhr, München, Deutschland.

Anton hatte sich im Eiltempo die Treppen hinaufgequält.

Jetzt öffnete er schwer schnaufend seine Bürotür, stürmte geradewegs auf den Aktenstapel auf seinem Schreibtisch zu.

Er wühlte solange hektisch darin, bis er die Notizen über die Anfrage aus Amerika in die Hände bekam, von der seine Assistentin gerade gesprochen hatte.

Dort stand es schwarz auf weiß: »Wir bitten höflich um Identifizierung der Personen auf dem Foto. Sie sind unter den Namen Peter und Sabine Müller in die USA eingereist.«

Bingo! Peter Müller war Wolf Schneider. Auf dem Foto daneben war deutlich seine Schwester Eva zu erkennen.

Die beiden hielten sich also doch in Amerika auf.

Endlich eine Spur.

Wieso war Moll der Sache nicht nachgegangen? Er wollte Schneider doch um alles in der Welt kriegen.

Er rief die neue Dienststelle seines Ex-Kriminalassistenten im Bayerischen Wald an. Ließ sich mit ihm verbinden.

»Hallo, Herr Wallner. Welch unerwartete Überraschung.«

»Unverhofft kommt oft«, erwiderte Anton lapidar. »Wie geht es Ihnen dahinten an der Grenze zu Sibirien?«

»Viel Kleinkriminalität, Drogen, Prostitution und so weiter. Nur selten ein Mord. Langweilig. Aber ein schönes Haus habe ich ganz für mich alleine.«

Dann ist die Welt wenigstens einigermaßen sicher vor ihm.

»Sehr gut, Moll. Ich brauche eine Auskunft. Deswegen ruf ich auch an.«

»Was wollen Sie wissen?«

»Während meines Urlaubs kam eine Anfrage aus den USA herein. Es ging um die Identität von Wolf Schneider.«

»Stimmt. Was ist damit?«

»Wieso sind Sie der Angelegenheit nicht nachgegangen?«

»Wollte ich. Aber Maurer hat mich zurückgepfiffen. Das sei jetzt Sache der Amis, meinte er.« Moll hörte sich beleidigt an.

Wahrscheinlich hatte er seine Strafversetzung immer noch nicht ganz verdaut. Kein Wunder bei so viel grundlegender Selbstüberschätzung.

»Maurer weiß also, dass Schneider unter falschem Namen in die USA eingereist ist?«

»Ja.«

»Danke, Moll. Viel Spaß noch in Ihrem schönen Haus.«

»Danke.«

Anton legte auf. Er wählte die Nummer seines Chefs.

»Herr Maurer, ich bin's nochmal.«

»Was gibt's, Herr Wallner?«

»Warum sagten Sie mir nicht, dass Sie wissen, dass sich Wolf Schneider in den USA aufhält?« Anton war sauer. Er hatte keine Lust, es durch einen übertrieben freundlichen Tonfall zu verbergen. Ganz im Gegenteil.

»Hab ich das vergessen? Tatsächlich? Woher wissen Sie denn, dass ich es weiß?«

»Von Moll.«

»Ach so. Ja, sicher.« Maurer sprach einen Moment lang nicht weiter. »Sagte ich es Ihnen wirklich nicht?«, fuhr er dann fort. »Ich dachte, ich hätte es Ihnen gesagt?«

»Nein, haben Sie nicht.«

»Na, dann wissen Sie es jetzt. Hab ich in der ganzen Hektik wohl vergessen. Hätte Ihnen aber sowieso nicht viel genützt. Wo genau er sich dort aufhält, wissen wir trotzdem nicht.«

So ein unfassbarer Volldepp! Wie kommt so ein hirnloser Idiot bloß in die verantwortungsvolle Position eines Chefermittlers? Da fragst du noch, Wallner? Ist doch sonnenklar. Wie alle hirnlosen Idioten in verantwortungsvollen Positionen: Vitamin B und tief genug in die richtigen Ärsche kriechen.

49

Donnerstag, 13.00 Uhr, Küstengewässer, Mexiko.

Es war nun bereits der vierte Tag auf dem offenen Meer. Wolf hatte nicht die geringste Ahnung, wo er sich befand.

Der Motor war vor einer Stunde ausgefallen. Kein Benzin mehr.

Sein kleiner Wasservorrat war seit gestern Abend zu Ende. Den letzten Bissen der einzigen Banane an Bord hatte er heute Morgen gegessen.

Zuerst hatte er lauthals geflucht, gehadert und geschimpft. War wie ein Derwisch auf dem Deck auf und ab gesprungen.

»Ohne Motor bist du endgültig verloren. Verdammte Scheiße. Gibt's doch nicht!«

Jetzt saß er abgekämpft im Cockpit. Starrte ohne einen Funken Hoffnung im Blick auf das Meer hinaus.

»Das war's, Wolf Schneider«, sagte er sich resigniert. »Du gehst genauso einsam drauf, wie Eva. Spring am besten gleich über Bord. Ertrinken geht allemal schneller als jämmerlich zu verdursten und zu verhungern.«

Alles war egal.

Er stieg langsam unter Deck, legte sich auf sein Bett in Schlafzimmer zwei. Drehte sich mit dem Gesicht zur Wand, schloss erschöpft die Augen.

Seit Tagen war er nun schon wach.

Wie lange genau wusste er nicht mehr.

Jetzt würde er jedenfalls eine längere Pause einlegen.

Steuern war ohne Motor sowieso nicht nötig. Vielleicht schlief er sogar für immer. Musste ein schöner Tod sein, einfach so einzuschlafen.

Er atmete tief ein und wieder aus. Wollte sich entspannen. Merkte, dass es nicht ging.

Die Melodie von ›Ein Männlein steht im Walde‹ kam ihm in den Sinn. Drängte sich ihm auf, bis er sie nicht mehr wegschieben konnte.

Er begann, das alte Kinderlied zu intonieren.

Zunächst leise, mit brüchiger Stimme.

Dann immer lauter. Dass er noch nie gut singen konnte, war ihm dabei einerlei.

»Ein Männlein steht im Walde, ganz still und stumm.«

Sein Vater hatte es ihm früher zum Einschlafen vorgesungen. Bevor er Evas Mutter Gertraud geheiratet hatte, die im selben Moment seine Stiefmutter wurde.

Bis dahin hatte er einen guten Vater gehabt. Danach wurde er nahezu vollständig von ihm ignoriert. Gertraud übernahm seine und Evas Erziehung.

»Es hat von lauter Purpur ein Mäntlein um.«

Gertraud, das Paradeexemplar einer bösen Hexe. Seine letzte Angehörige. Ausgerechnet sie lebte noch.

Manchmal war das Leben nur ein schlechter Witz.

Warum musste seine leibliche Mutter bei seiner Geburt sterben? Er hätte sie so gerne kennengelernt. Bestimmt hätte sie ihn endlos geliebt.

So wie Rebekka ihn geliebt hatte, und er sie.

Bald bin ich bei dir, mein Schatz.

Tränen liefen ihm über das Gesicht.

»Sagt, wer mag das Männlein sein? Das da steht im Wald allein.«

Er hätte gerade so gerne losgelassen. Doch er durfte

nicht aufgeben. Das war er Rebekka schuldig. Sie hätte es sicher nicht getan, wäre sie an seiner Stelle gewesen. Hätte bestimmt liebend gerne weitergelebt.

Er vermisste sie so unendlich.

Merkte, wie hohl es sich anfühlte, keine Rachegefühle mehr empfinden zu dürfen. Nur weil es niemanden mehr gab, an dem er sich hätte rächen können.

Aber Moment mal.

War es nicht so, dass all die machthungrigen Politiker, Armeeangehörigen und Waffenhändler dieser Welt indirekt schuld an Rebekkas Tod waren?

Ohne sie gäbe es keine Kriege und keine Waffen. Ohne Waffen hätte Rebekka nicht sterben müssen.

Er sollte sie allesamt in einem Rutsch zur Rechenschaft ziehen. Keiner von ihnen durfte ungestraft davonkommen.

Wenn das kein Grund war, um weiterzuleben, was dann?

Aufbäumen. Komm schon, Wolf. Jetzt wird noch nicht gestorben. Es gibt viel zu tun.

Wenn es nur nicht so endlos anstrengend gewesen wäre, konzentriert nachzudenken.

Wie überlebte man ohne Wasser und Nahrung auf hoher See?

Gar nicht. Oder?

»In dem purpurroten Mäntelein.«

Er könnte Fische fangen.

Gegen den Durst könnte er morgens den Tau vom Boot lecken oder die gefangenen Fische auslutschen.

Er hatte einmal gelesen, dass ein Einhandsegler so angeblich tagelang überlebt hatte.

»Das Männlein steht im Walde, auf einem Bein.«

Das Meerwasser durfte er auf keinen Fall trinken. Er würde Magenkrämpfe davon bekommen. Nur noch mehr dehydrieren. Schließlich elendiglich zugrunde gehen.

Egal. Alles sowieso viel zu anstrengend im Moment.

Nur liegenbleiben und weitersingen.

»Und hat auf seinem Haupte ein Käpplein klein.«

War das nicht ein Motorengeräusch? Er hörte auf zu singen. Lauschte angestrengt.

Nichts. Nur das Gluckern und Plätschern des Wassers an der Bordwand.

Geh rauf und halte weiter Ausschau, Blödmann. Immerhin hast du eine Signalpistole und genügend Munition. Es ist noch nicht alles verloren.

Er wusste, dass seine innere Stimme recht hatte. Wenn er jetzt einschlief, verpasste er seine Rettung garantiert.

Mühsam raffte er sich auf, quälte sich laut stöhnend aus dem Bett. Blieb eine Weile lang heftig atmend stehen. Wartete, bis der Drehschwindel in seinem Kopf nachließ.

Der verletzte Finger pochte inzwischen unentwegt. Sicher eine Sepsis. Sein schlechter Allgemeinzustand sprach dafür. Sie würden ihm garantiert die Hand abnehmen, wenn er das hier überlebte.

Laut fluchend holte er den Sanitätskasten herbei. Entfernte den Verband. Untersuchte den Stumpf eingehend.

Gott sei Dank. Keine Blutvergiftung. Ein wahres Wunder.

Trotzdem. Lange würde das nicht so bleiben. Die halb abgeheilte Wunde war angeschwollen. Sie bekam bereits rote Ränder.

Ärztliche Hilfe. So schnell wie möglich.

»Kommt halt nur kein Doktor auf offener See. Hätte ich besser mal einen Schiffsarzt mitgenommen.«

Er kicherte irre.

Bemerkte nicht, wie er langsam aber sicher immer wahnsinniger wurde.

Nachdem er Salbe aufgetragen und einen neuen Verband angelegt hatte, holte er eine Packung Koks aus dem Schrank in Arthurs Schlafzimmer.

Riss sie auf.

Schnupfte eine ausgiebige Prise, um wieder einigermaßen auf den Damm zu kommen.

Danach schleppte er sich ächzend an Deck.

Die angebrochene Tüte ließ er auf dem Esstisch liegen.

50

Donnerstag, 16.00 Uhr, Havanna, Kuba.

»Auch einen Café?«, fragte Jonathan.

Saras Freundin Jill hatte gerade zwischen ihnen Platz genommen. Nachdem Sara sie einander vorgestellt hatte.

»Danke, nein. Ich glaube, ich brauche etwas Stärkeres. Einen Cuba Libre.«

»Was sonst hier auf Kuba.« Jonathan grinste.

Die beiden Frauen lachten girrend. Sie strichen dabei nahezu synchron ihre langen Haare zurück.

»Woher kennt ihr euch?« Jill blickte neugierig von einem zum anderen.

Sie war der perfekt passende Gegenpart zu ihrer Freundin. Dunkle Haare. Braune Augen. Keinesfalls weniger attraktiv.

Er malte sich aus, wie die beiden wohl nackt neben ihm im Bett aussehen würden. Es begann ihn vor Vorfreude leicht zu frösteln.

»Seit zehn Minuten«, erwiderte Sara grinsend.

»Tatsächlich?« Jill sah nach wie vor interessiert aus.

Möglicherweise sogar sehr interessiert. Jonathan war sich diesbezüglich nicht sicher. Es würde sich erweisen.

»Ja«, bestätigte er.

Sein Handy läutete. Die Zentrale. Er ging ran.

»Jonathan? Victoria Meyers hier.«

»Was gibt's?«

Er stand auf. Stellte sich einige Meter vom Tisch entfernt auf den Gehsteig. Das hier war nicht für fremde Ohren bestimmt.

»Es wurde eine Entscheidung getroffen.«

»Die da wäre?«

»Sie setzen unverzüglich Ihren Arsch in Bewegung und verfolgen das Motorboot, das am Montag vor dem Sturm den Hafen verließ. Es handelt sich höchstwahrscheinlich um Arthur Smiths Jacht. Unsere einzige Spur zu Wolf Schneider. Der Chef will ihn unbedingt hier im Hauptquartier sehen.«

»Wie stellen Sie sich das vor? Soll ich ihm im Schlauchboot hinterherrudern? Das ist doch Blödsinn. Der ist längst in Brasilien.«

Ausgerechnet jetzt, wo er diese zwei sympathischen Frauen kennengelernt hatte. Hätte seine nervende Chefin nicht noch ein paar Stunden mit ihrem Anruf warten können? Oder noch besser, ein paar Tage.

Er hatte längst keine Lust mehr auf seinen Job. Schon gar nicht seit der Geschichte mit dem Chauffeur des Politikers. Das darauffolgende Mobbing von allen möglichen Seiten her war der blanke Horror gewesen. Jeder in der Agency schien davon erfahren zu haben.

Was wäre denn, wenn er Wolf Schneider tatsächlich fand?

Er würde ihn in die Zentrale bringen und dann wieder seinen banalen Überwachungsjobs auf dem Festland nachgehen.

Business as usual.

Niemand würde ihm für irgendetwas danken. Wie gehabt.

Im Gegenteil. Er müsste froh sein, wenn er nicht unentwegt zusammengestaucht wurde. Weil seine ach so großartigen Vorgesetzten seit jeher weder ihn noch seine Arbeit zu schätzen wussten.

Wer hatte eigentlich das Märchen erfunden, dass das Leben als Agent spannend wäre?

Er fand es inzwischen nur noch fad.

Kein bisschen James Bond. Nichts da Abenteuerromantik. Alles nur Humbug. Von gut bezahlten Drehbuchautoren erfunden.

In Wahrheit war es jeden Tag dasselbe.

An den Nerven zehrende Stunden am Schreibtisch.

Auf Kommando funktionieren.

Endlose Bürokratie.

Absolut kein Beruf für einen lebenslustigen Freigeist wie ihn. Das sickerte ihm in letzter Zeit immer mehr ins Bewusstsein.

Er konnte sich gar nicht mehr recht daran erinnern, warum er sich damals überhaupt bei der CIA beworben hatte.

Moment, stimmte nicht. Natürlich wusste er es noch.

Sein Vater war schuld daran gewesen. Er hatte die Idee aufgebracht. Ihn dazu gezwungen. Ihm damit gedroht, dass er ihm sonst den Geldhahn abdrehte.

Was er wenig später auch getan hatte. Obwohl Jonathan seiner Aufforderung gefolgt war.

Er hatte ihn enterbt.

Seine neue Frau würde eben viel kosten, hatte er dazu nur lapidar am Telefon gemeint.

Arschloch.

Hoffentlich litt er unentwegt an Einsamkeit, Magenkrämpfen und Depressionen in seinem Altenheim gleich außerhalb von Baltimore.

Jonathan hatte ihn noch nie dort besucht. Er würde es auch nicht tun, bis der selbstgefällige Penner endlich den Löffel abgab.

Seine damalige neue Frau hatte sich natürlich längst von ihm scheiden lassen. Wie eine Fata Morgana war sie mit seinem gesamten Vermögen aus seinem Leben verschwunden.

»Natürlich verfolgen Sie ihn nicht im Schlauchboot, Sie Witzbold«, bellte Victoria ärgerlich. »Sie nehmen sich einen Helikopter. Die Küstenwache ist bereits informiert.«

»Etwa jetzt gleich?«

»Natürlich jetzt gleich! Was sonst? Sie sind schließlich nicht im Urlaub dort unten. Ich fasse es nicht.« Victoria schien ihre Empörung regelrecht zu genießen. »Schauen Sie um die Insel herum gründlich nach ihm. Ich simse Ihnen gleich noch ein Bild von Arthur Smiths Jacht. Er hatte sie in Virginia Beach liegen, wie wir jetzt wissen.«

»Um die Insel herum? Sind Sie sich sicher? Das macht doch gar keinen Sinn, wenn jemand fliehen will.«

»Tun Sie, was Ihnen gesagt wird, Mann.«

Der Blitz soll dich treffen, Bitch.

Er legte grußlos auf.

»Sagt mal, ihr beiden.« Er sah Sara und Jill abwechselnd forschend in die Augen, als er sich wieder zu ihnen an den Tisch setzte. »Hättet ihr Lust auf einen flotten Dreier mit mir? Es müsste allerdings schnell gehen.«

51

Donnerstag, 12.00 Uhr, München, Deutschland.

»Wallner. Police Departement, Munich.« Anton sprach extrem laut. So als müsse er über den Atlantik hinwegbrüllen, um auf der anderen Seite gehört zu werden.

Seit gestern Nachmittag versuchte er, jemanden in der CIA-Zentrale in Langley ans Telefon zu bekommen. Wollte nähere Auskunft über die Anfrage wegen Wolf Schneider einholen, die sie während seiner Abwesenheit bekommen hatten.

Erst jetzt, kurz vor der Mittagspause, ließ sich eine gewisse Victoria Meyers am anderen Ende der Leitung herab, mit ihm zu sprechen.

Wahrscheinlich kümmerte der Anruf eines Hauptkommissars der Münchener Kripo dort drüben niemanden großartig.

Die Mitarbeiter von Geheimdiensten hielten sich oft für etwas Besonderes, wusste er. Kein Wunder. Letztlich beherrschten sie die gesamte Welt aus dem Hintergrund.

Gemeinsam mit den Bankern.

»Hallo, Herr Wallner. Sie wollen also von uns wissen, wo sich Wolf Schneider und seine Schwester Eva aufhalten?«

»Ja.« Genau so hatte es Anton mehrmals von den Damen in der Telefonzentrale an die höheren Etagen ausrichten lassen.

»Nun, wir wissen nicht viel.«

»Was konkret wissen Sie?«

»Die beiden flohen aller Wahrscheinlichkeit mit einem hochrangigen Politiker nach Kuba. Das heißt, wohl eher Wolf Schneider, wie es aussieht. Von seiner Schwester weiß niemand auch nur das Geringste.«

»Nach Kuba. Da schau her. Was für ein Politiker war das?«

»Ein Kongressabgeordneter in Washington. Mehr darf ich Ihnen dazu im Moment leider nicht sagen.«

»Warum nicht?«

»Die Vorschriften.«

Was sonst.

Wer die berühmten »Vorschriften« vorschieben konnte, war immer aus allem fein raus. In jeder Behörde dieser Welt wurde das so gehandhabt.

»Sie wissen nur, dass die drei nach Kuba geflohen sind? Sonst nichts?«

Das war tatsächlich sehr mager.

»Der Politiker wurde dort erschossen. Von den Schneider-Geschwistern fehlt im Moment jede Spur.«

»Sie haben also wirklich nichts über sie?«

»Nichts. Sie sind, wie Sie ja bereits wissen, mit gefälschten Papieren als Peter und Sabine Müller in die USA eingereist. Vielleicht haben sie erneut ihre Identität gewechselt.«

»Gut möglich«, brummte Anton.

»Wir suchen jedenfalls nach ihnen.«

»Gibt es auch keinen Hinweis darauf, wo die beiden sein könnten? Nicht mal einen winzigen.«

»Eine vage Spur führt aufs Meer hinaus. Sieht so aus, als hätte Wolf Schneider Havanna auf einer Motorjacht verlassen. Das können wir im Moment aber noch nicht positiv bestätigen. Über seine Schwester wissen wir, wie gesagt, so gut wie gar nichts.«

»Könnte sie ertrunken sein?«

»Oder auf dem Mond. Alles ist möglich.«

»So eine elendige Scheiße«, fluchte Anton auf Deutsch.

»Wie bitte?«

»Ach nichts.« Er schlug ärgerlich mit der flachen Hand auf seinen aktenbeladenen Schreibtisch. »Geben Sie mir bitte Bescheid, sobald Sie etwas über die beiden erfahren.«

»Darf ich fragen, warum Sie so interessiert an ihnen sind? Gibt es immer noch diesen Verdacht, dass Schneider einen Mord bei Ihnen in München begangen hat?«

»Im Gegenteil. Es ist inzwischen zweifelsfrei erwiesen, dass er unschuldig ist. Das wollte ich ihm unbedingt mitteilen.«

»Er ist also kein gesuchter Krimineller mehr bei Ihnen?«

»Nein. Man hat ihm schlimmes Unrecht angetan.«

»Vielen Dank für die Information, Herr Wallner. Wir werden sie in unsere Einschätzungen integrieren.«

»Ich danke Ihnen auch.«

»Ich melde mich bei Ihnen, sobald ich etwas weiß.«

Sie legten auf.

»In unsere Einschätzungen integrieren«, äffte Anton sie nach, während er ungewöhnlich flott aufstand, um sein Sakko vom Garderobenhaken zu pflücken. »Hoffentlich tut ihr das auch wirklich, ihr großkotzigen Geheimfuzzis.«

Er eilte zur Tür seines kleinen Büros hinaus.

Es gab heute Rindsrouladen mit Kartoffelknödeln und Blaukraut in der Kantine. Da wollte er auf keinen Fall wieder zu spät kommen.

Gestern hatte er nur noch eine winzige Portion von dem köstlichen falschen Hasen erhascht.

Wer zu spät kam, den bestrafte das Leben.

So war das nun einmal.

Seine Assistentin, Frau Stocker, saß nicht an ihrem Platz im Vorzimmer, stellte er fest. Sicher war sie bereits ebenfalls zum Mittagessen unterwegs.

Während er den Flur Richtung Treppenhaus hinunterlief, überlegte er fieberhaft, wie er Wolf Schneider ohne fremde Hilfe darüber informieren könnte, dass er in seiner Heimat für unschuldig gehalten wurde. Unvorstellbar, dass der Mann durch die Weltgeschichte geisterte und dabei sicherlich immer noch dachte, dass er in seiner Heimatstadt wegen Mordes gesucht wurde.

Das galt es so schnell wie möglich zu ändern.

Zeitung?

Fernsehen?

Persönlich nach Kuba fliegen?

Er wusste, dass er vor wenigen Wochen in Portugal mehr als glücklich seiner eigenen Verurteilung entgangen war. Obwohl er eindeutig die Schuld am Tod eines Menschen trug.

Schneider und dessen Schwester zu retten, hatte er seitdem immer mehr zu einem Teil seines persönlichen Ablasses gemacht. Für die eigentlich unverzeihliche Todsünde, die er selbst begangen hatte.

52

Donnerstag, 17.30 Uhr, Küstengewässer, Kuba.

»Da drüben. Ist das nicht eine Motorjacht?« Jonathan zeigte auf einen weißen Fleck unter ihnen, wo sich das dunkelblaue Wasser des Meeres nach allen Seiten hin bis zum Hellblau des Himmels ausdehnte.

»Nein.« Victor, sein kubanischer Helikopterpilot, schüttelte den Kopf. »Fischerboot.«

»Sicher?«

»Ja.«

Sie waren seit zwanzig Minuten unterwegs. Rauschten mit gut 300 Stundenkilometern durch die warme Abendluft.

Bisher hatten sie Arthur Smiths Jacht nicht entdeckt. Nur zwei Motorjachten, die um etliches größer waren, zahlreiche Segelboote, einige Frachter und haufenweise Fischerboote.

Jonathan langweilte sich.

Außerdem sehnte er sich nach Jill und Sara.

Sie waren vorhin tatsächlich mit ihm auf sein Zimmer gekommen.

Der Sex mit ihnen war unbeschreiblich gewesen. Sie hatten Dinge mit ihm angestellt, von denen er bisher nicht einmal gewusst hatte, dass es sie gab.

Geile Luder.

Er musste es unbedingt nochmal mit ihnen treiben. Am besten gleich heute Abend. Die ganze Nacht lang.

Sie hatten eine unendliche Gier in ihm erweckt, die nur sie befriedigen konnten.

Gleich nach der Landung würde er sie anrufen. Sie hatten ihm ihre Telefonnummern gegeben. Sicher war es auch für sie ein großartiges Erlebnis gewesen.

»Wie lange reicht der Sprit?«, erkundigte er sich bei Victor.

»Auf jeden Fall bis es dunkel wird.«

»Wann ist das?«

»Ungefähr in eineinhalb Stunden.«

»Dann suchen wir eben noch eine Weile lang weiter. Obwohl dieser Schneider bestimmt längst über alle Berge ist. Gibt es Musik an Bord?«

»Stones?«

»Nichts Modernes?«

»Madonna?«

»Was hört ihr denn so hier auf Kuba?«

»Rumba? Salsa? Mambo?«

»Dann leg dieses Rumba-Zeugs auf. Immer noch besser als irgendwelche altersschwachen Rock- und Popstars, die keiner mehr hören will.«

53

Freitag, 13.00 Uhr, Küstengewässer, Mexiko.

»Wie geht es dir mein Engel?« Alejandro lächelte Jane zu. Er hielt dabei stolz wie ein kleiner Junge seine Angel ins Wasser.

»Geht schon«, erwiderte sie. »Deine Tabletten gegen Seekrankheit scheinen zu wirken.«

Sie saß auf dem großen Sofa im Heck der riesigen Motorjacht, die er gemietet hatte. Trank Martini. Bereits den dritten seit dem Frühstück.

Ganz geheuer war ihr immer noch nicht, angesichts des endlosen Blaus ohne Balken unter ihnen. Aber was hätte sie tun sollen? Wenn sie nicht mitgekommen wäre, hätte Alejandro sie vermutlich hinausgeworfen.

Wo sollte sie dann hin?

Bei ihm war sie wenigstens einigermaßen sicher. Zumindest solange er nicht wieder wütend auf sie wurde.

Er hatte ihr nach ihrem Streit hoch und heilig geschworen, dass so etwas nie wieder vorkommen würde. Er sei nun mal ein unglaublich leidenschaftlicher Angler. Nur deswegen wäre er ausgeklinkt.

Sein Vater sei auch schon so verrückt nach dem Fischen gewesen. Er hätte die gesamte Familie dafür begeistert.

Vor allem eben ihn. Seinen einzigen Sohn.

Die Gene oder die Geister. Im Endeffekt sei es egal, wer oder was im Einzelnen daran schuld wäre. Fakt sei, er könne nichts dagegen tun. Selbst wenn er wollte.

Es sei ihm allerdings eine Lehre gewesen, dass sie damit gedroht habe, ihn zu verlassen.

Später an diesem unglückseligen Abend nach ihrem ersten Streit hatten sie wilden Versöhnungssex miteinander gehabt.

Er hatte dafür extra eine sündhaft teure Suite im besten Hotel der Stadt angemietet. Oben unter dem Dach. Mit Blick über das nächtliche Lichtermeer.

Nach dem Orgasmus hatte er geweint.

Weil er sie so unfassbar liebe, wie er sagte.

Daraufhin hatte sie beschlossen, ihm eine zweite Chance zu geben.

Er sollte allerdings gut achtgeben.

Weitere Übergriffe würde sie sich nicht gefallen lassen.

Sie würde ihn auf der Stelle verlassen. Das wusste sie glasklar. Sie hatte nach wie vor ihr Auto. Würde sich schon irgendwie durchschlagen.

»Schau mal, die Jacht dort«, rief sie jetzt. »Sie sieht aus wie die von Arthur.«

»Tatsächlich?« Er sah neugierig in die Richtung, in die sie zeigte. »Und das weißt du, obwohl du nur einmal mitgefahren bist?«

»Wir haben einige Male im Hafen Champagner darauf getrunken. Und gegessen. Und übernachtet. Er hatte mir versprochen, auf keinen Fall abzulegen.«

»Es scheint niemand an Deck zu sein.« Alejandro kratzte sich nachdenklich am Hinterkopf. »Motor ist auch keiner zu hören. Wir sollten mal nach dem Rechten sehen.«

»Aber vorsichtig. Vielleicht sind Piraten an Bord.« Sie sah ihn ängstlich über den Rand ihres Glases hinweg an.

»Natürlich, mein Engel. Fürchte dich nicht.« Er

lächelte zuversichtlich. »Kann doch auch sein, dass dein Arthur dort drüben ist. Dann haben wir ihn endlich.«

54

Freitag, 13.00 Uhr, Havanna, Kuba.

Bei Einbruch der Dunkelheit waren Victor und Jonathan gestern Abend nach Havanna zurückgekehrt. Mit lauter Salsamusik in den Kopfhörern auf dem Helikopterlandeplatz im Hafen gelandet.

Sie hatten keine Spur von Wolf Schneider auf dem Meer entdeckt. So wie Jonathan es vorausgesagt hatte.

Jetzt war er in Shorts und farbigem Polohemd unterwegs, um Jill und Sara am Strand zu treffen. Er grinste glücklich vor sich hin. Hatte letzte Nacht zum zweiten Mal hintereinander die beste Nacht seines Lebens mit ihnen gehabt.

Die beiden Frauen sahen das offenbar genauso. Sie hatten sich sehr glücklich darüber gezeigt, in ihm einen durchtrainierten Liebhaber gefunden zu haben. Einen

Seelenverwandten, der ihre Spielchen genussvoll mitmachte. Dabei gelegentlich sogar noch einen drauflegte.

Jill erwies sich jedenfalls als überaus dankbar.

Ihr Vater besaß eines der größten Pharmaunternehmen der USA. Er suchte dringend einen neuen Sicherheitschef.

Sie hatte Jonathan noch heute Morgen einen Termin für ein Vorstellungsgespräch bei ihm verschafft.

Gleich nächste Woche. Nach ihrem kleinen Urlaub zu dritt.

Jonathan hatte die spannende Neuigkeit höchst erfreut vernommen. Ohne zu zögern zugesagt.

Eine bessere Fürsprecherin als die Tochter des Chefs hätte er nicht finden können. Außerdem würde er mehr als das Doppelte von dem verdienen, was er bei der Agency bekam.

Fröhlich pfeifend sprang er über die kleine Absperrung, die den Strand von der Straße trennte.

Er hatte bereits vor zwei Stunden Victoria Meyers angerufen, sie über seine fristlose Kündigung informiert und erstmal seinen Resturlaub genommen. Etwas Schriftliches käme bald nach, hatte er ihr versprochen.

Sollten sie sonst wen auf den Deutschen ansetzen. Der Kerl hatte nichts anderes verbrochen als Millionen von Latinos auch: Falsche Papiere bei der Einreise hergezeigt.

Na wenn schon.

Wahrscheinlich war er sowieso längst über alle Berge.

Angenommen, er hatte sich tatsächlich mit einem Motorboot aus dem Staub gemacht, dümpelte er bestimmt nicht tagelang im Kreis um Kuba herum.

So dumm war niemand. Erst recht nicht ein führender Journalist einer wichtigen deutschen Tageszeitung.

Da waren Mexiko, Venezuela, die karibischen Inseln. Alles attraktive Reiseziele, wo man sehr gut und preisgünstig untertauchen konnte.

Jonathan entdeckte Jill und Sara auf ihren Liegestühlen. Sie hielten Drinks mit kleinen bunten Schirmchen darauf in den Händen.

Er winkte ihnen zu.

Sie winkten lächelnd zurück.

Ob sein Verhalten Konsequenzen haben werde, wie Victoria Meyers ihm angedroht hatte, war ihm einerlei.

Sie konnte ihm nicht wirklich gefährlich werden. Er hatte zu vieles gegen sie in der Hand.

Linke Geschäfte, die sie hinter dem Rücken ihrer Chefs abgezogen hatte.

Verletzungen der Vorschriften in etlichen Fällen. Und so weiter.

Wenn sie ihn tatsächlich zu Fall bringen wollte, würde sie mit ihm untergehen. Dass sie das auf keinen Fall riskieren würde, wusste er genau. Dafür war sie viel zu ehrgeizig.

Außerdem würde ihm Jills Vater jederzeit helfen, wenn es Schwierigkeiten mit seiner Kündigung gab. Das hatte sie ihm heute Morgen versichert.

Er kannte den Präsidenten persönlich. Sie waren enge Freunde aus Studententagen.

55

Freitag, 13.00 Uhr, Küstengewässer, Mexiko.

Wolf dämmerte nahezu besinnungslos auf der Sitzbank im Cockpit vor sich hin.

Am frühen Morgen hatte er gierig den Tau von den Schiffswänden und vom Deck geleckt. Leider nur wenige Tropfen auf dem heißen Stein. Aber wenigstens etwas.

Danach hatte er geangelt. Einen Barsch erwischt.

Welch unendliche Freude. Er hatte gestrahlt und gejubelt wie ein Kind an Weihnachten.

Zunächst hatte er ihn aufgeschnitten.

Ausgelutscht so gut es ging.

Die Reste hatte er auf dem Grill in Arthurs Kombüse gebraten. Ohne Gewürze. Um nicht sofort wieder Durst zu bekommen.

Am späten Vormittag angelte er erneut.

Diesmal allerdings ohne Glück.

Resigniert hatte er nach zwei Stunden aufgegeben. Sich lieber ausgeruht. Die Hitze zwang ihn dabei in den Schatten des Cockpits zurück.

Jetzt wurde sein Durst wieder stärker. Quälte ihn mit Kopf- und Bauchschmerzen, Schwindel. Sein Mund war inzwischen vollständig ausgetrocknet. Seine Zunge fühlte sich wie ein Stein an.

Er atmete rasselnd. Konnte sich kaum noch bewegen.

Sein schlechter Zustand war nur logisch. Zuviel Sonne.

Zu große Anstrengung. Kaum Schlaf. Seit Tagen so gut wie nichts zu trinken.

Lange würde er das nicht mehr durchhalten. Wenn nicht bald Hilfe kam, würde er sterben.

Auch gut. Dann hätte die Quälerei ein Ende.

»Ein Männlein steht im Walde … Nein, aufhören. Scheißlied. Alles nur eine einzige riesengroße Scheiße.«

Er stöhnte laut. Hob den Kopf, um Ausschau zu halten.

Etwas blendete ihn steuerbord voraus. »Was ist das?«, flüsterte er heiser.

Da war es wieder. Hell wie ein Halogenscheinwerfer. Er hielt schützend die rechte Hand vor sein Gesicht.

Nahm sie wieder weg.

Blickte erneut in dieselbe Richtung.

Nichts.

Bestimmt doch nur das Wasser. Manchmal fing sich ein Sonnenstrahl in einem gewissen Winkel darin. Sodass er mit ungewöhnlicher Helligkeit reflektiert wurde. So wohl auch jetzt.

Während er sich müde zurücklehnte, hörte er das weit entfernte Geräusch eines Motors.

Horchte genauer hin. Richtete sich erneut auf.

Wieder nichts.

Wind kam auf.

»Jetzt wirst du langsam endgültig wahnsinnig.«

56

Freitag, 19.00 Uhr, München, Deutschland.

Anton spazierte vom Büro aus zu Huberts Kneipe. Er brauchte dringend Ablenkung. Die Sache mit Schneider und dessen Schwester machte ihn regelrecht verrückt.

Als hätte er keine anderen Probleme gehabt.

Die Stadt brodelte. Wie jedes Jahr um diese Zeit war sie überfüllt von Touristen aus aller Welt. Kaum ein Durchkommen.

Er fragte sich, ob das zu seiner Jugendzeit auch schon so gewesen war.

Wohl eher nicht. Damals hatten die Menschen weniger Geld für teure Flüge.

Überhaupt war früher alles besser. Weniger Morde. Moral und Anstand bedeuteten noch etwas. Das Wetter war schöner.

Es gab richtige Jahreszeiten.

Heute war das alles nur ein einziger gleichförmiger Brei.

Wenn er sich diesbezüglich täuschen sollte, auch egal.

Seit Marias Tod hatte die Welt keine Sonne mehr.

Nur in Amerika war er für kurze Zeit aus seinem Trübsinn aufgetaucht. Weil dort alles so neu und anders gewesen war.

Jetzt holte ihn seine nahe Vergangenheit immer wieder ein.

Maria. Seine Trauer. Sein nach wie vor grenzenloser Hass auf den portugiesischen LKW-Fahrer, der sie überfahren hatte.

Seine Wut auf sich selbst.

Immer wieder kreisten seine Gedanken um die zwei großen Fehler, die er gemacht hatte.

Einmal hätte er den Mistkerl nicht erschlagen dürfen. Zum Zweiten fühlte es sich einfach nicht richtig an, so wie es anschließend vor Gericht für ihn gelaufen war.

Er hätte dazu stehen müssen, dass er jemanden umgebracht hatte. Die Strafe dafür absitzen, wie jeder andere Totschläger auch. Statt nur ein paar Tausender auf den Tisch des Richters zu legen und als freier Mann das Land zu verlassen.

Mehr als ein guter Grund mit einem alten Freund ein paar Bierchen zu trinken.

Als er den Marienplatz überquerte, spürte er ein diffuses Brennen in seinem Genick. Als beobachtete ihn jemand intensiv von hinten.

Unauffällig drehte er sich um. Durchforstete die Menge mit seinen geschulten Ermittleraugen.

Nichts.

Er ging langsam weiter.

Hielt zwischendrin immer wieder an.

Drehte sich um.

Überflog die Straße mit erneuten Blicken.

Wieder nichts.

Herrgott nochmal. Er war sich so gut wie sicher, dass ihm jemand folgte.

57

Freitag, 13.10 Uhr, Küstengewässer, Mexiko.

»Geht weg, ihr bekommt mein Boot nicht, ihr Scheißpiraten.«

Der sonnenverbrannte Mann im Cockpit fuchtelte wild mit den Händen in der Luft herum.

In der Rechten hielt er eine Signalpistole.

Anscheinend war er verwirrt. Kniff immer wieder die Augen zusammen, als könne er nicht richtig sehen.

Vermutlich ein Sonnenstich oder Schlimmeres.

»Keine Angst. Wir tun Ihnen nichts.« Jane gab ihrer Stimme einen beruhigenden Anstrich. Als hätte sie ein gefangenes wildes Tier vor sich.

Sie war zusammen mit Alejandro an Bord gegangen, um nach dem Rechten zu sehen.

Aus der Nähe betrachtet ähnelte die ohne Motorkraft in den Wellen treibende Jacht immer mehr der von Arthur. Sie musste es sein.

Aber wie um alles in der Welt kam sie hierher? Und wer war der unrasierte Schreihals?

Wo war Arthur? Kam er gleich an Deck?

Die Sache war ihr nicht geheuer. Sie stellte sich schutzsuchend seitlich hinter Alejandro.

»Haut ab, scheiß Piraten.« Der Mann zielte abwechselnd auf sie.

Hoffentlich war das Ding nicht geladen.

»Ruhig, Mann. Keiner will dir was antun.« Alejandro

wich gemeinsam mit Jane einen Schritt zurück. »Ist das Arthur?«, fragte er sie.

»Natürlich nicht«, erwiderte sie. »Hätte ich ihn wohl sonst gesiezt?«

Sie wandte sich erneut an den Mann mit der Pistole.

»Ich bin Jane, das hier ist Alejandro. Wir wollen Ihnen helfen. Wir sind keine Piraten.«

»Keine Piraten?« Er sah sie ungläubig an.

»Nein. Wir wollen Sie retten. Wie heißen Sie?«

»Peter«, murmelte Wolf.

»Wie? Ich hab Sie nicht verstanden.«

»Peter«, wiederholte er lauter.

»Bitte nehmen Sie Ihre Waffe runter, Peter.« Jane trat wieder einen Schritt vor.

Sie spürte, dass er ihr nichts tun würde. Er schien einfach nur eine Heidenangst zu haben.

»Wasser«, krächzte Wolf. Dann fiel er von einer Sekunde auf die andere lautlos in sich zusammen.

Jane sprang zu ihm hinüber. Beugte sich über ihn. Tastete nach seiner Halsschlagader.

»Er braucht dringend Flüssigkeit. Schnell!«

»Woher willst du das wissen? Bist du Ärztin?« Alejandro blickte gleichgültig auf Wolf hinunter.

»Nein. Aber er ist völlig dehydriert. Das sieht jeder. Außerdem ist sein Puls ganz schwach. Wollen wir ihn nun retten oder nicht?«

Er kommt mir bekannt vor. Wenn ich nur wüsste, wo ich ihn hinstecken soll. Baltimore? Washington?

»Er wollte uns gerade erschießen. Schon vergessen?«

»Blödsinn. Er hatte Angst. Außerdem wird man verwirrt, wenn man nichts zu trinken bekommt. Der Verstand vernebelt sich.«

»Das tut er beim Tequila auch. Deswegen erschießen sich die Leute aber nicht gleich gegenseitig.«

»Sehr witzig.« Sie verzog keine Miene. »Außerdem wage ich das zu bezweifeln. Vor allem bei euch in Mexiko. Jetzt mach schon. Wir haben keine Zeit.«

»Na gut. Von mir aus.«

Alejandro gab seinen Leuten einen Wink. Zwei von ihnen kamen zu ihnen ins Cockpit herüber. Sie trugen Wolf auf das andere Boot.

Jane ging mit ihnen, um ihn zu versorgen.

58

Freitag, 13.25 Uhr, Küstengewässer, Mexiko.

Alejandro stieg unter Deck. Er wollte sich dort umsehen, bevor sie das Boot abschleppten, das angeblich Janes Mann gehörte.

Vielleicht war dieser Peter nicht allein gewesen. Bestenfalls lag Arthur Smith irgendwo in einer Koje. Dann könnte er ihn gleich mal auf diese Pläne für die Laserwaffe ansprechen. Zu komisch, wenn Arthur tatsächlich Mr. Snow gewesen wäre. Was für ein unglaublicher Zufall.

Die Inneneinrichtung war vom Feinsten. Sündhaft teure tropische Hölzer. Modernste Technik. Wertvolle Metallbeschläge soweit das Auge reichte.

Es roch feucht. Die Sitzmöbel waren nass und teilweise zerstört. Geschirr, Töpfe und Kleidungsstücke lagen überall herum.

Das reine Chaos.

Von Arthur oder weiteren Passagieren keine Spur.

Der durchgeknallte Gringo mit der Signalpistole musste in den Sturm vor wenigen Tagen gekommen sein. Erstaunlich, dass er das überlebt hatte.

Einerseits war Alejandro ärgerlich darüber, dass ihr schöner Angelausflug nun ein jähes Ende gefunden hatte. Andererseits war das hier eine sehr teure Jacht.

Man könnte sie putzen.

Reparieren.

Dann verkaufen oder behalten.

Vorausgesetzt sie gehörte nicht tatsächlich Arthur Smith und somit irgendwie auch Jane. Doch selbst dann stünden gewisse Optionen offen.

Er entdeckte einen großen Beutel voller weißem Pulver auf dem Esstisch in der Kajüte. Öffnete ihn neugierig. Probierte davon.

Koks. Sehr guter Stoff. Es musste annähernd ein Kilo sein.

Seine Laune besserte sich zusehends.

Da war irgendwo bestimmt noch mehr davon. Er würde Julio auf dem Boot zurücklassen, während sie es abschleppten. Er sollte alles gründlich durchsuchen.

Der Gringo schien ein interessanter Zeitgenosse zu sein. Vielleicht kamen sie sogar irgendwie zusammen.

Neue Businesspartner bargen immer ein gewisses Potenzial. Waren oft wertvolle Bausteine zur Erweiterung der eigenen Geschäfte.

Jedenfalls gab es Redebedarf mit diesem Peter. Natürlich erst, wenn er wieder auf dem Damm war. Wenn das hier wirklich Arthur Smiths Jacht war, musste er ihn gekannt haben.

Wusste er auch von Arthurs Konstruktionsplänen?

Alejandro öffnete die Vorratsschränke. Dann den Kühlschrank in der Kombüse.

Leer.

Offenbar stand der Kerl gerade wirklich knapp vor dem Verdursten oder Verhungern. Er würde sich bestimmt dankbar für seine Rettung erweisen.

Wenn nicht, gäbe es Mittel, ihn dazu zu bringen.

59

Freitag, 4.00 p.m., Washington, USA.

Hugh Bender hetzte unruhig in seinem Büro auf und ab.

Den grandiosen Blick auf die Stadt durch die riesigen Panoramascheiben registrierte er längst nicht mehr.

Er war der Typ Mensch, der hundertprozentig in seiner Arbeit aufging. Keine Zeit, irgendwelche Aussichten zu genießen.

Auch nicht für ein Privatleben.

Mit seiner Frau pflegte er längst keine intensive Beziehung mehr. Natürlich begleitete er sie aber weiterhin auf Wohltätigkeitsveranstaltungen und andere wichtige gesellschaftliche Events. Vorausgesetzt, es gefährdete nicht seine Position als Direktor für Science & Technology hier in der Agency.

Hugh hatte vor einigen Tagen heimlich in Deutschland über Wolf Schneider recherchieren lassen. Der Mann, der offensichtlich unter falschem Namen gemeinsam mit Arthur Smith nach Kuba geflohen war.

Seit er die Ergebnisse auf dem Tisch hatte, hegte er einen schwerwiegenden Verdacht: Schneider besaß womöglich die Konstruktionspläne für Mr. Snows Laserkanone.

Dass Arthur Smith tatsächlich der Mr. Snow war, den Hugh seit Tagen nicht mehr am Telefon erreichen konnte, hatte sich bei Jonathan Scotts Anruf aus Kuba positiv bestätigt.

Die Nachforschungen in Deutschland hatten zudem viel Aufschlussreiches ergeben. Er ließ es sich noch einmal der Reihe nach durch den Kopf gehen.

In Berlin war ein bekannter Wissenschaftler gestorben. Kurz darauf wurde Schneiders Frau ermordet. Sein bester Freund hatte angeblich nahezu zeitgleich einen tödlichen Unfall.

Der bekannte Wissenschaftler, ein Dr. Weinberger, war in der Fachwelt bekannt für seine Arbeiten an neuen Laserwaffen gewesen. Schneider und er hatten sich eine Woche vor seinem Tod auf einem Kongress getroffen.

Das konnte alles kein Zufall sein.

Bestimmt war Schneider wegen der tödlichen Anschläge auf den Journalisten Tom Jansen und den Politiker Bart Ewing nach Washington gekommen. Sie hatten kurz zuvor öffentlich von einer neuartigen Laserwaffe gesprochen.

Schneider hegte wohl den Verdacht, dass dieselben Auftraggeber dahintersteckten wie beim Mord an seiner Frau.

Dass es sich bei den verstorbenen Amerikanern nicht um Unfalltote handelte, wie man bisher allgemein annahm, sondern definitiv um Opfer von Anschlägen, war in diesem Zusammenhang wohl nicht mehr von der Hand zu weisen.

Wolf Schneider kam also in die Staaten, um den Mord an seiner toten Frau zu rächen. Oder um mehr über das tödliche Interesse an Dr. Weinbergers Konstruktionsplänen herauszufinden. Oder beides.

Doch was wusste er?

Hugh musste es unbedingt herausfinden.

Er brauchte die Konstruktionspläne für Weinbergers sensationelle Waffe unbedingt. Kostete es, was es wollte.

Ausgerechnet jetzt musste Jonathan Scott kündigen. Andererseits war er sowieso ein unbrauchbarer Trottel. Absolutes Mittelmaß. Zu viele Fehler bei der Arbeit. Außerdem denkbar unzuverlässig.

Früher oder später hätte man ihn sowieso entlassen müssen.

Wen konnte er statt ihm auf die Suche nach Schneider schicken?

Scotts Vorgesetzte Victoria Meyers wäre eine Überlegung wert. Hart. Unerbittlich. Ehrgeizig. Bekannt dafür, dass sie jede Sache zu Ende brachte.

Sie würde sicher mehr Erfolg haben als der armselige Verlierer Scott.

Er rief sie an.

»Miss Meyers. Ich habe einen Auftrag für Sie.«

60

Samstag, 1.15 Uhr, München, Deutschland.

Die Tür auf der anderen Straßenseite schwang auf. Miguel Sousa drückte sich tief in den Hauseingang, vor dem er stundenlang im Halbdunkel der Straßenlaternen gewartet hatte.

Ein sehr dicker und ein etwas schlankerer, aber ebenfalls ziemlich kräftiger Mann kamen drüben heraus. Sie waren die letzten. Alle anderen Gäste hatten das Stüberl beim Isartor längst verlassen.

Der Dicke war Anton Wallner. Miguel war ihm vorhin vom Polizeirevier aus hierher gefolgt. Der andere hieß Hubert. Er war der Wirt und Wallners bester Freund. Sie wollten zusammenziehen. Gleich über dem Lokal.

Das alles hatte er von Hubert erfahren, als er sich gestern mit ihm in der kleinen Kneipe unterhalten hatte.

In beiläufigem Tonfall hatte er ihn ausgehorcht. Der gutmütige Wirt hatte es garantiert nicht bemerkt. Zumal Miguel viel gelacht hatte. Alle möglichen anderen Themen außer Wallner zur Sprache brachte.

Ein Bekannter bei der portugiesischen Polizei hatte ihm letzte Woche Wallners Namen und Adresse verraten.

Daraufhin hatte er sich das Geld für ein Ticket organisiert und war hierher nach München geflogen.

Verfluchtes Juristenpack.

Sie hatten den Kerl einfach freigelassen. Er durfte für ein paar Euro unbehelligt aus dem Land reisen, obwohl er Miguels geliebten Bruder Manuel erschlagen hatte. Wegen dieses unglückseligen Verkehrsunfalls, für den Manuel gar nichts konnte.

Wallners Frau war ihm direkt vor die Kühlerhaube gelaufen. Wie ein blindes Huhn. Manuel hätte beim besten Willen nicht mehr rechtzeitig bremsen können.

Aber das alles interessierte niemanden in Portugal, wenn reiche Ausländer beteiligt waren. Leute, die sich mit ihrem vielen Geld freikaufen konnten.

Egal.

Anton Wallner würde trotzdem bereuen, was er getan hatte. Dafür würde Miguel sorgen. Als Racheengel mit einem Feuerschwert.

Er hatte es am Grab seines Bruders geschworen.

Die beiden auf der Straßenseite gegenüber umarmten sich. Dann bestieg Wallner ein Taxi. Hubert kehrte in sein Lokal zurück.

Miguel überquerte die Straße. Er öffnete unauffällig die Tür zu dem Treppenhaus direkt neben der Kneipe.

Trat ein.

Schlich leise Richtung Kellertür.

Versteckte sich hinter einem Mauervorsprung.

Holte einen Elektroschocker aus seiner Jackentasche.

61

Samstag, 11.00 Uhr, Nuevo Laredo, Mexiko.

Wolf schlug langsam seine Augen auf. Er sah sich um. Registrierte, dass er in einem geschmackvoll eingerichteten Schlafzimmer lag.

Eine attraktive dunkelhaarige Frau saß neben seinem Bett in einem Sessel. Sie las ein Modejournal. Kam ihm merkwürdig vertraut vor.

»Wo bin ich?«, fragte er.

Er vermutete, dass er auf dem amerikanischen Kontinent sein musste. Sicher war er sich allerdings nicht.

»In Mexiko. Nuevo Laredo um genau zu sein«, erwiderte die Brünette. »Bei Alejandro Gonzales zu Hause. Sie sind in Sicherheit. Keine Angst.«

Sie schien die Verwirrung und die Besorgnis in seinem Gesicht lesen zu können.

»Warum bin ich hier?«

»Wir fanden Sie halbtot auf Ihrem Boot. Gott sei Dank geht es Ihnen wieder besser.«

»Wer sind Sie?«

Ich kenne sie irgendwoher. Aber woher?

»Ich heiße Jane. Jane Smith. Wie heißen Sie genau, Peter?«

»Woher wissen Sie denn, dass ich Peter heiße?« Er zog erstaunt die Brauen hoch. Konnte sich immer noch keinen Reim auf alles um sich herum machen.

»Sie sagten es, bevor Sie ohnmächtig wurden.« Sie

lächelte. »Verraten Sie mir nun, wie Sie mit vollem Namen heißen?«

»Peter Müller. Journalist aus Hamburg.«

Wenn Wolf die vergangen Wochen etwas gelehrt hatten, dann war es die Tatsache, dass man nicht vorsichtig genug sein konnte. Also verschwieg er seinen richtigen Namen vorerst lieber. Zumindest solange, bis er endgültig wusste, was hier los war.

»Sie kennen Arthur Smith?«, wollte Jane wissen.

»Wie kommen Sie darauf?« Wolf beäugte sie argwöhnisch.

»Sie waren mit seiner Jacht unterwegs.«

»Die Jacht gehört einem Arthur?«

Nur nichts anmerken lassen. Immer schön aus allem heraushalten. Wer weiß, wie sie zu Arthur stand.

»Wussten Sie das nicht? An Bord befanden sich sogar Bilder von ihm.«

Sie zeigte ihm zwei Aufnahmen von Arthur. Sie mussten aus Arthurs Schlafgemach auf dem Boot stammen. Wolf waren sie vorher nie aufgefallen.

»Haben Sie das Boot durchsucht?«

»Wir suchten nach Hinweisen auf Ihre Identität.« Sie nickte.

»Meine Papiere hab ich im Sturm verloren. Haben Sie sonst was gefunden?«

Hoffentlich haben sie mir nicht das ganze Koks geklaut.

»Nicht dass ich wüsste. Kennen Sie ihn nun?« Sie hielt ihm die Bilder nah vors Gesicht.

»Ich glaube schon. Zu mir sagte der Mann allerdings, er hieße Jeff«, meinte er kopfschüttelnd. »Jeff Longboat. Wir wurden auf Kuba überfallen. Er wurde erschossen. Hat mir mit seinen letzten Worten das Boot vermacht.

Ich bin damit in einen Sturm geraten. Wir hatten vorher viel Spaß zusammen auf der Insel.«

Hoffentlich nimmt sie dir das mit diesem Jeff Longboat ab. Was zum Teufel hatte sie mit Arthur zu tun?

»Arthur ist tot?« Sie erstarrte geschockt.

»Wenn Ihr Arthur tatsächlich mein Jeff ist, lautet die Antwort wohl ja. Leider.« Wolfs Miene blieb neutral.

»Um Gottes willen!«

»Kannten Sie ihn denn?«

Sie nickte nur.

Stand blitzschnell auf.

Rannte mit eingezogenem Kopf aus dem Zimmer.

»Aber wie …«

Was war hier nur los?

Wo hatten sie ihn hingebracht?

Woher kannte sie Arthur?

Moment mal. Sagte sie nicht, sie hieße Jane Smith?

Du Vollidiot!

Er schlug sich mit der flachen Hand vor die Stirn. Die Frau im weißen Hosenanzug aus der kleinen Vinothek in Washington. Arthurs Jane.

Herrje. Sie war ihm bereits die ganze Zeit über bekannt vorgekommen. Ausgerechnet sie hier in Mexiko. Genau dort auf dem Meer, wo er mit Arthurs Jacht herumtrieb.

Was das Schicksal für seltsame Wege ging. Gab es irgendwo ein Drehbuch, nach dem unser Leben verlief? Stand der Inhalt seit langem fest?

62

Samstag, 17.00 Uhr, München, Deutschland.

Er bekam kaum Luft. Versuchte vergeblich gegen den Widerstand in seinem Mund anzuatmen.

Es war jedoch lediglich durch die Nase möglich. Jemand hatte ihm offensichtlich einen Knebel verpasst.

Wenn bloß sein Schnupfen nicht gewesen wäre. Ein Nasenloch war völlig zu. Das andere halb. Er hatte unentwegt das Gefühl, im nächsten Augenblick zu ersticken. Japste wie ein Fisch auf dem Trockenen. Zwang sich zur Ruhe.

Vor zwei Minuten war er aufgewacht. Keine Ahnung, wo. Ein muffiges Kellerabteil möglicherweise. Soviel war in der undurchdringlichen Dunkelheit gerade noch zu erahnen.

Sein Genick und sein Hinterkopf schmerzten.

Das merkwürdige Geräusch fiel ihm wieder ein. Hubert hatte es gehört, kurz bevor er ohnmächtig wurde. Als würden elektrische Funken laut aneinanderschlagen. Wie bei so einem Elektroschocker, wie man sie gelegentlich in den Krimis im Fernsehen sah.

Weitere Erinnerungen tauchten auf.

Er hatte sich von Anton verabschiedet. War ins Stüberl zurückgekehrt. Hatte abgesperrt. War durch die Seitentür ins Treppenhaus gegangen.

Wollte gerade das Licht einschalten.

Im selben Moment hatte er dieses unheimliche Knistern gehört.

Dann ein heftiger Schlag auf seinen Hinterkopf.

Alles wurde schwarz um ihn herum.

Jetzt versuchte er, seine Hände anzuheben, um den Knebel aus seinem Mund zu entfernen. Registrierte dabei erschrocken, dass er vollständig gefesselt war. Wie ein Paket verschnürt.

Jemand schien absolut sicher gehen zu wollen, dass er nicht entkommen konnte.

Er atmete wieder hektischer. Bekam dabei noch weniger Luft. Bekämpfte seine Panik. Rang sie nieder.

Besser.

Durch einen schmalen Schlitz fiel Licht. Ein Fenster?

Eher nicht. Es sah vielmehr so aus, als hätte jemand das gesamte Kellerabteil mit festem Stoff verhängt.

Er würde also nie wissen, ob es gerade Tag oder Nacht war, solange er hier eingesperrt blieb. Hoffentlich kam bald jemand, um nach ihm zu sehen. Er hatte nicht die geringste Lust, jämmerlich zu ersticken.

Was wollten sie von ihm? Wer hatte sich solch eine Mühe gemacht? Ein unzufriedener Kunde aus dem Stüberl könnte dahinterstecken. Terroristen. Ein Verrückter. Jemand aus seiner Vergangenheit.

Er wusste, dass er in seinen jungen Jahren kein Kind von Traurigkeit gewesen war. Hatte so einiges angestellt. Gewiss nicht immer im Rahmen des Gesetzes.

War das hier etwa die Rache dafür?

63

Samstag, 17.15 Uhr, München, Deutschland.

»Wo steckt er nur?« Anton bedachte sein Handy mit einem vorwurfsvollen Blick.

Er hatte bereits zum vierten Mal erfolglos versucht, Hubert zu erreichen. Es war abgemacht gewesen, dass sein zukünftiger WG-Partner um 16 Uhr mit einem Transporter hier bei Anton daheim aufschlug. Sie wollten schon mal einen Teil von Antons Möbeln in die Wohnung über Huberts Kneipe transportieren.

Doch wer kam nicht und war nicht zu erreichen?

Hubert.

Schöne Scheiße. Der ganze Samstag im Eimer.

Aber was, wenn ihm etwas zugestoßen war? Normalerweise war er sehr zuverlässig.

Nur wenig später entschloss sich Anton, mit der U-Bahn in die Stadt zu fahren. Er wollte in Huberts Kneipe nach dem Rechten sehen.

»Wehe, du hast mich vergessen, altes Haus«, murmelte er, während er zur Haltestelle eilte. »Dann kannst du was erleben.«

Als er am Marienplatz ankam, entschied er sich dafür, die paar Meter zum Isartor zu Fuß zurückzulegen. Er hatte keine Lust auf weiteres Gedränge in der S-Bahn. Es war außerdem eh nur eine Station.

»Nicht mehr lange und diese Stadt platzt aus allen Nähten«, grantelte er.

Was wollten die Leute nur alle hier?

Die Tür von »Huberts Stüberl« war verschlossen.

»Der Wirt ist heute anscheinend krank«, meinte ein älterer Herr mit schwarzem Hut lächelnd.

Er war wohl hergekommen, um etwas zu trinken. Stattdessen saß er nun auf einer der Bänke am Straßenrand. Rauchte gemütlich eine dicke Zigarre.

»Krank? Unmöglich. Dann hätte er mich angerufen.«

Anton klopfte immer wieder laut gegen die Tür.

Anschließend betrat er das Treppenhaus. Stieg zu Huberts Wohnung hinauf. Auch dort bummerte er laut gegen die Tür. Klingelte mehrmals.

Nichts.

Er kehrte nachdenklich auf die Straße zurück.

Sehr ungewöhnlich. Es war normalerweise gar nicht Huberts Art, so sang und klanglos zu verschwinden.

Aber wer wollte schon behaupten, dass er seine Mitmenschen wirklich kannte.

Man konnte in niemanden hineinschauen. Jeder war immer für eine Überraschung gut. Das lehrte das Leben und vor allem die Arbeit bei der Mordkommission.

Vielleicht sollte sich Anton die Idee mit der gemeinsamen Witwer-WG nochmal gründlich durch den Kopf gehen lassen. Seit seinen schlechten Erfahrungen mit Moll ertrug er keine Unzuverlässigkeit mehr.

64

Samstag, 18.05 Uhr, München, Deutschland.

Miguel bestellte einen zweiten Espresso beim Kellner des kleinen Cafés gleich hinter dem Hofbräuhaus. Er schmeckte ihm ausgezeichnet. Genauso wie der Apfelkuchen, den er dazu aß.

Den ersten Schritt zu seiner Rache hatte er erfolgreich hinter sich gebracht. Anton Wallners bester Freund Hubert war in seiner Gewalt. Schon bald würde Wallner wissen, was es hieß, einen geliebten Freund oder Bruder zu vermissen.

Der dicke Polizist sollte leiden. So wie er selbst litt.

Außerdem würde er sich von ihm holen, was ihm zustand.

Die Geschäfte zu Hause liefen schlecht. Seit Manuels Tod drohten sie ihm vollständig aus den Händen zu gleiten.

Manuel war immer der Macher von ihnen beiden gewesen. Hatte stets gewusst, was zu tun war. Miguel tat sich Tag für Tag schwerer damit, das Erbe seines älteren Bruders anzutreten.

In erster Linie lag es daran, dass ihn ihre bisherigen Geschäftspartner in den Bereichen Drogen, Mädchenhandel und Prostitution nicht ernst nahmen.

Einer nach dem anderen löste die Verbindung mit ihm auf.

Manche hatten ihm sogar gedroht.

Sie würden ihn erledigen, wenn er sich nicht aus dem Geschäft zurückzog. Der Markt gehöre ab sofort ihnen alleine. Er solle aus dem Land verschwinden.

Zum anderen hatte er einfach kein Händchen fürs Geschäftemachen. War wohl nicht ausgebufft und skrupellos genug dafür.

Nicht mehr lange und er stünde allein da.

Doch soweit sollte es nicht kommen. Wallner würde ihm mit seinem Reichtum dabei helfen.

Danach würde Miguel Hubert wieder freilassen. Der hatte ihn nicht gesehen, als er von ihm in diesen Keller gebracht wurde. War ohnmächtig gewesen. Also bestand auch keine Gefahr, dass er ihn wiedererkannte.

Er bezahlte seine Rechnung beim Kellner.

Höchste Zeit, nach Hubert zu sehen. Seit letzter Nacht 1.30 Uhr lag er in diesem Kellerabteil. Nicht dass er ihm noch unter den Händen wegstarb.

Er brauchte auf jeden Fall Wasser und etwas zu essen. War bestimmt geschwächt. Durfte aber nicht sterben. Wenn Miguel es geschickt anstellte, konnte er von ihm ebenfalls Geld erpressen.

Mein Gott. Hoffentlich war er inzwischen nicht an seinem Knebel erstickt. Er hatte so angestrengt durch die Nase geatmet, nachdem er in Ohnmacht gefallen war.

Miguel trat auf die Straße hinaus.

Er hatte bisher schlicht keine Zeit gehabt, sich um Hubert zu kümmern. Hatte lange geschlafen. War gegen Mittag zum Olympiagelände und zur Allianzarena hinausgefahren.

Wenn er schon mal hier war, wollte er sich die beiden sagenumwobenen Sportstätten auch einmal ansehen.

Sein Heimatverein, Benfica Lissabon, hatte vor vielen Jahren einige Male gegen den FC Bayern gespielt. Gewonnen hatten sie nie. Die Bayern waren zu stark gewesen.

Nach der Besichtigung der imposanten Stadien hatte er die S-Bahn zum Starnberger See hinaus genommen. Herrliche Natur mit der Alpenkette im Hintergrund.

Die Zeit war wie im Flug vergangen.

Gleich neben der Bar war eine Apotheke. Er würde ein Fläschchen Nasenspray besorgen, damit Hubert besser Luft bekam.

65

Samstag, 12.10 Uhr, Nuevo Laredo, Mexiko.

Sonne und Wolken wechselten sich ab. Leichter Westwind. Es war angenehm warm. Ein Tag wie aus dem Bilderbuch.

»Keine Ahnung, ob er einer von Arthurs Freunden ist. Ich kenne ihn jedenfalls nicht.« Jane zuckte die Achseln. »Ich weiß nur, dass Arthur vermutlich tot ist. Dieser Peter hat es zumindest gesagt. Anscheinend wurden die beiden auf Kuba überfallen und Arthur wurde dabei erschossen.«

»Das hat er dir erzählt?« Alejandro sah sie fragend an.

»Ja.«

»Echt?«

»Ja, warum?«

Sie waren mit Alejandros Porsche Cabrio zu einem Restaurant auf dem Land unterwegs. Es gehörte einem bekannten Sternekoch. Natürlich ein Freund von ihm.

Alejandro wollte mit ihr feiern. Immerhin hätte er jetzt fünf Kilogramm Koks und eine neue Jacht, hatte er zu Hause gemeint. Obwohl, das angebrochene Kilo, das er auf dem Tisch unter Deck gefunden hatte, würde er Peter wohl zurückgeben.

Vielleicht aber auch nicht.

Auf ihren Einspruch hin, dass die Jacht streng genommen ja wohl ihr gehöre, hatte er mit einer abwehrenden Handbewegung reagiert. Aber natürlich. So habe er es nicht gemeint. Er würde sie niemals bestehlen.

Sie hatte es ihm halbherzig geglaubt.

Die nahe Zukunft würde zeigen, ob er die Wahrheit sagte.

Seit ihrem Streit wegen des Angelausflugs traute sie ihm nicht mehr so recht. Seine Augen hatten ihr dabei die Schattenseiten seiner Seele verraten. Ihr war aufgefallen, wie eiskalt er sie angesehen hatte. Sicher war er weitaus gefährlicher als sie am Anfang gedacht hatte.

Vorsicht war angebracht.

»Was, wenn er Arthur über Bord geworfen hat und dann mit seiner Jacht abgehauen ist?«

»Kann natürlich sein.« Sie zuckte erneut die Achseln. »Scheint mir aber kein Mörder zu sein. Soweit ich das überhaupt beurteilen kann.«

»Du hast ihn tatsächlich noch nie gesehen?«, fragte er. »Kein alter Freund deines Mannes? Wenn doch, würde das einiges erklären. Warum er auf Arthurs Jacht unterwegs war, zum Beispiel.«

Sie schüttelte den Kopf, obwohl ihr Peter durchaus bekannt vorkam. Das sollte Alejandro jedoch nicht erfahren. Im Moment noch nicht zumindest. Sie wollte zuerst konkret wissen, wo sie den Deutschen schon einmal gesehen hatte.

Er schaltete einen Gang herunter. Trat das Gaspedal bis zum Anschlag durch. Überholte einen verrosteten dunkelroten Pickup Truck.

Die zahllosen Hühner in den kleinen Holzkäfigen auf der Ladefläche gackerten aufgeregt, als sie an ihnen vorbeirauschten.

»Können wir irgendwo amerikanische Zeitungen besorgen?«, fragte sie.

»Wozu?«

»Wenn Arthur wirklich auf Kuba erschossen wurde, wie Peter sagt, muss es irgendwo stehen. Ich würde das gerne schwarz auf weiß sehen.«

»Du willst sicher gehen, dass er tot ist? Gute Idee. Wir fahren zum Flughafen. Kein großer Umweg.«

»Danke.« Jane blickte geradeaus auf die staubige Straße vor ihnen.

Denk du dir ruhig, was du willst, sagte sie sich.

Arthur war ihr im Grunde genommen völlig egal. Sie wollte gerade nur sichergehen, dass Peter sie nicht belogen hatte.

Aus einem unbestimmten Grund heraus war ihr das auf einmal sehr wichtig.

»Aber sag mal.« Alejandro kratzte sich am Hinterkopf. »Wenn unser guter Peter Arthur tatsächlich kannte. Dann könnte es doch gut sein, dass er ebenfalls von den Konstruktionsplänen für diese neue Laserwaffe weiß.«

Jane zuckte zum dritten Mal die Achseln.

»Frag ihn einfach mal danach«, fuhr Alejandro fort. »Wenn du ihm das nächste Mal seinen Kaffee bringst, zum Beispiel.«

»Warum tust du es nicht selbst?«

»Muss ich erst streng werden?« Er lächelte. Seine Augen lächelten nicht mit.

66

Samstag, 19.10 Uhr, München, Deutschland.

»Wallner.«

»Hier spricht ein Entführer.«

»Was?« Anton setzte sich ruckartig von seiner Couch auf.

Er war vor zehn Minuten aus der Stadt zurückgekommen. Hatte sich hingelegt. Das tat er in letzter Zeit immer öfter. Weil das Alter seinen Tribut forderte, wie er selbst meinte.

Keiner war für die Ewigkeit gemacht.

»Hier spricht ein Entführer«, wiederholte die männliche Stimme mit dem starken südländischen Akzent am anderen Ende der Leitung.

»Und wen haben Sie entführt?«

Er hört sich nicht unbedingt so an, als wäre er ein Einstein.

Vielleicht auch nur ein Lausbubenstreich. Die Jugend wurde allgemein immer dreister.

Seine Nummer hatte der Anrufer allerdings unterdrückt. Das sprach eher für etwas Ernstes.

»Hubert.«

»Welchen Hubert?« Anton erschrak. Es konnte nur sein Hubert gemeint sein.

Im selben Moment wusste er, dass er den unbekannten Anrufer solange wie möglich in der Leitung behalten musste, wenn er mehr herausfinden wollte. Er wählte parallel zu ihrem Gespräch auf seinem Handy die Nummer des Reviers.

»Hubert Stallberger aus ›Huberts Stüberl‹. Deinen besten Freund.«

Also doch. Recht gehabt.

»Was ist mit Hubert? Was haben Sie mit ihm zu schaffen?«

Berta Stocker meldete sich am Handy. Anton ging ran. Er hielt dabei die Sprechmuschel seines Festnetzhörers zu.

»Er ist in meiner Gewalt«, sagte Miguel währenddessen.

»Mich ruft gerade ein Entführer unter meiner Privatnummer an, Frau Stocker. Es geht um Hubert Stallberger. Sagen Sie allen Kollegen Bescheid. Sie sollen sich bereithalten. Die Sache ist äußerst brisant.«

»Wird gemacht, Chef. Bleiben Sie dran.«

»In Ordnung.«

»Und was wollen Sie von *mir*?«, wandte er sich wieder an den Anrufer.

»Du sollst bezahlen?«

»Wie viel? Warum?«

»Weil du meinen Bruder umgebracht hast, du mieser Kerl. Du sollst spüren, wie es ist, wenn man jemanden vermisst, den man liebt.«

»Welchen Bruder denn?«

»Manuel Sousa. Du hast ihn in Lissabon erschlagen. Ich bin Miguel Sousa.«

Anton hielt erneut die Sprechmuschel zu.

»Er heißt Miguel Sousa, Frau Stocker. Der Bruder von Manuel Sousa, den ich in Portugal … Sie wissen schon.«

»Wir geben ihn in den Computer ein. Kleinen Moment, Chef.«

Sagt der mir einfach seinen Namen. Er ist entweder eiskalt oder dümmer als die Polizei erlaubt.

»Da. Wir haben ihn«, fuhr Berta fort. »Miguel Sousa. In Deutschland geboren und aufgewachsen, wie sein Bruder Manuel. 1995 zogen beide nach Portugal. Wollen Sie sein Bild aufs Handy?«

»Natürlich. Schicken Sie es an jeden Streifenbeamten in Bayern. Vor allem im Großraum München. Fahndung einleiten. Unverzüglich. Auch nach Hubert. Ein Bild von ihm schicke ich Ihnen gleich. Ich hab noch eins auf meinem Handy.«

»Was täten wir nur ohne Handys?«, fragte sie.

»Erkläre ich Ihnen ein andermal. Macht jetzt vor allem schnell. Es geht um meinen besten Freund. Davon hat man nicht viele.«

»Wolf Schneider« schoss es Anton durchs Gehirn. Wie mag er sich gefühlt haben, als er nach seiner Frau auch noch seinen besten Freund verloren hatte. Es musste schrecklich für ihn gewesen sein. Dabei auch noch selbst unter Mordverdacht zu geraten. Die reine Hölle auf Erden.

Wenn er ihn nur finden könnte.

Schluss damit. Jetzt ging es erstmal um Hubert.

»Was ist? Warum redest du nicht mehr?« Miguel hörte sich verunsichert und ungeduldig zugleich an.

»Sie sagen, ich hätte Ihren Bruder erschlagen. Haben Sie schon vergessen, dass er vorher meine Frau umgebracht hat?«, erwiderte Anton.

»Er konnte nichts dafür.«

»Doch. Er fuhr viel zu schnell. Hat sie glatt übersehen.«

»Stimmt nicht.«

»Stimmt eben schon.« Anton hatte Tränen in den Augen.

Was für ein ausgemachter Wahnsinn dieses Leben.

Pause. Wahrscheinlich wurde Miguel gerade von der Trauer über seinen Bruder übermannt.

Anton dachte währenddessen nach.

Herrgott nochmal. Er hatte in blinder Wut zugeschlagen. So etwas durfte nicht passieren.

Einem Profi wie ihm schon gar nicht.

»Was wollen Sie?«, fragte er schließlich.

»50.000 Euro. Morgen, 20 Uhr am Hauptbahnhof.«

»50.000 Euro? Bis morgen? Wie soll ich das denn zusammenbekommen? So viel hab ich gar nicht.«

»Du bist reich. Das weiß ich. Wenn du nicht bezahlst, schicke ich dir deinen Freund in kleinen Stücken.«

»Ich bin nicht reich«, beeilte sich Anton zu sagen. »Nur ein kleiner Beamter.«

»Willst du handeln? Um das Leben deines Freundes?«

»Nein. Aber …«

»Na also. Dann besorge das Geld bis morgen. Ein Tag sollte dafür genügen.«

»Geht es Hubert gut?«

»Er lebt. Ob das morgen immer noch so ist, liegt an dir.«

»Wo genau treffen wir uns?«

»Sag ich dir kurz vorher. Nimm dein Handy mit. Keine anderen Polizisten. Sonst stirbt Hubert.«

67

Samstag, 20.00 Uhr, Strand bei Thessaloniki, Griechenland.

Grausamer Mord – US-Politiker auf Kuba überfallen! Kongressabgeordneter Arthur Smith tot!

Dorian ließ die Washington Times in seinen Händen langsam sinken. Er saß auf der Terrasse eines belebten Strandcafés. Hatte sich vorhin bei seinem Spaziergang entlang der Uferpromenade dazu entschieden, hier etwas zu trinken und zu essen.

Die Kellnerin hatte ihn neugierig gemacht. Dem Alter und ihrem selbstbewussten Auftreten nach vermutlich eine Studentin.

Auf alle Fälle war sie es wert, näher begutachtet zu werden.

Natürlich wollte er ihr nichts antun. Nur ein wenig nette Gesellschaft. Er befand sich außer Dienst.

Vor gut zwei Stunden war er hergekommen. Ein Stückweit aus Thessaloniki hinaus Richtung Südosten.

Nur wenige Kilometer weiter die Autobahn entlang und er befände sich auf der wunderschönen Halbinsel Chalkidiki.

Er bereute seine spontane Entscheidung, ausgerechnet hier angehalten zu haben, jedoch nicht. Vor allem aus bereits genanntem Grund.

Aber auch das Essen und der Weißwein hatten ihm

vorzüglich geschmeckt. Fangfrischer Schwertfisch, griechischer Salat, Tsatsiki, Schokoladenkuchen.

Danach hatte er endlich die amerikanische Zeitung gelesen, die er sich gestern Abend am Flughafen geholt hatte.

Bisher war keine freie Minute dafür übrig gewesen.

Verwandtschaft, Freunde, Bekannte. Seit seiner Ankunft bedrängten alle auf einmal den verlorenen Sohn aus Amerika. Zerrten aus sämtlichen Richtungen an ihm.

Eine Einladung zum Essen hier, ein Ouzo da, ein Glas Wein dort. Nichts als Trubel und schiere Wiedersehensfreude.

Er erzählte überall, dass er bereits drei Jahre nach dem tragischen Unfall seiner Mutter und seiner Schwester an der Börse angefangen habe. Dort sei er von Jahr zu Jahr erfolgreicher gewesen.

Daher auch das Geld für den ausgiebigen Urlaub hier zu Hause.

Zum Teil hatte er dabei sogar die Wahrheit gesagt.

Er spekulierte tatsächlich regelmäßig mit Aktien. Allerdings nicht im großen Stil. Eher hobbymäßig. Kannte sich dennoch gut genug damit aus, um neugierige Fragen fachmännisch zu beantworten.

Mit den Schlagzeilen auf Seite drei der Zeitung war sein Chef und Auftraggeber Arthur Smith alias Mr. Snow gemeint. Das war ihm sofort klargewesen, als er das kleine Bild von ihm gesehen hatte.

Smith hatte außerdem kürzlich am Telefon erzählt, dass er sich in Havanna amüsierte. Und er war Kongressabgeordneter.

Herrgott nochmal. Da hatte man endlich mal jemanden an der Angel, der einen fürstlich für die Arbeit bezahlte, und dann das. Es war zum aus der Haut fahren.

Galt Smiths letzte Anordnung noch oder nicht?

Das war die große Frage.

Einerseits fühlte sich Dorian weiterhin verpflichtet, Jane Smith aufzuspüren und zu eliminieren.

Andererseits war ihr Mann tot.

Kein Auftraggeber, kein Auftrag.

Vorausgesetzt, es handelte sich bei dem Zeitungsartikel nicht um eine Ente oder eine bewusst gesteuerte Falschmeldung.

Smith war alles zuzutrauen. Möglicherweise wollte er nur vollständig untertauchen. In diesem Fall bestand die Order seine Frau betreffend natürlich nach wie vor.

Knifflig.

Smith hatte ihn immer gut behandelt. Er hatte pünktlich und äußerst großzügig bezahlt. Teilweise hatten sie sogar denselben schwarzen Humor geteilt.

Sie hätten Freunde werden können.

Nein, nein. Es wäre nur recht und billig gewesen, die Sache wie abgemacht durchzuziehen. Genau genommen kam das auf gewisse Weise der Erfüllung eines letzten Willens gleich.

Kommt Zeit, kommt Rat.

Dorian verschob die endgültige Entscheidung darüber auf später.

Prioritäten setzen.

Erstmal den wohlverdienten Urlaub genießen.

»Einen griechischen Kaffee zum Abschluss, der Herr?«

Die dunkelhaarige Kellnerin von vorhin stand mit einem bezaubernden Lächeln auf den Lippen vor ihm.

Lieber Gott. Sie war wirklich attraktiv. Volle Lippen. Sanfte Augen. Die Figur eines Models, die in ihren engen Hotpants und dem viel zu kleinen T-Shirt optimal zur Geltung kam. Ganz anders als alle Frauen, die er bisher gesehen hatte. Eine unerwartete Offenbarung. Er bemerkte zum ersten Mal, dass er das weibliche Geschlecht auch bewundern konnte.

»Warum nicht.« Er lächelte zurück. »Und einen Ouzo, bitte.«

»Gerne. Mit Eis?«

»Ohne. Für echte Männer.«

»Wird gemacht.«

Sie kicherte. Entfernte sich mit wiegenden Hüften.

Er sah ihr nach, bis sie im Inneren des Lokals verschwand. Stellte sich vor, was er mit ihr anstellen würde, wenn er sie nackt vor sich hätte.

68

Sonntag, 11.00 Uhr, Nuevo Laredo, Mexiko.

»Ihr Kaffee, Peter.« Jane trat lächelnd an Wolfs Bett. Sie stellte ein kleines Holztablett auf der geschmackvollen rosafarbenen Marmorplatte seines weiß lackierten Nachtkästchens ab.

»Danke.« Er fixierte sie mit zusammengekniffenen Augen, um sie besser sehen zu können.

Die Krankenschwester, die täglich mehrmals kam, um nach ihm zu sehen, hatte die schweren roten Samtvorhänge des luxuriösen Schlafzimmers zwar vor einer halben Stunde geöffnet.

Aber ohne Brille war es trotzdem noch viel zu dunkel für ihn hier drinnen.

Das trübe Regenwetter draußen tat das Seine dazu.

»Krankenschwester, Arzt, Medikamente, Essen. Wer bezahlt das alles hier eigentlich?«, erkundigte er sich.

»Alejandro.«

»Was wird eigentlich aus der Jacht? Ich meine, Arthur hat sie mir schließlich geschenkt.« Er sah sie abwartend an. »Es sind außerdem noch einige Dinge an Bord, die mir gehören. Unter anderem ein größerer Posten spezielles kubanisches Salz. Es dürften um die fünf Kilo sein.«

»Soso, spezielles kubanisches Salz.« Jane grinste flüchtig. »Da müssen Sie besser Alejandro fragen. Ich bin hier nur Gast. Sozusagen gestrandet. Ähnlich wie Sie. Von mir aus können Sie Arthurs Jacht gerne behalten. Ich bin nicht scharf darauf.«

Sie setzte sich unkompliziert zu ihm aufs Bett. Reichte ihm seine Tasse. »Zwei Stück Zucker und ein wenig Milch. Wie gestern.«

Sie scheint keine großen Berührungsängste zu kennen. Oder steht sie auf mich?

»Gestrandet? Weil Arthur hinter Ihnen her war?«

Sie nickte langsam. »Woher wissen Sie das?«

»Er telefonierte einige Male deswegen. Und wie Sie sicher selbst am besten wissen, gehörte er nicht gerade zu den leisesten Zeitgenossen.«

»Das ist wohl wahr.« Tränen stiegen ihr in die Augen.

»Vermissen Sie ihn etwa?« Wolf sah sie verblüfft an. Er setzte sich steiler auf, um seinen Kaffee besser trinken zu können.

»Na ja, irgendwie …« Sie hob in einer hilflosen Geste die Hände.

»Sind Sie verrückt?« Er glaubte nicht, was er hörte. »Er wollte Sie umbringen lassen. Vielleicht schweben Sie immer noch in Lebensgefahr.«

»Ich vermisse nicht den Arthur der letzten Monate«, erwiderte sie. »Ich vermisse meinen Mann, wie er war, als ich ihn kennenlernte. Er hat mir die Welt zu Füßen gelegt.« Sie schniefte.

»Ich kenne ihn nur als zwar durchaus unterhaltsames, aber echtes Arschloch.«

Wolf fragte sich, wie sie so naiv sein konnte? Oder war sie gar nicht naiv, sondern lediglich ein sehr emotionaler Mensch? Zumindest schien sie innerlich weitaus zerbrechlicher zu sein, als sie es sich rein äußerlich anmerken ließ.

Sonst würde sie niemals so reagieren.

Als hätte Arthur ihn im Jenseits seine posthume Beleidigung aussprechen gehört, wurde es auf einmal hell im Zimmer.

Es handelte sich dabei allerdings keineswegs um ein überirdisches Zeichen. Offenbar hatte die Sonne gerade die letzten Regenwolken vertrieben. Sie schien grell zum Fenster herein.

Wolf erkannte auf einmal mehr als nur Janes Umrisse. Staunte sie mit halboffenem Mund an. Wie schön sie war. Ihre Augen. Der Ausdruck »magisch« kam ihm in den Sinn.

Sie gereichte Rebekka zur Ehre.

Durfte er so denken? Natürlich. Er konnte denken, was er wollte. Wer wollte es ihm verbieten? Niemand konnte in ihn hineinschauen.

Rebekka und Jane waren aus dem gleichen Holz geschnitzt. Punktum. Beide waren überirdische Erscheinungen. Auf die Erde gesandt, um das Leben hier unten erträglicher zu machen.

Allerdings war Rebekka tot.

Ihr Bild in ihm verblasste immer mehr.

Seltsam. Das war ihm bisher noch gar nicht aufgefallen. Würde er sie entgegen all seinen Vorsätzen doch eines Tages vergessen?

Jane lebte. Das stand fest.

»Er war nicht immer so, glauben Sie mir.« Sie senkte verlegen den Blick. Anscheinend bemerkte sie sein wachsendes Interesse an ihr. »Sonst hätte ich ihn niemals geheiratet.«

Wolf trank einen Schluck Kaffee. »Autsch, heiß!«

»Hätten Sie lieber kalten Kaffee?«

Sie grinste zum zweiten Mal. Offensichtlich war er ihr nicht unsympathisch.

Er grinste ebenfalls.

»Aber Sie haben recht«, fuhr sie mit ernster Miene fort. »Arthur war ein echtes Schwein. Er hat es verdient, dass er in Havanna getötet wurde. Es steht übrigens in der Washington Post. Auch dass Sie entkommen sind. Jetzt werden wir alle beide gesucht.«

»Wir beide?« Er zeigte erstaunt zuerst auf sie, dann auf sich selbst.

»Die US Behörden sind hinter mir her, weil Arthur mir den Mord an einem guten Freund in Washington in die Schuhe geschoben hat. Glaube ich zumindest. Dabei war es garantiert er selbst, der den Auftrag dazu gegeben hat.«

»Ein Grund mehr, ihn nachträglich zu hassen.«

»Ich will ihn einfach nur endlich vergessen.« Sie seufzte augenrollend. »Aber jetzt Schluss mit dem leidigen Thema. Sagen Sie mal, Peter. Ich will Sie das bereits die ganze Zeit fragen. Kann es sein, dass wir uns schon mal irgendwo begegnet sind?«

Ihre aufrechte Haltung und ihr entspannter Gesichtsausdruck hatten nichts mehr mit der gebrochenen Frau von gerade eben zu tun. Als hätte jemand in ihrem Kopf einen Schalter umgelegt, lächelte sie ihn breit und offen an.

Seltsam.

Sie legte wie selbstverständlich ihre Hand auf seinen Arm. Ob absichtlich oder versehentlich in Gedanken, konnte er nicht sagen. Er registrierte nur, dass es ihm angenehm war.

»Es stimmt. Wir sind uns bereits begegnet.« Er sah ihr direkt in die Augen.

Sie hielt seinem eindringlichen Blick stand.

»Wo denn? Ich erinnere mich nicht mehr. Tut mir leid.« Sie lächelte verlegen.

»Kennen Sie zufällig eine kleine angesagte Vinothek in Washington? In der Innenstadt?« Er sah sie weiter an.

»Oh mein Gott, stimmt ja.« Sie fasste sich an die Stirn. »Der elegante Mann mit den zwei gutaussehenden Damen! Es ist gar nicht so lange her, stimmt's?«

»Stimmt.«

»Wo haben Sie denn Ihre wunderschöne Brille gelassen?«

»Die liegt irgendwo auf dem Meeresboden.«

»Kneifen Sie deshalb immerzu die Augen zusammen? Damit Sie besser sehen können?«

»Merkt man das?«

»Es wirkt sympathisch. Als hätten Sie einen netten Tick.« Sie kicherte übermütig. »Ich dachte mir sowas schon, als ich Ihnen Arthurs Bilder zeigte.«

»Ich brauch möglichst bald eine neue.«

»Alejandro wird Ihnen bestimmt dabei helfen, schnell und unkompliziert eine zu bekommen. Er kennt Gott und die Welt.«

»Der soll mir erstmal mein Salz zurückgeben. Dann bezahle ich für das alles hier.« Er zeigte mit einer großzügigen Handbewegung im Raum herum. »Oder noch besser, ich kaufe das ganze Haus.«

Sie lachte. »Apropos Geschäfte. Sprach Arthur jemals mit Ihnen über die Konstruktionspläne für eine neuartige Laserwaffe?«

»Wer will das wissen? Sie oder dieser Alejandro?«

»Alejandro.« Sie errötete. »Ich sollte Sie in seinem Auftrag danach fragen.«

»Nein.«

»Äh …«

»Nein. Er sprach nicht mit mir darüber.« Er schüttelte entschieden den Kopf.

Woher wussten sie von Weinbergers Plänen? Arthur musste ihr davon erzählt haben. Und sie wiederum Alejandro.

Moment mal. Da war doch was.

In dieser kleinen Weinhandlung in Washington.

Richtig. Sie hatte ihren Freundinnen erzählt, dass Arthur im Traum über eine Laserkanone gesprochen hätte. Das war für ihn ja erst der Anlass gewesen, mit Arthur Kontakt aufzunehmen. Verdammt nochmal. Sein Gedächtnis schien noch nicht wieder richtig zu arbeiten. Hoffentlich wurde das bald besser.

Vorsicht, Wolf. Hier ist niemandem zu trauen. Riecht eindeutig nach Gangstern. Halt bloß weiter deine Klappe. Zumindest solange, bis du weißt, worauf sie hinauswollen.

Die Sicht im Zimmer wurde wieder schlechter. Es fing erneut zu regnen an. Dicke Tropfen klatschten laut gegen die Fensterscheiben.

69

Sonntag, 11.10 Uhr, Havanna, Kuba.

Victoria hatte sich gründlich nach Spuren von Arthur Smith und Wolf Schneider umgehört.

Jetzt befand sie sich auf dem Weg vom Hafen zurück in die Stadt. Sie hatte Hunger. Bestimmt die Seeluft. Ein frühes Mittagessen würde auf keinen Fall schaden.

Smith hatte sich den Aussagen nach offenbar hemmungslos hier in Havanna amüsiert. Mit Alkohol, leichten Mädchen und Koks. Gemeinsam mit Schneider.

Sie traten dabei anscheinend wie Freunde auf.

Schneider floh nach dem Überfall am Strand, bei dem Smith umkam, direkt zum Hafen auf dessen Jacht.

Das alles hatte sie nun endgültig, ohne Wenn und Aber, herausgefunden. Ein junger Mann hatte sogar beobachtet, wie Schneider an Bord ging und kurz darauf ablegte.

Der Reichweite des Bootes nach konnte er nur nach Mexiko geflüchtet sein. Gleich nach dem Essen würde sie die Zentrale anrufen und ihren Flug dorthin organisieren.

Auf der rechten Straßenseite entdeckte sie ein Schild. Original kubanische Küche. Na also. Das war's doch.

In dem holzgetäfelten Gastraum mit den kleinen Fenstern roch es vorzüglich. Nach all den herrlich exotischen Gewürzen, die man hier zum Beispiel zusammen mit den Oliven, Rosinen und Kapern eines Alcaparrado auf den Teller bekam.

Süßsauer und köstlich.

Sie stellte fest, dass sie allein im Lokal war. Setzte sich trotzdem an den nächststehenden Tisch. Harrte der Dinge, die da kommen würden.

Wartete.

Nichts geschah.

War das am Ende gar kein Restaurant, sondern ein Privathaus, in dem sich Verwandte zum Essen trafen?

Unsinn.

Auf dem Tresen lagen fein säuberlich gestapelt Speisekarten. Weiße Tischdecken. Kleine Blumensträuße darauf. Farblich zu den rostroten Vorhängen passend. Jemand hatte professionell eingedeckt.

Fröhlich buntes Porzellan. Glänzende Weingläser. Silbern glänzendes Besteck.

Rundum geschmackvoll alles in allem.

Weiter warten.

Endlich kam ein älterer Herr im weißen Jackett zu ihr an den Tisch. Es täte ihm unendlich leid. Er wäre gerade noch in der Küche gewesen, begrüßte er sie überschwänglich.

»Gibt es schon Essen?«, fragte ihn Victoria. »Oder bin ich zu früh dran?« Sie zeigte auf den leeren Raum.

»Nein, Señora. Alles gut. Bleiben Sie. Ich bringe Ihnen die Speisekarte.« Sein schmallippiges Lächeln entblößte zwei blinkende goldene Schneidezähne.

Wie ein Pirat. Bestimmt haben sie hier immer noch nicht genug Geld für modernen Zahnersatz. Aber ein sympathischer Mensch. Strahlt echte Herzenswärme aus.

»Warten Sie. Können Sie mir nicht irgendwas empfehlen? Fleisch, Salat, Bohnen? Etwas, das nicht lange braucht. Ich hab nicht viel Zeit.«

»Etwas Typisches aus Havanna?«

»Gerne.« Sie nickte.

»Dann bringe ich Ihnen Picadillo a la Habanera. Das ist sehr zartes Fleisch mit Alcaparrado. Dazu servieren wir weißen Reis, schwarze Bohnen und Kochbananen.« Er sah sie abwartend an.

»Das klingt perfekt für mich.« Sie grinste zufrieden. »Ich hätte gern ein Glas herben Weißwein dazu.«

»Natürlich. Bin sofort mit dem Wein zurück, Madame.«

Während Victoria auf ihr Essen wartete, betrat eine Gruppe mehr oder weniger abgerissener Jugendlicher das Lokal. Sie sahen allesamt nicht so aus, als könnten sie es sich leisten, Essen zu gehen.

»Hey, Juan. Deine Leibgarde ist da!«, rief der Größte von ihnen, nachdem sie vor dem Tresen Halt gemacht hatten. Er schien der Anführer zu sein.

Victoria, die auf der anderen Seite des Raumes direkt an einem der winzigen Fenster saß, beachteten sie nicht weiter.

»Was willst du schon wieder, Ricardo?« Juan trat hinter den Tresen. Er zog blitzschnell einen Baseballschläger darunter hervor. Holte drohend zum Schlag aus. »Ich sagte euch doch, dass ich nicht für Schutz bezahle.«

»Langsam, alter Mann.« Ricardo hob beschwichtigend die Hände. »Steck deinen Zahnstocher wieder weg. Wir sind zu fünft und du bist allein.«

»Was willst du machen? Mich umbringen?« Juan hielt den Baseballschläger noch ein Stück höher. Er machte einen Schritt auf sie zu.

Sie wichen nicht zurück. Schienen keine Angst vor ihm zu haben. Von Respekt ganz zu schweigen.

»Pass auf, Juan«, sagte Ricardo. »Wir machen es so.

Du bezahlst so viel, wie du für angemessen hältst. Dafür darfst du weiterleben. Was meinst du?«

»Ich würde sagen, ihr verschwindet sofort«, rief Victoria der Gruppe zu. »Sucht euch eine Arbeit, dann habt ihr Geld.«

Ihr wurde das affige Theater langsam zu bunt. Wenn es so weiterginge, würde heute Nachmittag noch kein Essen vor ihr auf dem Tisch stehen.

»Was war das?« Ricardo wandte sich ihr zu. In seinem Gesichtsausdruck mischten sich Überraschung und ungläubiges Erstaunen.

»Ihr sollt den Mann in Ruhe lassen und arbeiten gehen. Hast du was an den Ohren?« Victorias Spanisch war gut genug, dass sie jedes Wort genau verstanden haben mussten.

»Bist du lebensmüde?« Ricardo ging auf sie zu. Mit einer knappen Handbewegung bedeutete er den anderen ihm zu folgen.

»Keineswegs. Aber ihr scheint auf jeden Fall keine Manieren zu haben.«

»Tatsächlich? Sollen wir dir Manieren in deinen dämlichen Schädel prügeln, amerikanische Kuh?« Ricardo baute sich bedrohlich nah vor ihr auf.

Victoria sprang blitzartig in die Höhe. Sie rammte ihm mit voller Wucht ihr Knie zwischen die Beine. Versetzte ihm gleichzeitig einen mächtigen Fausthieb gegen die Schläfe. Schickte in Windeseile die andere Faust in Richtung seines Solar Plexus nach.

Er atmete zischend aus. Verdrehte die Augen. Fiel wie ein nasser Sack in sich zusammen.

Fast geräuschlos landete er auf den dunklen Holzdielen unter ihnen.

Victoria wusste, dass er nur ohnmächtig war. Sie hatte wie stets kontrolliert zugeschlagen. In Sekundenschnelle zog sie ihre Dienstwaffe aus dem Achselholster unter ihrer Jacke.

»Nehmt euren Kumpel und haut ab, aber schnell«, herrschte sie die übrigen jungen Männer im Kasernenhofton an. »Bevor ich es mir anders überlege und euch alle zusammen einsperren lasse.«

»Okay, okay. Wir gehen ja schon.« Ein schmächtiger Kerl mit einer langen Narbe auf der Backe machte Anstalten, seinen Boss aufzuheben.

Er zerrte halbherzig an Ricardos Arm. Merkte allerdings schnell, dass er so nicht weiterkam.

»Helft ihm, ihr Knalltüten. Macht schon.« Victoria zeigte mit dem Lauf auf die anderen. »Lasst euch hier nie wieder blicken. Mein Freund Juan steht unter meinem persönlichen Schutz. Solltet ihr euch nicht daran halten, komme ich mit Verstärkung und finde euch. Egal, wo ihr euch versteckt. Und dann Gnade euch Gott.«

»Wer sind Sie?«, fragte der mit der Narbe.

»Ich bin euer schlimmster Albtraum.« Ihre Augen starrten ausdruckslos durch sie hindurch. Kein Muskel in ihrem Gesicht zuckte. »Verpisst euch endlich!«

Oh mein Gott. Es war nicht zu glauben. Selbst wenn man eine kleine außerdienstliche Pause einlegte, wurde man in irgendeinen Mist hineingezogen. Überall nur Händel und Streit und kein Ende in Sicht.

Die Welt stand am Abgrund.

Sollte sich endlich andere Bewohner anschaffen.

Nachdem die Jugendlichen verschwunden waren, bedankte sich Juan überschwänglich bei ihr. Das Essen gehe natürlich aufs Haus. Die Señora von der Polizei solle nächstes Mal eine Freundin oder ihre Familie mitbringen.

Er würde sie mit den feinsten Köstlichkeiten bewirten. Gratis natürlich.

»Lassen Sie es gut sein, Juan.« Sie winkte lächelnd ab. »Ich wäre sehr froh, wenn ich sofort etwas bekäme. Ich hab es wirklich ziemlich eilig.«

70

Sonntag, 19.50 Uhr, München, Deutschland.

Anton verließ die S-Bahn unter dem Hauptbahnhof. Er fuhr mit der Rolltreppe an die Oberfläche, um dort auf Miguels Anruf zu warten.

Dunkelheit.

Gestresste Gesichter.

Autos, die im Affenzahn vorübersausten.

Geschäftsleute, Hausfrauen, Studenten, Kinder, Rentner, Prostituierte, Reisende, Gesindel. Hier war so gut wie alles unterwegs, was die menschliche Rasse ausmachte.

»Ich bin gespannt, ob sich der Vollidiot tatsächlich meldet«, murmelte Anton vor sich hin, während er sich an einen Laternenpfahl lehnte.

Es goss in Strömen.

Gott sei Dank hatte er einen großen Schirm mitgenommen.

Die Fahndung nach Hubert lief nach wie vor auf Hochtouren. Hatte bisher aber nichts ergeben. Er blieb verschwunden. So als hätte es ihn nie gegeben.

Antons Handy klingelte. Das musste Miguel sein. Ruhig bleiben. Bloß nicht vergraulen den Kerl.

»Ja?«

»Hier ist Miguel. Hast du das Geld?«

»Ja.«

»Dann komm hierher.«

»Wie hierher? Wo sind Sie denn?«

Hirnloser Trottel.

»Wie? Ach so. Stimmt. In den türkischen Imbiss, hinten in der Schillerstraße rechts.«

»In diesen winzigen Laden? Da sieht und hört uns doch jeder.« Anton raufte sich die Haare über so viel Dummheit.

Er kannte den Imbissstand natürlich. Gerade mal zehn Leute hatten darin Platz.

So vollzog man doch keine Geldübergabe. Viel zu hohes Risiko, dass jemand auf sie aufmerksam wurde.

Ganz offensichtlich ein Amateur. Hoffentlich hatte er Hubert nicht bereits aus Versehen umgebracht.

»Die haben ein Hinterzimmer. Ich warte dort auf dich. Der Mann an der Bar weiß Bescheid. Sag ihm, du wärst mit Miguel verabredet.«

»Miguel? Tatsächlich?« Anton konnte sich das Grinsen nicht verbeißen. Herr im Himmel, der Kerl war wirklich selten dämlich.

»Ja, so heiße ich. Weißt du doch.«

Wenn alles nur nicht so bitter ernst wäre …

»Alles in Ordnung. Bis gleich.«

Sie legten auf.

Sollte er den Depp lieber gleich verhaften lassen und auf dem Revier verhören? Andererseits war die Gefahr, dass er Huberts Aufenthaltsort dann nicht preisgab, immens groß. Dieser Miguel mochte dumm wie Brot sein. Aber er konnte sicher auch auf stur schalten, wenn er sich betrogen fühlte.

Besser gab man ihm erstmal das Gefühl, dass die Übergabe nach seinen Wünschen verlief. Vielleicht verriet er dann eher, wo sich Hubert aufhielt.

Anton rief den Einsatzleiter seines Unterstützungstrupps, Josef Rindsberger, an. Der hatte sich mit seinen Leuten in geringer Entfernung in einer Nebenstraße postiert. Alle in Zivilkleidung.

»Er sitzt im Hinterzimmer des kleinen türkischen Imbisses in der Schillerstraße. Der Laden hinten rechts in der Straße, ihr wisst schon. Ich gehe jetzt zu ihm.«

»Verstanden, Anton.«

»Lasst ihn nicht aus den Augen, falls er mir abhaut.«

»Machen wir.«

»Huberts Befreiung übernehme ich höchstpersönlich mit Florian Schauberger und seinen Leuten. Sobald ich weiß, wo er ist. Alles klar?«

»Sonnenklar.«

»Sobald er uns Huberts Aufenthaltsort verraten hat, verhaftet ihr Miguel Sousa. Das ist der Plan.«

»Alles wunderbar, Anton.« Josef klang leicht genervt. »Wie bereits bei der Einsatzbesprechung auf dem Revier abgemacht. Ich kenne den Türken. Gib uns über dein Handy Bescheid, wenn es soweit ist. SMS genügt.«

»Wir machen es anders, Sepp. Ich lasse das Handy an, wenn ich zu ihm reingehe. Dann könnt ihr mithören.«

»Auch gut.«

Anton setzte sich in Bewegung.

Er wusste, dass er äußerst konzentriert vorgehen musste, wenn er Huberts Leben nicht gefährden wollte.

71

Sonntag, 19.55 Uhr, Thessaloniki Strand, Griechenland.

Dorian fuhr knapp 200 km/h. Der Leihwagen schlingerte dabei gefährlich auf dem hitzegeschädigten Belag der Autobahn hin und her.

Er war unterwegs zu der Strandbar von gestern. Musste die hübsche Kellnerin unbedingt wiedersehen.

Die ganze Welt hatte sich verändert. Die 19-jährige Studentin hatte sein Herz im Sturm erobert. Er wusste bisher nur, dass sie Rita hieß, Kunstgeschichte studierte und ursprünglich von der Insel Kefalonia kam.

Das hatte sie ihm erzählt, als er sie gestern nach ihrer Arbeit in ein Hotel in Thessaloniki mitgenommen hatte. Mehr nicht. Viel zu wenig für seinen Geschmack.

Er wollte alles über sie erfahren. Mit wem sie aufgewachsen war. Wer ihre Eltern waren, ihre Verwandtschaft. Wie sie als Kind ausgesehen hatte. Was ihre speziellen Vorlieben waren.

Gut möglich, dass er sie heiratete. Die Jugend ins Leben holen. Verlorene Zeit mit ihr zusammen wiedergutmachen.

Er überholte einen Mercedes. Ein Mann im Anzug war darin zu erkennen. Wahrscheinlich einer von denen, die ihr Geld ins Ausland brachten, damit sie keine Steuern zahlen mussten.

In der Suite hatten sie Champagner, Kaviar und danach unfassbar scharfen Sex genossen. Sie erwies sich dabei als außerordentlich beweglich und experimentierfreudig. Ließ alle Frauen meilenweit hinter sich, mit denen er bisher geschlafen hatte. Vor allem diejenigen in seinem Alter, die ihn meistens sowieso unangenehm berührten.

Sie waren anspruchsvoll, diskutierten endlos, forderten ihren Orgasmus ein. Wollten immerzu recht haben. Erinnerten ihn allzu oft an seine Schwester und seine Mutter.

Zuviel für ihn. Kein Wunder, dass er einige von ihnen nach dem Sex umgebracht und entsorgt hatte.

Rita dagegen war ein Engel aus längst vergangener Zeit.

Sie gab sich ihm großzügig hin. Ließ ihn die Führung übernehmen. Fand offensichtlich sogar Spaß daran, dass er bestimmte, wo es langging.

Eine blutjunge Göttin. Seine erste und beste Gelegenheit, eine feste Bindung einzugehen.

Er würde sie auf Händen tragen.

Bis zum Olymp hinauf.

Mit einem versonnenen Lächeln auf den Lippen setzte er den Blinker. Bog in die nächste Ausfahrt ein.

Vorfreude. Ameisen im Bauch.

Echte Gefühle. Soweit er das beurteilen konnte zumindest. Ihm war, als stiege er immer weiter aus einem tiefen dunklen Tal empor ans Licht.

Natürlich wusste er, dass er ihr Vater sein könnte. Aber gab es solche Beziehungen nicht oft genug? Sogar in der Literatur. Lolita hieß der wohl bekannteste Roman darüber. Von einem Russen geschrieben, wenn er sich recht erinnerte.

Ein älterer Mann verliebte sich dort in ein junges Mädchen.

Er parkte direkt hinter dem Strandcafé.

Stieg aus. Stapfte flott durch den Sand ums Haus herum zur Terrasse. Setzte sich an einen freien Tisch im Halbdunkel. Winkte ihr fröhlich zu.

Doch sie ignorierte ihn. Als bestünde er aus Luft.

Was soll das? Ist sie verrückt geworden.

Er rieb irritiert sein Kinn.

Was hat sie nur? Moment mal. Sicher ist sie kurzsichtig und hat ihre Brille nicht auf. Aus Eitelkeit. Natürlich. Was sonst?

Als sie das nächste Mal in seiner Nähe vorübereilte, rief er sie zu sich an den Tisch.

Sie stellte sich neben ihn. Bedachte ihn mit einem professionellen, unpersönlichen Blick.

»Was darf ich bringen?«

»Was ist los, Rita? Erkennst du mich nicht?« Er sah sie verwundert an.

»Doch. Sie sind der Herr von gestern Abend.«

»Na und?«

»Was und?« Sie zuckte die Achseln.

»Freust du dich nicht, mich zu sehen?«

»Keine Ahnung. Freuen Sie sich?«

Doch nicht kurzsichtig. Definitiv verrückt.

»Bis gerade eben hatte ich mich gefreut. Du tust geradezu so, als hätte es die letzte Nacht nicht gegeben. Hat es dir nicht gefallen?«

»War ganz okay.« Sie biss weiter gelangweilt auf dem Kaugummi in ihrem Mund herum.

»Ganz okay? Das ist alles?« Er wollte einfach nicht glauben, was er hörte.

Du hast dich zum Affen gemacht, alter Bock. Unverzeihlich.

»Wünschen Sie einen Aperitif?« Sie zückte geschäftsmäßig Notizblock und Stift, um seine Bestellung zu notieren.

Das Gespräch über die vergangene Nacht schien damit für sie beendet zu sein.

»Kannst du in zehn Minuten eine kleine Pause machen? Ich möchte dir etwas geben.« Er lächelte unbestimmt.

»Was denn?«

»Eine Überraschung. Betrachte es als kleinen Dank und Abschiedsgeschenk.«

Sie zögerte.

»Bitte. Es bedeutet mir sehr viel.«

»Na gut. In einer Viertelstunde am Strand. Gehen Sie schon vor. Der Chef sieht es nicht so gerne, wenn ich mit den Gästen rede.«

72

Sonntag, 13.55 Uhr, Nuevo Laredo, Mexiko.

»Wer ist da?« Jane hatte den Namen des Mannes am anderen Ende der Leitung nicht verstanden.

Alejandro hatte ihr zuvor ein Prepaid-Handy gegeben. Sie war damit unverzüglich in ihr Gästezimmer geeilt.

Endlich konnte sie ihre Mutter anzurufen. Ohne von den US-Behörden geortet zu werden.

Allerhöchste Zeit. Sie hatte schon ein ganz schlechtes Gewissen.

»John Brown, Schätzchen.«

»Ach Gott, Onkel John. Du bist das.«

Wie peinlich. Sie hatte ihren Nachbarn nicht erkannt.

Dabei hatte sie ihn als Kind heiß und innig geliebt. Er hatte ihr Spielzeug geschnitzt. Sie jedes Jahr zu ihrem

Geburtstag in die Stadt in den Zirkus eingeladen. Ihr bei den Hausaufgaben geholfen.

Ihr sozusagen den Vater ersetzt.

Mein Gott. Wie lange war sie eigentlich nicht mehr zu Hause gewesen? Sie sollte sich wirklich schämen.

»Deine Mutter kann leider nicht ans Telefon gehen, Schätzchen.«

Merkwürdig. Seine Stimme zitterte.

Früher war das nie so gewesen.

»Was ist mit Mutter? Was machst Du in ihrem Haus?«

Keine Antwort. Es hörte sich so an, als wäre die Verbindung unterbrochen.

»John? Bist du noch dran?« Jane sprach lauter als zuvor.

»Ja«, kam es daraufhin zögerlich aus dem Hörer.

»Was ist mit meiner Mutter? Warum kann sie nicht selbst an ihr Telefon gehen?«

»Naja, Schätzchen. Ne dumme Sache das …« John schien aus irgendeinem Grund nicht zu wissen, wie er ihr beibringen sollte, was er ihr zu sagen hatte.

»Was ist eine dumme Sache? Nun rede schon, John.« Unruhe erfasste Jane. Das klang alles nicht besonders ermutigend bisher.

Hoffentlich war nichts Schlimmes passiert.

Sie und ihre Mutter waren zwar nie die engsten Freundinnen gewesen. Aber Familie war nun mal Familie.

»Also … deine Mutter …«

»Ja?« Sie hielt gespannt den Atem an.

»Sie ist von uns gegangen, Schätzchen.«

»Sie ist … tot?« Jane wurde kreidebleich vor Schreck. Sie bekam weiche Knie. Musste sich an der Wand ihres Schlafzimmers abstützen.

»Ja«, erwiderte John leise. »Deine Schwester hat es leider ebenfalls erwischt.«

»Was? Mara auch? Aber wie … ?« Ihre Stimme versagte.

»Irgendein Schwein hat alle beide überfallen, gefoltert und umgebracht. Unfassbar. Ich habe hier erstmal alles aufgeräumt. Sie hat mir das Haus vermacht. Hab ihr über die Jahre ’nen Batzen Geld geliehen.«

»Aber … wieso … gefoltert?« Sie begriff nicht, was er sagte. Wusste kurzfristig nicht mehr, wer und wo sie war.

»Niemand hier kann sich die Sache erklären. Es muss ein verdammter Irrer gewesen sein. Ein normaler Mensch tut so was Grässliches nicht … Niemals … Leider warst du nirgends zu erreichen, Schätzchen.«

»Ich musste weg aus den USA. Mein Mann … Eine schreckliche Sache …« Sie hörte sich mehr reden, als gezielt ihre Worte zu wählen. Nahm alles nur noch wie durch Watte wahr.

Tausend Gedanken rasten gleichzeitig durch ihren Kopf.

Arthur! Er musste jemanden mit dem Mord an den beiden beauftragt haben. Sie sollten dem Killer bestimmt verraten, wo sie sich aufhielt. Bestimmt war es so.

Dann war sie wohl immer noch in Gefahr.

Dieser durchgeknallte Irre. Wenn er nicht bereits tot wäre, würde sie ihn auf der Stelle umbringen.

Wer mochte der Auftragskiller sein? Verfolgte er sie? Würde ihr Alejandro helfen? War sie hier tatsächlich in Sicherheit?

»Ist das mit dem Haus okay für dich?«, erkundigte John sich leise. »Du kannst es natürlich haben. Kein Thema. Musst nur herkommen. Dann schreiben wir die Papiere einfach um.«

»Nein, Onkel John. Behalte es. Ich kann in nächster Zeit nicht nach Hause kommen.«

Vielleicht nie wieder.

»Wie du willst, Schätzchen. Ich kümmere mich um die Beerdigung der beiden, sobald die Leichname von der Polizei freigegeben werden.«

»Danke, Onkel John«, hauchte sie. »Vielen lieben Dank für alles.«

Dann verabschiedete sie sich von ihm.

Legte sorgfältig auf.

Schob das Handy in die Hosentasche ihrer Bluejeans.

Sackte kraftlos in sich zusammen.

73

Sonntag, 20.00 Uhr, München, Deutschland.

»Ich möchte zu Miguel.« Anton sah den dunkelhaarigen Mann hinter dem Tresen des kleinen Dönerladens auffordernd an.

»Gehen Sie da rein.« Der Verkäufer zeigte auf eine

helle Metalltür am hinteren Ende des langgezogenen Raumes.

Anton eilte hinüber. Er öffnete und trat ein.

»Miguel?«, fragte er den glatzköpfigen Mann im grauen Anzug, der allein am einzigen Tisch in der winzigen Kammer saß.

Es roch nach Schweiß und billigem Männerparfüm. Wahrscheinlich wurde hier in der Nacht gezockt. Bestimmt sogar.

»Der bin ich.«

»Okay.« Anton nickte. »Ich bin Wallner.«

Er registrierte, dass Miguel klein und kräftig gebaut war. Sein rechtes Augenlid zuckte unentwegt. Sicher ein nervöser Tick.

»Weiß ich. Hast du das Geld dabei?«

»Ja.« Anton zeigte auf den Rucksack in seiner Hand.

»Gib es mir.« Miguel verzog keine Miene.

»Erst will ich wissen, ob es Hubert gut geht.« Anton setzte sich ihm gegenüber.

»Es geht ihm gut.«

»Das reicht mir nicht. Ich brauche Beweise.«

»Wenn ich es sage, ist das der Beweis.« Miguel zauberte eine Pistole unter dem Tisch hervor. Er richtete den Lauf auf Antons Brust. »Mach schon. Her mit dem Geld.«

»Finde ich nicht, dass es Beweis genug ist. Aber ich dachte mir schon sowas. Darf ich?« Anton machte Anstalten, den Rucksack zu öffnen.

»Mach schon.«

Anton zog den Reisverschluss auf. Schüttete den Inhalt auf den Tisch.

»Das ist Zeitungspapier«, stellte Miguel mit gerunzelter Stirn fest. »Was soll das?«

»Das ist dasselbe, was Sie mir geben, nämlich nichts. Entweder Sie beweisen mir auf der Stelle, dass Hubert lebt und dass es ihm gut geht oder es gibt kein Geld.« Anton verschränkte die Arme vor der Brust.

Ich sollte es aus ihm rausprügeln. Nein. Diesmal nicht. Alles streng nach Vorschrift. Wird schon hinhauen.

»Wie soll ich es beweisen? Er ist nicht hier.« Miguel fuchtelte mit seiner Waffe herum. »Geld her oder ich erschieße dich.«

»Das Geld liegt in einem Schließfach am Bahnhof.« Anton ließ sich nicht aus der Ruhe bringen.

»Dann gib mir den Schlüssel.«

»Erst will ich wissen, wie es Hubert geht.«

»Leck mich am Arsch, Mann. Schlüssel her oder du bist tot. Dein Freund in seinem Keller stirbt danach auch.« Miguel schien langsam aber sicher die Geduld zu verlieren.

»In seinem Keller?«

»Was?«

»Sie sagten, Hubert sei in seinem Keller.«

»Blödsinn, sagte ich nicht.« Miguel schüttelte vehement den Kopf.

»Doch, das taten Sie. Ist Hubert in seinem Keller? Unter seinem Stüberl?«

»Nein.«

»Nein?« Anton zog die Brauen hoch.

»Okay, auch schon egal. Er ist dort.« Miguel nickte. »Du kannst ihn nachher abholen. Aber erst gibst du den Schlüssel zu dem Schließfach her.«

»Lebt er noch?«

»Sicher.«

»Gib mir endlich den Schlüssel.« Miguel richtete erneut seine Waffe auf Anton.

»Sonst?« Anton überlegte fieberhaft, wie er ihn überwältigen könnte. »Woher sprechen Sie eigentlich so gut Deutsch.«

»Ich bin hier aufgewachsen. Wieso fragst du? Das weißt du doch sicher längst.«

Anton erwiderte nichts. Stattdessen packte er unvermittelt die Tischplatte mit beiden Händen und erhob sich ruckartig damit von seinem Stuhl.

Miguel bekam das andere Ende direkt in den Bauch. Kippte mit einem überraschten Schrei auf den Lippen rückwärts auf den Boden. Seine Waffe fiel ihm dabei aus der Hand.

Der Rest war Routine.

»Habt ihr alles mitgehört, Josef?«, fragte Anton in sein Handy.

»Wir sind gleich da und nehmen ihn mit.«

»Sehr gut.«

Jetzt galt es, so schnell wie möglich Hubert zu befreien.

Hoffentlich hatte ihnen Miguel nicht doch eine fiese Falle gestellt.

74

Sonntag, 14:10, Luftraum, Mexiko.

Victorias Jet war im Landeanflug auf Nuevo Laredo. Die CIA hatte das Privatflugzeug organisiert, da es keine Direktflüge von Havanna aus gab.

Eile war geboten. Sonst verlor sich Wolf Schneiders Spur unauffindbar irgendwo in Mexiko.

Im Jachtklub von Nuevo Laredo lag ein schwer beschädigtes Motorboot. Es war offenbar in den Sturm vor einigen Tagen geraten. Das hatte der zuständige Beamte Victoria so erklärt, als sie dort nach besonderen Vorkommnissen fragte.

Ein gewisser Alejandro Gonzales habe es leer auf dem Meer treibend gefunden. Er sei jetzt der offizielle Besitzer.

Ein Mexikaner schnappte sich ein verwaist herumtreibendes Motorboot. Das war nicht viel. Vor allem blieb Schneiders Aufenthaltsort dabei nach wie vor offen. Aber besser als nichts war es allemal. Gut möglich, dass es sich dabei um das Boot handelte, mit dem er aus Havanna geflohen war.

Die Flugbegleiterin bat sie, sich für die Landung anzuschnallen.

In wenigen Minuten hätte sie wieder festen Boden unter den Füßen. Sie war erleichtert. Obwohl sie dieses Mal ihre Flugangst hervorragend im Griff hatte.

Die Therapiestunden, die sie deswegen im Sommer

durchgezogen hatte, schienen tatsächlich anzuschlagen. Das war ihr auch schon auf dem Flug von Washington nach Havanna positiv aufgefallen.

Wie auch immer. Auf alle Fälle würde sie sich gründlich bei diesem Alejandro umsehen. Vielleicht führte er sie direkt zu Schneider.

Möglicherweise auch nicht.

Aber versuchen musste sie es. Auch intuitive Vermutungen waren es wert, dass man ihnen nachging. Oft genug trafen sie zu und führten zum gewünschten Ergebnis.

Der kleine Jet wurde von einer kräftigen Windbö erfasst und ordentlich durchgeschüttelt.

Nackte Panik stieg in Victoria auf.

Sie bekam Schweißausbrüche am ganzen Körper.

Ihr Puls stieg von einer Sekunde auf die andere ins Unermessliche.

»Scheiß Therapie«, fluchte sie, während sie ihre Finger in die Armlehnen krallte, bis die Knöchel weiß hervortraten. »Nichts als rausgeworfenes Geld.«

75

Sonntag, 20.15 Uhr, Thessaloniki Strand, Griechenland.

»Gehen wir ein kleines Stück?« Dorian konnte lediglich Ritas Umrisse erkennen.

Sie hatten sich aus dem Lichtkegel des Lokals entfernt. Nur noch der Mond und die Sterne verstreuten ihr weißlich gelbes Licht. Beleuchteten damit spärlich die kleinen Fischerboote, die ihre Besitzer vor Stunden an Land gezogen hatten. Wohl damit sie nicht verloren gingen, falls ein Sturm aufkam.

»Aber nicht so weit. Ich hab nur zehn Minuten Pause. Sagte dem Chef, ich ginge eine rauchen.« Sie gab sich nach wie vor distanziert und gelangweilt. Nicht das geringste Anzeichen von Sympathie ihm gegenüber in Stimme, Mimik oder Gestik.

»Gut, komm.« Er fasste sie am Oberarm.

Sie entwand sich seinem Griff. Rückte ein Stückweit von ihm ab. Ging schweigend neben ihm her.

»Was ist das für ein Geschenk, das Sie mir geben wollten?«, erkundigte sie sich, nachdem sie sich ungefähr 100 Meter weit vom Lokal entfernt hatten.

Wolken hatten sich vor den Mond geschoben. Es war jetzt nahezu finster. Niemand in der Nähe. Lediglich die Brandung toste immer lauter. Draußen auf dem Meer musste es tatsächlich irgendwo einen Sturm gegeben haben.

»Mein Geschenk ist eine Sache, die dein Leben von Grund auf verändern kann.«

»Tatsächlich? Was ist es denn?« Ihre Stimme zitterte vorfreudig erregt. »Etwa Geld?«

»So ähnlich.«

»Wollen Sie es mir nicht sagen? Ich kann auch wieder gehen.« Sie wandte sich halb von ihm ab.

»Na gut.« Dorian blickte kurz um sich. Er sprach leise weiter. »Kriege ich vorher einen kleinen Kuss?«

»Wozu?«

»Nur so. Wegen gestern.«

»Von mir aus.« Sie küsste ihn schnell auf die Wange. »Also? Was ist jetzt mit dem Geschenk?«

»Willst du meine Frau werden, Rita?«

»Was?« Sie sah ihn entsetzt an.

»Ob du mich heiraten willst?«

»Sind Sie verrückt geworden? Deshalb schleppen Sie mich hierher? Ich hätte Ihnen die Antwort gleich im Café geben können. Sie lautet: Nein! Auf gar keinen Fall.«

Sie hielt einen Moment inne. Dann lachte sie hysterisch los.

»Ich meine es ernst, Rita.« In Dorians Stimme schwang ein bedrohlicher Unterton mit. »Ein Nein wird nicht akzeptiert.«

»Du hast nicht mehr alle Tassen im Schrank.« Sie tippte sich an die Stirn. »Ich wünsch dir ein schönes Restleben, alter Mann. Kauf dir eine Familienpackung Viagra und hol dir einen runter. Genieße es. Aber lass mich gefälligst in Ruhe. Sonst bekommst du es mit meinen Brüdern zu tun.«

»Hat dir die letzte Nacht wirklich nichts bedeutet?«

»Nicht das Geringste«, blaffte sie. »Ich gehe ab und zu mit Gästen mit, wenn mir danach ist. Du warst bisher der Älteste, und du warst echt scheiße im Bett. Konnte ich vorher leider nicht wissen. Der Champagner und der Kaviar waren allerdings nicht schlecht.«

»Besonders nett ist das nicht, was du da sagst.« Er errötete vor Scham und unterdrückter Wut. War froh, dass sie es in der Dunkelheit nicht sehen konnte. Sich jetzt auch noch diese Blöße zu geben, wäre sein sicherer innerer Untergang gewesen.

»Es ist auch nicht besonders nett, Versprechungen zu machen, von wegen einer Überraschung, und dann so was. Schau mal in den Spiegel, Opa. Du stehst mit einem Bein im Grab. Warum sollte ich einen wie dich heiraten? Fick dich doch selbst!«

Sie drehte auf dem Absatz um und lief los.

Dorian blieb eine Weile lang wie erstarrt stehen.

Dann folgte er ihr.

76

Sonntag, 14.20 Uhr, Nuevo Laredo, Mexiko.

»Sie heißen also Peter Müller?«

»Wie Sie bereits wissen.« Wolf sah Alejandro achselzuckend an. »Wollen Sie meinen Ausweis sehen?«

»Ich wollte nur noch mal sicher gehen. Kein Grund, ungeduldig zu werden.« Alejandro verengte seine Augen für Sekundenbruchteile zu schmalen Schlitzen.

»Ich bin nicht ungeduldig.«

Der Kerl scheint keine selbstbewussten Menschen um sich herum gewöhnt zu sein. Typisch Gangsterboss.

Alles sprach dafür, dass er tatsächlich einer war. Die bewaffneten Männer im Garten und auf der Teerrasse. Die gehorsamen verängstigten Angestellten. Seine autoritäre, aber dennoch geschäftsmäßige Art.

Es konnte gar nicht anders sein.

»Egal. Unwichtig.« Alejandro machte eine wegwischende Handbewegung.

Er setzte sich mit einem neutralen Lächeln im Gesicht auf den Stuhl neben Wolfs Bett.

»Jane hat Ihnen bestimmt erzählt, dass wir Arthurs Boot in den Hafen bringen ließen. Nun, eigentlich ist es genaugenommen ihr Boot. Sie ist schließlich seine Witwe.«

»Moment mal.« Wolf setzte sich ruckartig auf. »Er hat es mir kurz vor seinem Tod geschenkt.«

»Haben Sie eine Schenkungsurkunde?«

»Natürlich nicht. Er lag am Strand im Sterben.«

»Dann wird es wohl schwierig für Sie, Ihren Anspruch darauf aufrechtzuerhalten.« Alejandro hob bedauernd die Hände.

»Wollen Sie es sich etwa unter den Nagel reißen?« Wolf kochte innerlich vor Wut.

Sein arrogantes Gegenüber hatte etwas an sich, das unentwegt jede einzelne Faser seines Körpers provozierte.

»Wie kommen Sie denn darauf?«

Alejandros denkbar schlecht gespieltes Entsetzen stachelte Wolfs Unmut weiter an.

»Da stehen schließlich die Gesetze davor«, fuhr der Mexikaner fort. »Ich denke mal, was Erbschaften betrifft, sind es in den USA dieselben wie auf Kuba und in Mexiko.«

»Aber das Boot gehört eindeutig mir.«

Natürlich ist das nicht wahr. Doch wenn ich es kampflos aufgebe, bin ich schneller pleite, als ich bis drei zählen kann. Hoffentlich hat er mir das Koks nicht auch gestohlen.

»Wie auch immer, Peter.« Alejandro machte ein gleichmütiges Gesicht. »Letztlich geht mich die Sache auch gar nichts an. Das müssen Sie mit Jane klären.«

»Das werde ich. Verlassen Sie sich drauf.« Wolf stierte geradeaus an die Wand.

»Das Kilo Kokain auf dem Tisch unter Deck nahm ich übrigens für Sie in Verwahrung. Damit es nicht wegkommt. Wenn Sie wollen, lasse ich es Ihnen später bringen.« Alejandros Blick war verschlossen. »Wir haben alle unsere kleinen Schwächen, stimmt's?« Er zwinkerte.

»Das Kilo? Es war nicht ein Kilo, es waren fünf. Wo sind die anderen vier?« Wolf hielt Alejandros überheblichem Blick problemlos stand.

Er hatte in den letzten Wochen zu viel Unvorstellbares erlebt, um sich noch von irgendetwas oder irgendwem beeindrucken zu lassen.

»Wir fanden nur ein Kilo. Wo sollen die anderen vier denn sein?« Alejandros Unschuldsmiene gelang fast perfekt.

Aber eben nur fast.

Dieser Mexikaner lügt wie gedruckt. Ich sehe es ihm an der Nasenspitze an.

»Ebenfalls unter Deck.«

»Wo dort?«

»In der Kombüse.« Selbstverständlich log Wolf ebenfalls. Mit etwas Glück hatten sie den Rest tatsächlich nicht gefunden und er lag immer noch in Arthurs Schlafzimmerschrank.

»Da war aber nichts.«

»Wirklich nicht?«

»Wirklich nicht.«

Mist. Schon wieder gelogen. Er kann dir nicht in die Augen sehen. Bestimmt hat er es längst gefunden. Mistkerl.

»Dann hat es Arthur wohl woanders hingebracht oder verkauft, bevor wir überfallen wurden. Dumme Sache.« Wolf seufzte ergeben.

Soll er sich ruhig in Sicherheit wiegen. Mein Moment kommt noch.

»Tut mir leid für Sie.« Alejandro verlieh seiner Stimme den sanften Unterton ehrlicher Anteilnahme. »Was ganz anderes«, fuhr er gleich darauf wie beiläufig fort.

»Erwähnte Arthur eigentlich jemals irgendwelche Konstruktionspläne für eine neuartige Laserwaffe?«

»Mir gegenüber?« Wolfs verschlossene Miene verriet keinerlei Gefühlsregung.

Schau an. Jetzt fragt er sogar selbst danach. Scheint seiner amerikanischen Freundin nicht zu trauen.

»Ja oder am Telefon.«

»Jane fragte mich auch schon danach. Ich erinnere mich nicht genau. Glaube, er sprach mal mit jemandem am Telefon darüber. Was ist damit?«

»Ich interessiere mich dafür.«

»Für eine Laserwaffe?« Wolf tat erstaunt.

»Genauer gesagt, ist meine Regierung daran interessiert.«

»Tatsächlich?«

»Also, was wissen Sie?«

»Nicht viel, wie gesagt. Nur dass es um eine neue Waffe ging. Ich schaltete bei Arthurs Gesprächen die Ohren immer auf Durchzug. Er redete wie ein Buch.«

Er will unbedingt Weinbergers Pläne. Das könnte noch von Vorteil für mich sein.

»Sie erinnern sich wirklich nicht?«

»Im Moment nicht.«

»Na gut. Einen Versuch war es wert.« Alejandro lächelte flüchtig. »Haben Sie die Werte für Ihre Kurzsichtigkeit eigentlich irgendwo notiert?«

»Die weiß ich auswendig.«

»Ich wähle jetzt die Nummer eines Freundes.« Alejandro nahm den Telefonhörer auf Wolfs Nachtkästchen zur Hand. »Ein Optiker. Ich bekomme meine Kontaktlinsen von ihm. Geben Sie ihm Ihre Zahlen durch. Dann bekommen Sie in null Komma nichts eine neue Brille. Bis später.«

»Danke.« Wolf nahm den Hörer entgegen.

Deshalb bist und bleibst du aber trotzdem ein mieser Dieb und Ganove.

»Und Peter.« Alejandro drehte sich an der Tür noch einmal zu ihm um. »Falls Ihnen zu diesen Konstruktionsplänen noch etwas einfällt …«

»Gebe ich Ihnen sofort Bescheid.«

»Es könnte sich durchaus für Sie lohnen.«

Wohl wie die fünf Kilo Koks, die auf einmal nur noch eins sind, dämlicher Witzbold.

77

Sonntag, 20.22 Uhr, München, Deutschland.

Ein untersetzter Mann war, kurz bevor Hubert geschlafen hatte, zu ihm gekommen. Möglicherweise gestern. Er besaß so gut wie kein Zeitgefühl. Vor ungefähr zwei, drei Stunden war derselbe Kerl dann noch mal hier gewesen.

Er hatte jedes Mal eine Taschenlampe bei sich gehabt. Nahm ihm beide Male den Knebel aus dem Mund. Gab ihm zu essen und zu trinken. Sogar Nasenspray hatte er mitgebracht, damit Hubert besser Luft bekam.

Hubert hatte ihn gefragt, wer er sei. Daraufhin hatte er nur langsam seinen vermummten Kopf geschüttelt.

Ein sadistischer Unmensch schien er nicht gerade zu sein.

Besonders gesprächig allerdings auch nicht.

Aber was zum Teufel konnte er nur von ihm wollen? Etwa irgendwen mit ihm erpressen? Aber wen? Huberts Frau Anna war tot. Weitere Verwandtschaft hatte er keine mehr, seit ihr sein Onkel Herbert kurze Zeit später gefolgt war.

Als der Mann ging, sagte er: »Miguel ist mein Name. Ich bin der Bruder von Manuel.«

Anschließend verschloss er die Tür aus Holzlatten. Verhängte sie erneut mit den Tüchern, die er vorhin, als er hereingekommen war, zurückgeschlagen hatte. Es war dabei nur unwesentlich heller geworden.

Jetzt war es jedenfalls erneut total finster.

Miguel und Manuel. Hubert rätselte eine Zeit lang, was das mit den Namen wohl bedeuten sollte. Gab es aber bald wieder auf.

Vollkommen sinnlos. Er würde es in tausend Jahren nicht herausfinden.

Etwas raschelte in der Nähe seiner Beine.

Kurze Pause.

Dann raschelte es erneut.

Wahrscheinlich eine Ratte oder eine Maus.

Auch das noch.

Ein Vogel würde sich wohl nicht hierher verirren. Höchstens eine Fledermaus. Aber was hätte die am Boden verloren. Die hingen normalerweise an der Decke.

Wenn er nur wüsste, wo er war. Andererseits war es völlig egal, solange er hier verschnürt herumlag. Er konnte sowieso nichts an seiner Situation ändern.

Ihm fiel ein, dass sie früher oft Cowboy und Indianer gespielt hatten. Manchmal ging es dabei reichlich rau zu. Wie Kinder aus der Vorstadt eben nun mal waren.

Ein Nachbarjunge hatte ihn eines Tages um 19 Uhr in den südlichen Isarauen an einen Baum gefesselt. Mitten im Winter. Kurz vor Weihnachten.

Er sollte am Marterpfahl leiden. Es war stockdunkel.

Hubert hatte alles Mögliche versucht, sich zu befreien.

Als er erschöpft erkannte, dass er es nicht schaffte, hatte er sich auf laute Hilferufe verlegt. Irgendwann gegen 23 Uhr hörte ihn eine ältere Frau, die gerade mit ihrem Hund zum letzten Mal an diesem Tag Gassi ging.

Wenn sie ihn nicht gefunden hätte, wäre er bestimmt erfroren. Seine Mutter hätte wahrscheinlich noch vorher aus Angst um ihn einen Herzinfarkt erlitten.

Obwohl er zu Hause jegliche Schuld an seinem Zuspätkommen lautstark von sich wies, setzte es eine kräftige Tracht Prügel. Ohne Essen ins Bett musste er obendrein.

Damals hatte er zum ersten Mal gespürt, wie ungerecht die Welt sein konnte. Spätestens seit Annas Tod war dieses Gefühl zum engen Vertrauten geworden.

Er rutschte mit Schlangenbewegungen über den kalten Betonboden. Tastete dabei blind mit den Füßen umher.

Suchte nach etwas, mit dem er Lärm machen konnte.

78

Sonntag, 20.24 Uhr, Thessaloniki Strand, Griechenland.

Dorians Augen hatten sich an die Dunkelheit gewöhnt. Obwohl er bei jedem Schritt mit den glatten Sohlen seiner Halbschuhe auf dem feuchten Sand ausrutschte, kam er Rita immer näher.

Sie hatte Flip Flops an den Füßen. War deshalb noch ein gutes Stück langsamer als er. Außerdem schien sie es nicht sonderlich eilig zu haben. Verspürte offenbar nicht die geringste Angst davor, dass er sie gleich einholen würde.

»Wart's nur ab, du kleines Dreckstück«, murmelte er, während er sich weiter vorankämpfte. »Hochmut kommt vor dem Fall.«

Er registrierte, wie ungewöhnlich emotional er auf sie reagierte. In seinem Job hätte er sich so etwas niemals erlaubt.

Wer dort zu viele Gefühle zuließ, machte Fehler. Diese wiederum konnten tödlich sein.

»Die Liebe ist eine Himmelsmacht.«

»Niemand ist gegen die Liebe gefeit.«

»Zu große Liebe ist der Anfang vom Ende.«

Dies und Ähnliches hatte er kürzlich immer wieder seine zahlreichen Tanten, Onkeln, Cousinen und Cousins sagen hören. In Bezug auf andere Verwandte und Bekannte und ganz allgemein gemeint.

Er hatte es stets nur kopfschüttelnd abgetan.

Nun wusste er, dass etwas dran war.

Jeden Moment war er auf gleicher Höhe mit ihr.

Jetzt.

Er bekam ihren Arm zu fassen. Riss sie mit einem kräftigen Ruck herum.

»Hey, spinnst du?«, fauchte sie ihn an. »Lass sofort los, du mieser Wichser!«

»Erst wenn du dich entschuldigst.« Er packte sie an beiden Schultern. Schüttelte sie.

»Für was?« Ihre Augen funkelten ihn wütend an.

»Für deine Unverschämtheiten gerade eben. Für was sonst?«

Ist sie nur unglaublich schlecht erzogen? Kann natürlich auch sein.

»Das sehe ich überhaupt nicht ein, Opa«, brüllte sie. »Verpiss dich endlich. Wie oft muss ich dir noch sagen, dass du mich langweilst.«

»Willst du, dass man uns überall hört?« Er drehte sie um. Legte von hinten seinen Arm um ihren Hals. Gleichzeitig hielt er ihr mit der anderen Hand den Mund zu.

Sie wehrte sich.

Strampelte wie wild.

Traf ihn dabei mit ihrer Ferse am Schienbein.

»Miststück!« Dorian stöhnte vor Schmerz auf. Sie musste zufällig einen Nerv getroffen haben.

Er verstärkte den Griff um ihren Hals.

Während sie weiterzappelte, versuchte sie, durch seine Hand auf ihrem Mund hindurchzuschreien.

Ihn zu beißen. Anzuspucken.

Er drückte noch etwas fester zu.

Fühlte sich auf einmal wieder viel besser.

Bemerkte, dass er sich auf vertrautem Terrain befand.

Schlagartig vergaß er seine Wut auf sie. Überwand die grenzenlose Enttäuschung, die sie ihm bereitet hatte.

Ab sofort galt es so zu handeln, wie er es als Profi bei jedem anderen Auftrag ebenfalls getan hätte. Rational und überlegt.

Sorgfältig sondierte er zunächst die Lage.

Es war dunkel.

Niemand in der Nähe.

Im Café war er niemandem weiter aufgefallen.

79

Sonntag, 14.30 Uhr, Nuevo Laredo, Mexiko.

Jane lag grüblerisch in einem Liegestuhl auf der Terrasse. Das große Vordach schützte sie vor dem starken Regen, der heute gar nicht mehr aufhören wollte.

Sie hatte sich immer noch nicht von ihrem Schock erholt. Ob das jemals der Fall wäre, vermochte sie nicht abzuschätzen.

Sie wusste nur eins: Das alles im Moment war der reine Irrsinn.

Gleichsam von Geburt an war sie ein positiver Mensch gewesen. Voller Elan und dem inneren Bedürfnis, anderen zu helfen. Gutes zu tun.

War das etwa auf einmal falsch?

Ließ das Schicksal sie deshalb büßen?

Wer hatte ihrer Mutter und Mara das nur angetan?

Was trieb Menschen zu solch unvorstellbaren Grausamkeiten?

Hatte Arthur tatsächlich einen Killer beauftragt?

Hatte Peter etwas damit zu tun?

Wohl eher nicht. Er befand sich zur Tatzeit mit Arthur auf Kuba.

Wusste er davon?

Hoffentlich nicht. Das wäre schrecklich gewesen. Er wirkte so sympathisch. Der Einzige weit und breit, in dessen Gegenwart sie keine Angst verspürte.

Sie nahm sich vor, dass ihr ab jetzt niemand mehr etwas anhaben konnte. Zumindest ihrer Seele nicht. Sie würde alle Gefühle abschalten. Einen undurchdringlichen Panzer zu ihrem eigenen Schutz um sich herum errichten.

Und sie würde sich rächen. Für alles was ihr und ihren Lieben angetan wurde.

Tequila.

Sie erhob sich. Tappte barfuß zu Alejandros Terrassenbar hinüber. Nahm ein großes Glas. Schenkte randvoll ein.

Trank es auf Ex aus.

Dann noch eins.

Und noch eins.

Wie gut würde es jetzt tun, mit einer ihrer Freundinnen reden zu können.

Moment mal. Sie hatte doch Alejandros Prepaidhandy. Wenn sie damit bei ihrer Mutter daheim anrufen konnte, ginge es natürlich auch bei einer Freundin.

Oh, mein Gott. Endlich ein wenig Trost.

Sandra Bishop kam ihr in den Sinn. Die Frau des Polizeipräsidenten. Ihre Handynummer wusste sie auswendig. Normalerweise telefonierten sie täglich miteinander.

Das Freizeichen erklang. Dann wurde abgehoben.

»Bishop.«

»Sandra? Ich bin's.«

»Wer?«

»Jane.«

»Jane? Tatsächlich? Oh, mein Gott. Du klingst so weit weg. Wo bist du denn? Ich hab mir solche Sorgen um dich gemacht.«

»Ich musste fliehen. Arthur ließ John Ferrari umbringen. Es sah aber bestimmt so aus, als wäre ich es gewesen.«

»Ist er jetzt völlig verrückt geworden? Wir vermissen dich alle. Komm endlich wieder heim.«

»Aber ich werde sicher gesucht.«

»Du meinst wegen diesem Ferrari?«

»Ja.«

»Na und. Du warst es doch nicht.«

»Aber wie soll ich das beweisen, Sandra?«

»Erstmal müssen sie dir beweisen, dass du es warst.«

»Arthur hat bestimmt für genügend Indizien gesorgt, die es belegen. Außerdem sind überall in Johns Haus meine Fingerabdrücke.«

»Das ist ja schrecklich.«

»Ja.« Jane nickte unwillkürlich. »Arthur ließ außerdem höchstwahrscheinlich nicht nur John umbringen.«

»Was? Wen denn noch?« Sandra blieb fast die Stimme weg.

»Meine Schwester und meine Mutter. Er muss total wahnsinnig geworden sein.« Jane schluchzte unvermittelt. Der Schmerz über ihren Verlust überwältigte sie erneut.

»Unglaublich.«

»Arthur ist ebenfalls tot.«

»Ich weiß, Darling. Mein Gott. Es ist eine einzige Katastrophe. Bitte komm sofort nach Hause. Wir finden eine Lösung für alles. Da muss sich mein Mann, der feine Herr Polizeipräsident, eben mal anstrengen.«

»Im Moment ist mir das zu unsicher. Oh mein Gott, es tut so gut mit dir zu reden, Sandra. Ich bin … so … allein.« Jane weinte hemmungslos.

»Hast du alles, was du brauchst? Geld? Passende Kleidung?«

»Alles. Bis auf mein Leben insgesamt.«

»Kopf hoch, Schätzchen.«

»Ich werde mein Bestes tun. Bis bald, Sandra. Ich melde mich wieder. Danke.«

80

Sonntag, 20.43 Uhr, München, Deutschland.

Anton bremste seinen Dienstwagen direkt vor »Huberts Stüberl« ab. Er schaltete den Motor aus. Wuchtete sich geschwind aus dem Fahrersitz.

Florian Schauberger und seine Männer warteten bereits vor dem Hauseingang auf ihn.

»Auf geht's, Männer«, rief er ihnen auf halbem Weg zu. »Wir müssen in den Keller. Passt mir gut auf Stolperdrähte, Lichtschranken oder Ähnliches auf. Nicht, dass wir alle zusammen in die Luft fliegen.«

»Hier gibt es keine Beleuchtung«, meldete einer der Beamten, nachdem sie die Kellertür geöffnet hatten. »Lichtschalter funktioniert nicht.«

»Helmlampen einschalten!«, befahl Florian.

Sie stiegen hintereinander Stufe für Stufe ins Dunkel hinab. Wie eine Armee Außerirdischer vom Mars sahen sie aus in ihren schwarzen Uniformen, den visierbewehrten Helmen und den Waffen im Anschlag.

Zunächst durchsuchten sie die Kellerabteile im ersten Untergeschoss.

Nichts.

Einer nach dem anderen begaben sie sich daraufhin hinunter ins zweite Untergeschoss. Nur ihre leise gezischten Kommandos waren dabei zu hören. Und das Rascheln ihrer Schritte.

»Das muss im Krieg ein Bunker gewesen sein«, raunte Anton Florian zu.

»Sieht so aus«, erwiderte der Anführer des Einsatztrupps stimmlos. »Wissen Sie, wo Herrn Stallbergers Keller ist, Herr Hauptkommissar?«

»Ich kenne nur den Keller direkt unter dem Lokal. Dort stehen immer die Bierfässer und die Vorräte. Ganz unten in den privaten Kellern war ich noch nie.«

»Gehen Sie besser hinter mir. Sie tragen nicht mal eine kugelsichere Weste.«

»Noch nie eine besessen. Zu klein. Die müssten extra eine für mich stricken.« Anton grinste trotz der enormen Anspannung, die er verspürte.

Was, wenn Hubert tatsächlich bereits tot war?

Nicht auszumalen.

Er betete inständig dafür, dass sie ihn gleich unversehrt vorfanden. In so kurzer Zeit einen weiteren ihm nahestehenden Menschen zu verlieren, hätte eine unüberwindbare Katastrophe für ihn bedeutet.

Hoffentlich hatte dieser Miguel die Wahrheit gesagt. Wenn nicht, würde Anton angemessen zu reagieren wissen. Darauf konnte sich der Kerl jetzt schon verlassen.

Ruhig bleiben. Nicht schon wieder ausrasten. Wenn auch nur innerlich.

Sie überprüften sämtliche Kellerabteile im zweiten Untergeschoss.

Ergebnislos.

»Wir rücken wieder ab Leute. Hat keinen Sinn. Hier ist niemand.« Florian winkte seine Männer zu sich. »Auf geht's. Abmarsch!«

Sie strebten in Zweierreihen dem Ausgang entgegen.

Anton folgte ihnen mit hängendem Kopf.

Verdammte Scheiße. Wahnsinn. Die Sache war also gelaufen.

Es sah ganz so aus, als würde er seinen besten Freund nie wiedersehen.

»Halt mal. Seid doch still.« Er lauschte konzentriert ins Dunkel hinein, als sie kurz vor der Tür zum Treppenhaus standen. »Hört ihr das nicht?«

»Was denn?« Florian machte ein ratloses Gesicht.

81

Sonntag, 14.45 Uhr, Nuevo Laredo, Mexiko.

Der Motor des Leihwagens brummte zuverlässig. Keineswegs der Normalfall hier in Mexiko, wusste Victoria. Oft genug wurden einem die letzten Krücken untergejubelt.

Nach ihren zahllosen Strandurlauben auf Yucatán konnte sie ein Lied davon singen.

Sie kam trotzdem nur langsam voran. Es regnete in Strömen.

Die Zentrale hatte ihr vorhin ein kurzes Dossier über Alejandro Gonzales aufs Handy geschickt.

Er schien einer der »Capos« in dieser Stadt zu sein. Keiner von den richtig großen Drogenbossen im Land. Aber groß genug, um alle wichtigen Leute im Sack zu haben. Behörden, Polizei, Politiker und so weiter. Wo er sich versteckte, wusste allerdings niemand. Offiziell zumindest nicht.

Es würde sich in jedem Fall lohnen, ihn und die havarierte Jacht, die angeblich ihm gehörte, genauer unter die Lupe zu nehmen. Mit etwas Glück war es tatsächlich das Boot, mit dem Wolf Schneider in Havanna abgelegt hatte.

Ein SUV überholt sie. Der Fahrer bog viel zu schnell vor ihr wieder auf die rechte Fahrspur ein.

Drängte sie dabei rücksichtslos von der Straße.

Sie konnte gerade noch schnell genug gegensteuern, um zu verhindern, dass sie querstand und sich überschlug. Mit einem plötzlichen Ruck kam sie an einem Baum zum Stehen.

Der Airbag knallte mit voller Wucht gegen ihr Gesicht. Ihr Kopf wurde in die Nackenstütze geschleudert.

Sie stieg taumelnd aus. Gott sei Dank hatte sie der Airbag nur leicht über der rechten Augenbraue verletzt.

Eine winzige Schürfwunde. Der Schreck.

Das war's.

Verdammt nochmal. So ein unglaublicher Mist.

Der Fahrer des SUV war einfach weitergefahren.

Dummerweise hatte sie die Buchstaben und Zahlen auf dem Nummernschild wegen des starken Regens nicht erkannt.

Sie wusste, dass eine Anzeige gegen Unbekannt überall auf der Welt so gut wie aussichtslos war. In Mexiko war sie mehr als aussichtslos. Das hier würde sie also wohl oder übel auf ihre eigene Kappe nehmen müssen.

Verärgert rief sie den Autoverleih am Flughafen an. Fragte nach einem neuen Wagen.

Der erstaunte Sachbearbeiter, der ihr vorhin den Kombi ausgehändigt hatte, konnte es nicht fassen.

»Vier Minuten. Noch vor der Autobahn in die Stadt. Das ist absoluter Rekord, Lady«, rief er ins Telefon.

»Bekomme ich nun einen Ersatzwagen oder nicht?«

»Selbstverständlich, Lady. Wer bezahlt, bekommt von uns fast alles.«

Na also.

Blieb nur die Frage offen, ob der Fahrer des Geländewagens absichtlich gehandelt hatte oder ob es ein Versehen gewesen war.

82

Sonntag, 20.51 Uhr, München, Deutschland.

»Hört ihr es wirklich nicht? Da scheppert doch was.« Anton sah seine Begleiter konzentriert lauschend an.

»Ich höre nichts.« Florian Schauberger schüttelte den Kopf.

»Doch, da ist was«, meinte einer seiner Leute wenig später. »Ich höre es jetzt auch. Es kommt von unten.«

»Aber da waren wir doch gerade.« Florian schien keine große Lust zu haben, sich weiterhin einer in seinen Augen aussichtslosen Sache zu widmen.

»Dann suchen wir eben noch mal«, befahl Anton. »Auf geht's. Kommt schon. Sie auch, Schauberger. Feierabend können Sie machen, wenn wir fertig sind.«

Trotz seines beträchtlichen Gewichts schritt er zügig voran. Florian und seine Männer folgten ihm. Sie hatten Mühe mit ihm Schritt zu halten.

Als sie im zweiten Untergeschoss ankamen, hörten sie das Geräusch von rechts.

»Dort hinten, schnell.« Anton rannte.

Eine schweißtreibende Angelegenheit. Besonders für ihn. Er schnaufte dementsprechend schwer.

»Es kommt von hier. Habt ihr vorhin hinter dieser Tür nachgesehen?«, fragte er Florian, als sie weit hinten am Ende des Ganges vor einer verschlossenen hellgrauen Metalltür standen.

»Ich nicht«, erwiderte der. »Einer von euch?«, wandte er sich an seine Männer.

Stummes Kopfschütteln.

»Dann haben wir die Tür wohl übersehen«, räumte Florian ein.

»Tatsächlich? Übersehen? Einfach so?« Antons Kopf lief vor Ärger rot an. »Sind wir die Polizei oder eine Kasperltruppe? Darüber werden wir später noch zu reden haben. Los jetzt, aufmachen. Nehmt ein Stemmeisen, wenn es nicht anders geht.«

Die Tür ließ sich ohne Gewalt öffnen. Dahinter kam erneut eine Treppe zum Vorschein. Sie führte weiter nach unten.

Anton stürmte voraus.

Das Klappern und Scheppern wurde immer lauter.

Sie waren auf dem richtigen Weg.

»Schnell. Hierher.« Er zeigte auf das mit dunklen Stofftüchern abgehängte Kellerabteil im Lichtkegel seiner Stablampe.

An der Tür hing ein Schild. »H. Stallberger« stand darauf.

Miguel hatte Hubert offenbar tatsächlich in dessen eigenen Keller gesperrt. Normalerweise hätte ihn hier unten wohl in 100 Jahren niemand gefunden. In seinem eigenen Abteil mit den schwarzen Tüchern davor schon gar nicht.

Zwei Mann öffneten blitzschnell.

Anton leuchtete hinein. Sein Herz machte einen Freudensprung.

Hubert!

Er lag von oben bis unten verschnürt hinten im Eck auf dem Boden. Trat ohne Unterlass wie ein Wilder gegen einen blechernen Putzeimer zu seinen Füßen.

Anton war in Sekundenschnelle bei ihm.
Er nahm ihm eilig den Knebel ab.
Holte das Schweizer Taschenmesser heraus, das er immer bei sich trug.
Zerschnitt Huberts Fesseln damit.
Gott sei Dank. Er lebt noch. Ich werde ab sofort nie wieder fluchen.
»Du kannst jetzt aufhören zu treten, altes Haus. Wir haben dich längst gehört.« Anton grinste seinen besten Freund erleichtert an.
»Anton?« Hubert sah ihm ungläubig in die Augen.
»Ja. Dein Retter ist da.«
»Ach, du Scheiße. Bist du es wirklich? Ich hab nicht mehr geglaubt, dass überhaupt noch jemand kommt.« Hubert rappelte sich mit Antons Hilfe hoch.
»Wieso legst du dich denn gefesselt in deinen eigenen Keller?«
»Mein Keller? Richtig, verdammt. Hab ich gar nicht gemerkt. Es war stockfinster und ich war hier unten erst zwei- oder dreimal.«
»Herrgott nochmal, hab ich mir Sorgen um dich gemacht.« Anton umarmte ihn, so gut es mit ihren runden Bierbäuchen möglich war. »Sei bloß froh, dass du diesen Putzeimer hier unten deponiert hast. Das scheppernde alte Ding hat dich gerettet.«
»An den kann ich mich gar nicht erinnern. Da sieht man mal wieder, dass man nichts wegwerfen soll.« Hubert atmete erleichtert auf.
»Da könntest du allerdings recht haben.« Anton lachte schallend.
Die ganze Anspannung der letzten Stunden fiel von einer Sekunde auf die andere von ihm ab.

»Habt ihr ihn?« fragte Hubert.

»Den Entführer? Er sitzt in einer Zelle und wird für alles büßen. Mehr musst du im Moment nicht wissen.«

83

Sonntag, 15.30 Uhr, Nuevo Laredo, Mexiko.

Wolf stand auf. Er zog sich an.

Vor einer Minute war er mit sich übereingekommen, lange genug im Bett gelegen zu haben.

Jane war vorhin bei ihm gewesen. Sie hatte ihn gefragt, ob er mit Alejandro und ihr auf der Terrasse Kaffee trinken wollte. Es würde zwar regnen, aber es sei trotzdem warm unter dem großen Vordach. Nicht wie in Washington oder Hamburg, wo man bei so einem Wetter besser im Haus blieb.

Er hatte dankend zugesagt.

Rein körperlich ging es ihm wieder viel besser. Der Finger schien dank der Antibiotika, die er bekam, endlich abzuheilen. Also wohl doch keine Amputation der

Hand, wie er mehrmals befürchtet hatte. Vor einer halben Stunde hatte ihm dann auch noch ein Bote seine neue Brille vorbeigebracht.

Soweit alles bestens.

In seiner Seele dagegen war seit Rebekkas Tod etwas unwiderruflich zerbrochen.

Die Ereignisse der vergangenen Wochen hatten ihn außerdem verändert. Was genau es damit auf sich hatte, konnte er nicht sagen. Er spürte nur, dass es so war.

Auf jeden Fall schien es, als hätte jemand die Welt um ihn herum mit einem undurchdringlichen schwarzen Gift getränkt. Alles Positive hatte keine Chance, darin zu überleben.

Er tappte, immer noch barfuß, ins Bad hinüber, um seine Zähne zu putzen. Sein Gesicht zu waschen.

Im Spiegel erkannte er sich fast nicht wieder.

»So siehst du also jetzt aus, Wolf Schneider«, murmelte er.

Seit Tagen hatte er sich nicht mehr rasiert. Hatte auch die wiederkehrenden diesbezüglichen Angebote der hübschen mexikanischen Krankenschwester dankend abgelehnt.

Nun entschied er endgültig, dass er den Bart weiter wachsen lassen würde. Es strahlte eine gewisse Autorität aus. Verlieh ihm den Anschein von Gefährlichkeit. Wobei es sicher nicht beim Anschein bleiben würde.

Das ahnte er weniger, als er es jetzt schon wusste.

Außerdem würde man ihn damit nicht mehr so leicht erkennen. Von Vorteil, wenn er sich neue Papiere machen ließe. Als Peter Müller oder Wolf Schneider käme er hier wahrscheinlich nie wieder weg.

Schon gar nicht nach Hause.

Er wäre für immer gestrandet, wie ein Schiffbrüchiger auf einer einsamen Insel.

Wie lange war er nicht mehr in München gewesen?

Tage? Wochen? Monate?

Seinem Gefühl nach mussten es Jahre sein.

Nachdem er fertig angezogen war, verließ er zum ersten Mal das Zimmer, in dem ihn Alejandro untergebracht hatte.

Die Rechnung dafür kam sicher nach. So oder so.

Er entdeckte ein Treppengeländer rechts von sich.

Machte den ersten Schritt darauf zu.

Dann den zweiten und den dritten.

84

Sonntag, 4.10 p.m., Washington, USA.

Hugh Bender tobte innerlich. Schlimm genug, dass seine Frau wieder mal auf ihren sonntäglichen Spaziergang durch den Park bestanden hatte. Was sollte man machen? Auch beruflich lief es im Moment nicht befriedigend.

Victoria Meyers arbeitete viel zu langsam. Sie hatte Wolf Schneider immer noch nicht gefunden. Wahrscheinlich durfte Hugh generell keine Agenten mehr in den Süden schicken. Die laxe Lebenseinstellung der Einwohner dort unten schien ansteckend zu sein.

»Hugh, wo bleibst du denn?« Pamela hatte ihn bereits 20 Meter weit abgehängt.

»Gleich, Pam. Muss nur gerade noch meinen Schuh zubinden.«

»Dann beeil dich aber. Die Plätze im ›Café Milano‹ sind für halb fünf reserviert.«

»Ja, ja.« Er schnaubte genervt. »Du kommst früh genug in dein tolles Promicafé. Geh ruhig schon voraus. Ich hol dich schnell wieder ein.«

Hoffentlich ist irgendwo auf dem Weg ein tiefes Loch und die fette Kuh stürzt hinein.

Verdammt noch mal. Wenn die Meyers sich nicht beeilte, bauten längst andere Länder Weinbergers Laserwaffe und waren im selben Moment den USA überlegen.

Der Supergau! Das durfte auf gar keinen Fall geschehen.

Der Anspruch der Vereinigten Staaten von Amerika als erste imperiale Weltmacht musste unbedingt gewahrt und bestenfalls ausgebaut werden. Dazu gehörte eben auch eine Waffe, mit der man den Kampf gegen den weltweiten Terrorismus endlich gewinnen konnte.

Das war das eine.

Andererseits wusste Hugh, dass er mit dem Erwerb der Konstruktionspläne unbedingt persönlich beim Präsidenten punkten würde. Die Berufung in ein höhergestelltes politisches Amt wäre danach sicherlich kein unerreichbarer Traum mehr für ihn.

Im Gegenteil.

Außenminister beispielsweise wäre nicht übel.

Bezahlte Reisen in ferne Länder. Die tollsten schlanken Frauen und das beste Essen. Anerkennung und Einfluss.

Viele neue Freunde weltweit.

Sobald Pamela um die nächste Kurve verschwunden war, würde er Victoria Meyers anrufen und ihr Dampf machen. Das konnte es wirklich nicht sein, dass sich die junge Dame so wenig bemühte.

85

Sonntag, 19.35 Uhr, Nuevo Laredo, Mexiko.

Nach dem Kaffeetrinken hatte Wolf sich wieder hingelegt. Eine Stunde geschlafen. Ganz fit war er anscheinend doch noch nicht.

Jetzt saß er erneut mit Jane und Alejandro auf der Terrasse des riesigen Hauses. Sie aßen gemeinsam zu Abend.

»Wenn Sie möchten, können Sie gerne noch einige Tage bleiben und sich ausruhen«, sagte Alejandro, während er allen großzügig Weißwein einschenkte.

»Das wäre natürlich super«, erwiderte Wolf. »Dann kann ich alles in Ruhe regeln. Neue Papiere und so. Muss auch nochmal auf die Jacht, um nach meinem weißen Pulver zu suchen. Was ist nun eigentlich mit Arthurs Boot?«

»Ach je. Das haben wir ganz vergessen, Ihnen zu sagen. Es tut mir leid.« Alejandro hob bedauernd die Arme. »Aber wir mussten es verschrotten. Die Sturmschäden waren zu groß. Es hätte sich nicht gelohnt, es zu reparieren.«

»Was?« Wolf sprang schockiert auf. »Ist es tatsächlich kaputt?« Er sah Jane fragend an.

»Wenn Alejandro das sagt …« Sie wich seinem Blick aus.

»Das ist nicht gut. Das ist gar nicht gut. Und was ist mit meinem Stoff?« Er wandte sich an den Gastgeber.

»Der gehört natürlich Ihnen. Das ganze Kilo.«

»Wann bekomme ich es? Sie hatten längst versprochen, dass es mir aufs Zimmer gebracht wird.«

»Von mir aus gleich nach dem Essen.« Alejandro schob sich mit gleichmütigem Gesichtsausdruck eine vollbeladene Gabel Kaviar in den Mund.

»Das gibt es doch gar nicht, dass das Boot so kaputt war. So ein verdammter Mist.« Wolf wollte sich nicht mehr beruhigen.

Er ahnte, dass ihn Alejandro gerade gewaltig über den Tisch zog. Sicher hatte er sich die Jacht unter den Nagel gerissen. Genauso wie die restlichen vier Kilo Koks.

Aber was wollte er dagegen unternehmen. Im Moment hatte der Mexikaner schlichtweg die besseren Karten.

Andererseits hatte Wolf endgültig keine Lust mehr, sich, wie oft genug früher geschehen, von irgendwem übers Ohr hauen zu lassen.

Also erstmal gute Miene zum bösen Spiel.

Abwarten, bis sich eine günstige Gelegenheit bot.

Dann erbarmungslos zuschlagen.

Jeder hatte irgendwo seine Achillesferse. Auch ein mexikanischer Gangsterboss, wie Alejandro ganz bestimmt einer war. Er hatte gerade die letzten Restzweifel daran in Wolf zerstreut.

»Nehmen Sie bitte wieder Platz, Peter. Wir werden für alles Lösungen finden.« Alejandro zeigte auf Wolfs Stuhl.

»Na gut. Wenn Sie das sagen.« Wolf setzte sich.

»Sie können sich auf mich verlassen.«

»Tatsächlich?«

Du kannst mir viel erzählen.

»Ja. Bitte beruhigen Sie sich.«

»Danke für die Brille übrigens.«

Besser, du lenkst erstmal ein, sonst lässt er dich noch umbringen. Kostet ihn sicher nur ein Wort.

»Gern geschehen. Neue Papiere kann ich Ihnen ebenfalls besorgen. Sagen Sie mir einfach die Personaldaten, die drin stehen sollen. Kein Ding.« Alejandro winkte lässig ab. »Aber jetzt sollten wir essen. Schade um die herrlichen Speisen, die meine Conchita für uns zubereitet hat.«

»Der Hummer schmeckt wirklich vorzüglich«, meinte Jane genussvoll kauend.

»Stimmt.« Wolf nickte. »Ihre Conchita kann kochen. Das steht jedenfalls fest.«

Jane muss doch wissen, was für ein mieser Ganove der unsympathische Kerl ist. Was will sie nur von ihm? Er scheint sie nicht einmal gut zu behandeln. Hat einen barschen Befehlston ihr gegenüber drauf. Und das bei einer so hübschen Frau. Herrgott. Sie ist wirklich wunderschön.

»Könnten Sie noch mehr von dem hervorragenden Stoff besorgen, den Sie mitgebracht haben, Peter?«, erkundigte sich Alejandro während des Desserts.

»Haben Sie ihn probiert?«

»Nur eine winzige Line.«

»Schau an. Habt ihr hier nicht selbst genug davon?«

»Natürlich. Nuevo Laredo ist das mexikanische Mekka des köstlichen weißen Pulvers. Aber diese Qualität hab ich nie zuvor gesehen. Damit könnten wir sämtliche Konkurrenten aus dem Weg räumen. Also, was ist?«

»Kann sein«, antwortete Wolf vorsichtig.

»Das klingt nicht schlecht. Am Ende werden wir zwei noch Partner. Was meinen Sie?« Alejandro lächelte undurchsichtig.

»Möglicherweise.« Wolf lächelte ebenfalls. Mindestens genauso geheimnisvoll.

»Sie müssen doch nicht etwa sofort nach Deutschland zurück? Oder wartet man dort auf Sie?«

»Nein.«

»Wunderbar.« Alejandro lachte wie ein schlechter Quizmaster. Genauso laut. Genauso künstlich. »Die Einzelheiten besprechen wir noch. Auftragsvolumen, Geschäftsabwicklung und so weiter. Darauf müssen wir unbedingt einen Schluck trinken.«

Er schenkte ihnen Champagner ein.

Sie stießen miteinander an. Belauerten sich dabei weiterhin wie zwei Alphatiere desselben Rudels. Zeigten es allerdings nicht offen.

Wolf sah im weiteren Verlauf des Abends immer wieder verstohlen zu Jane hinüber.

Sie gefiel ihm wirklich ausnehmend gut.

Sah Rebekka tatsächlich sehr ähnlich.

Natürlich hatte er seine geliebte Frau nicht vergessen. Das würde er niemals tun.

Aber das Leben ging weiter. Auch für ihn.

Sollte er etwa für immer alleine bleiben?

»Was haltet ihr davon, wenn wir unsere zukünftigen Erfolge gleich heute Abend im besten Klub der Stadt feiern? Ihr seid natürlich meine Gäste.« Alejandro blickte erwartungsfreudig von einem zum anderen. »Natürlich nur, wenn Sie sich fit genug fühlen, Peter.«

86

Sonntag, 22.30 Uhr, »Club 222«, Nuevo Laredo, Mexiko.

Jane fand immer mehr Gefallen an Peter. Er schien keine Angst vor Alejandros Macht zu haben. Stellte sich ihm selbstbewusst entgegen. Bewundernswert so etwas. Sie selbst ließ sich viel zu viel von Alejandro gefallen.

Dumm von ihr. Aber es war nun mal so.

Ihr fiel auf, dass sich Peters Blicke genauso oft in ihre Richtung verirrten, wie es umgekehrt der Fall war.

Das beginnende Liebesspiel zweier Fremder. Immer wieder spannend, als wäre es das erste Mal.

Es gab manchmal Menschen, die einem das Gefühl gaben, dass mit ihnen an der Seite nichts unmöglich wäre.

Peter gehörte dazu.

Wie sehr hatte sie diese seltene Ausstrahlung an Arthur geliebt. Gleich zu Anfang, als er noch nicht so vollkommen verrückt war.

Und jetzt Peter. Oh mein Gott.

Sie fühlte sich stark zu ihm hingezogen.

Sein sympathisches Äußeres. Die perfekten Umgangsformen. Beruflich eindeutig obere Etage. Wenn er tatsächlich als Journalist arbeitete, dann sicher als Ressortleiter oder Herausgeber. Eine Frau musste sich wohl keine Geldsorgen an seiner Seite machen.

Er war absolut »heiß«, wie ihre Freundinnen gesagt hätten.

Alejandro dagegen war ein dummer Mensch, wie sich immer deutlicher herausstellte. Der typische Blender.

Fantasielos und machtgeil, sonst nichts.

Vorhin hatte er sie sogar im Streit geschlagen. Weil sie Peter in seinen Augen zu große Beachtung schenkte.

Er hatte sie mit der flachen Hand im Gesicht getroffen. Im selben Moment wusste sie, dass sie ihn verlassen und sich an ihm rächen würde.

Sobald sich die richtige Gelegenheit dazu ergab.

Ohne Hilfe war ihr das allerdings zu riskant. Alejandro konnte sicherlich genauso skrupellos sein wie Arthur. Wenn nicht noch mehr. Er würde wohl auch nicht damit zögern, sie umzubringen, wenn er der Meinung war, dass sie es verdient hätte.

Ganz bestimmt war er ein Capo. Ein sogenannter Bandenboss. Sie hatte es bereits seit Längerem vermutet. Aber nach der Ohrfeige und allem Anderen, was sie in letzter Zeit am Rande beobachtet hatte, war sie sich jetzt absolut sicher.

Sein Restaurant diente ihm offensichtlich nur als offizielle Tarnung für seine krummen Geschäfte.

»Wollen wir zwei später noch irgendwo alleine was trinken?«, fragte sie Wolf als Alejandro mit Julio auf die Toilette verschwunden war. »Alejandro geht für gewöhnlich spätestens um 12 Uhr zu Bett.«

Bitte sag ja. Sei mein Prinz auf dem weißen Schimmel. Rette mich.

»Sind sie sicher, dass Sie das wollen?« Wolf sah sie erstaunt an.

Offensichtlich hatte ihn ihre Anfrage überrascht.

»Ja.« Sie sah ihm tief in die Augen.

Er erwiderte ihren Blick.

»Na gut. Aber jetzt Themenwechsel. Sie kommen zurück.«

»Amüsiert ihr euch?« Alejandro strahlte über das ganze Gesicht, während er sich wieder zu ihnen setzte.

Er liebte es zu feiern, hatte er ihnen vorhin gestanden. Fragte sich nur, warum er dann immer so früh nach Hause ging. Das wusste wohl nur er selbst.

Jane zuckte innerlich die Achseln. Alejandro war Geschichte. So oder so.

»Netter Laden«, erwiderte Wolf.

Er zeigte in die Runde.

Volle Tanzfläche. Vollbesetzte Tische drumherum. Die koksende, Champagner und Tequila schlürfende Ganovenschikeria von Nuevo Laredo fühlte sich sichtlich wohl hier.

Einige amerikanische Geschäftsleute waren ebenfalls anwesend. Aber auch die hatten garantiert keine weißen Westen.

»Was haltet ihr davon, wenn wir alle zusammen Brüderschaft trinken.«

»Warum nicht.« Wolf hob sein Glas.

»Bin dabei«, sagte Jane. Sie bedachte Wolf mit einem unauffälligen verschwörerischen Blick.

Er registrierte es. Sah schnell weg.

Sie wunderte sich nicht darüber. Was los wäre, wenn er zu offensichtlich mit der Freundin eines mexikanischen Gangsterboss flirtete, konnte er sich bestimmt denken.

Auch ohne dabei in Einzelheiten gehen zu müssen.

Sie würde sich bemühen, ihn nicht weiter in Verlegenheit zu bringen. Soweit es sich vermeiden ließ. Und solange Alejandro anwesend war.

Nachdem sie sich alle drei gegenseitig auf die Wangen geküsst hatten, betraten sie die Tanzfläche.

Südländische Rhythmen.

Karibikfeeling.

Techno.

Gangsterrapp.

Stimmung war angesagt.

Jane schwankte allerdings zwischen ihren neu entdeckten Gefühlen für Peter und der Depression, die sich seit gestern bei ihr anbahnte. Sie regelrecht zu erdrücken drohte.

Die Nachricht vom Tod ihrer Schwester und ihrer Mutter hatte sie sehr mitgenommen.

Zuversicht, Hoffnung und Liebe sagten ihr als Begriffe gerade nicht mehr viel. Bei jeder sich bietenden Gelegenheit schossen ihr die Tränen in die Augen. Im nächsten Moment empfand sie nie gekannten brennenden Hass auf alles und jeden.

So auch jetzt, als sie vom Tisch aus ein eng umschlungen tanzendes junges Paar auf der Tanzfläche beobachtete.

Die beiden sahen so unverschämt glücklich aus.

Würde sie selbst jemals wieder glücklich sein?

»So still, meine kleine Chica?« Alejandro setzte sich neben sie. »Bist du verärgert?«

»Klein? Wie witzig«, erwiderte sie mit rauer Stimme. »Ich mag es nun mal nicht, wenn man mich schlägt. Deswegen bin ich vor meinem Mann weggelaufen. Jetzt machst du dasselbe. Wer wäre da nicht nachdenklich.«

»Das war dumm von mir gestern«, beteuerte er. »Wird nie wieder vorkommen. Versprochen. Bitte verzeih mir noch einmal.« Er machte Dackelaugen.

»Ich weiß nicht, ob ich das kann.« Sie sah ihm offen ins Gesicht.

Natürlich kann ich es nicht. Vor allem will ich es nicht, du mieser Macho.

»Du musst.«

»Warum?«

Dass ich nicht lache.

»Weil ich dich liebe.« Er grinste jetzt selbstsicher.

»Weißt du denn, was wahre Liebe bedeutet?«

»Natürlich weiß ich, was Liebe ist. Ich bin Mexikaner. Wir haben die Liebe erfunden.« Er präsentierte ein einnehmendes Lächeln. Fasste sich dabei in den Schritt.

»Bestimmt nicht.« Sie lächelte nicht. »Wahre Liebe hat etwas mit Selbstlosigkeit zu tun. Und damit, keine Forderungen an den anderen zu stellen. Beides hast du nicht drauf. Du bist stolz, egoistisch und übertrieben eifersüchtig, wie ich das bisher sehe.«

Er wirkt überhaupt *nicht wie ein Erwachsener. Eher wie ein trotziges Kind.*

»Siehst du. Schon wieder provozierst du mich.« Alejandro bekam prompt einen roten Kopf. »Das ist das Problem mit euch Chicas aus dem Norden. Ihr versteht unsere Seele nicht.«

Er sprang aufgebracht von seinem Sitz auf.

Stapfte wütend über die Tanzfläche zur Bar.

Stellte sich dort neben Julio.

Jane sah ihm nur kurz nach.

Sie ahnte, dass sie gerade mit viel Glück der nächsten Ohrfeige entgangen war. Langsam, wie in Trance, nahm sie ihre Handtasche an sich.

Erhob sich.

Stakste nachdenklich auf ihren Highheels zur Toilette.

Ihr wurde dabei bewusst, wie alleine sie war. Sie kannte weder Alejandro noch Peter besonders gut.

Genaugenommen waren sie nichts als Fremde für sie.

Peter schien allerdings der Nettere von beiden zu sein.

87

Montag, 1.10 Uhr, Nuevo Laredo, Mexiko.

Nuevo Laredo. Grenznahgelegene Hauptstadt des Drogenhandels zwischen Südamerika und den USA. Begünstigt durch die Interstate 35, die über die Grenze führt, und den Rio Grande.

Übernahme der Tageszeitungen durch die Drogenbarone.

Tote Journalisten und Politiker.

Aufgeknüpfte Leichen an Highwaybrücken.

Abgetrennte Köpfe in Kühlboxen. Abgestellt vor Polizeistationen und anderen öffentlichen Gebäuden.

Drogenfahnder massakriert und in den Straßengraben geworfen.

Menschen bei lebendigem Leib in Tonnen verbrannt.

Unzählige Tote bei Kämpfen der Banden. Gegeneinander und mit der Polizei.

Mord, Erpressung, Einschüchterung an der Tagesordnung.

Brutalität und Unmenschlichkeit ohne Grenzen.

Victoria hatte einige Fakten über den lebensgefährlichen Grenzort und seine rivalisierenden Drogenkartelle zusammengetragen. Urlaub würde sie hier nicht geschenkt machen wollen. Das war im Übrigen inzwischen auch im Rest des Landes nicht ganz ungefährlich.

Überall tobte ein gnadenloser Krieg in den Straßen.

Als Tourist konnte man jederzeit versehentlich zwischen die Fronten geraten. Ein tödliches Risiko.

Sie bestellte ihren zweiten Whiskey beim Barmann der Hotelbar. Bedankte sich knapp, als er ihn vor ihr abstellte.

Außer ihr war nur eine Gruppe amerikanischer Geschäftsleute anwesend. Sie alberten wie pubertäre Jungs am anderen Ende des Tresens herum.

Hugh Bender hatte am Nachmittag angerufen und Druck gemacht. Er brauche Schneider unbedingt und schnell in der Zentrale. Sie solle gefälligst Gas geben. Informanten kaufen. Sich mit den CIA-Agenten vor Ort kurzschließen. Die verdammte Adresse von diesem Gonzales müsse doch wenigstens herauszufinden sein. Eine Abteilungsleiterstelle könne auch schnell wieder weg sein.

Arschloch.

Die Zentrale hatte Interessantes entdeckt.

So war die Jacht auf Victorias Bildern, die sie am späten Nachmittag im Hafen aufgenommen und per Handy nach Washington geschickt hatte, eindeutig mit der von Arthur Smith identisch.

Sie hatte es sich anhand der Fotos davon, die sie selbst längst auf dem Handy hatte, bereits gedacht. Jetzt, nach der eingehenden Überprüfung ihrer Spezialisten, war die Sache wasserdicht.

Das Boot, das Gonzales im hiesigen Hafen als seines ausgab, gehörte also definitiv nicht ihm.

Smith war somit tatsächlich zusammen mit Wolf Schneider nach Kuba geflohen. Von dort aus war Schneider dann nach Smiths Tod hierher nach Mexiko geschippert.

Scheinbar hatte er die Jacht an Gonzales verkauft oder der hatte sie ihm abgenommen.

Letzteres erschien Victoria weitaus wahrscheinlicher. Sicher die übliche Vorgehensweise hier im Ort. Zumal Alejandro Gonzales der »Patrón« eines Drogenkartells war. So einer konnte gar nicht anders handeln. Selbst wenn er wollte.

Das war er allein sich selbst und seinem Ruf schuldig.

Schneider sollte heute Abend zusammen mit Gonzales gesehen worden sein. In einem Klub am anderen Ende der Stadt.

Es war aber zu spät, um dort jetzt noch nach ihnen zu suchen. Der Informant, der sie erkannt haben wollte, hatte sie längst wieder aus den Augen verloren.

Gonzales ginge angeblich regelmäßig dorthin, hatte er allerdings noch vermeldet. Alle zwei bis drei Tage.

Einer der Geschäftsmänner hatte sich von seiner Gruppe gelöst.

Jetzt stand er neben ihr.

Klein, dick, schwitzend und betrunken.

»Wir haben uns gefragt, ob Sie sich zu uns setzen wollen«, eröffnete er ihr mit falsetthafter Stimme.

»Nein.« Sie streifte ihn mit einem knappen Blick.

»Na komm schon, Mädchen. Stell dich nicht so an. Wir sind doch Landsleute.« Er fasste sie am Arm.

»Pass auf, Dickerchen. Wenn wir Landsleute sind, kannst du sicher unsere Sprache. Dann weiß du auch, was ein Nein bedeutet, stimmt's?« Sie nahm seine Hand. Entfernte sie mit einer rigorosen Geste. Wandte sich ihm mit einem distanzierten Blick zu.

»Klar, weiß ich das.« Er grinste schief. »Aber wir hätten einfach gerne ein bisschen weibliche Gesellschaft. Und du siehst wirklich hammer aus, Schätzchen. Nicht mehr unbedingt die Jüngste, aber du hast echt Klasse.«

»Ich bin dein Schätzchen?« Victoria blickte ihm unverwandt ins Gesicht. »Wusste ich gar nicht.«

»Warum nicht.« Er grinste anzüglich. »Wir zwei hätten sicher 'ne Menge Spaß im Bett.«

»Am besten ihr alle zusammen, stimmt's?« Sie zeigte auf seine Freunde im hinteren Teil der Bar.

»Sicher, Schätzchen. Wir sind die ungeschlagenen Gang-Bang-Weltmeister.« Er lachte dreckig.

»Dann gehen wir am besten mal rüber zu deinen Freunden. Was meinst du, Dickerchen?«

88

Montag, 1.15 Uhr, Nuevo Laredo, Mexiko.

Wolf stand unschlüssig mit Jane vor einer kleinen Bar in der Innenstadt. Es war voll darin. Nicht unbedingt der Platz für ein heimliches Tête-à-Tête.

Alejandro war vor einer halben Stunde nach Hause gegangen. Später als gewohnt.

Julio, den er ihnen als Beschützer und Anstandswauwau dagelassen hatte, wollte im »Club 222« bleiben.

Er hätte eine hübsche Chica kennengelernt, hatte er ihnen erklärt. Würde sie garantiert rumkriegen. Sie würden ganz bestimmt alleine nach Hause finden. Sollten sich ein Taxi kommen lassen und dem Fahrer sagen, dass sie zum Patrón Gonzales müssten. Geheimwort: »Sonnenuntergang«. Dann könne nichts schiefgehen.

Sie hatten sich daraufhin von ihm verabschiedet und den Klub verlassen. Vor zwei Minuten waren sie hier in dieser kleinen Seitenstraße gelandet.

»Hoffentlich behält Julio recht und es geht wirklich nichts schief«, sagte Jane. »Nuevo Laredo ist gefährlich. Vor allem in der Nacht. Auf einer Fiesta gleich an meinem zweiten Abend belästigten mich zwei Mexikaner. Wenn Alejandro mich nicht gerettet hätte, wäre ich wahrscheinlich tot.«

»Gott sei Dank ist dir nichts passiert. Gehen wir rein?« Wolf sah sie fragend an.

»Auf ein Glas, gerne.« Sie blickte ihm tief in die Augen. »Du gefällst mir.«

»Du mir auch.«

Zwei Menschen, ein Gedanke. Alles ging blitzschnell. Sie küssten sich hingebungsvoll. Beidseitig überrascht von ihren Gefühlen und der Erkenntnis, wie einfach das Leben manchmal sein konnte.

Atemlos lösten sie sich wieder voneinander.

»Was war denn das?«, wollte Wolf wissen.

»Keine Ahnung.« Sie lächelte verwirrt. »Auf jeden Fall war es genial.«

Drinnen setzten sie sich auf zwei freie Plätze weit hinten am Tresen. Bestellten Caipirinhas. Genossen die prickelnde Spannung, die die Luft zwischen ihnen zum Vibrieren brachte.

»Ist Arthurs Boot wirklich schrottreif?«, fragte Wolf, nachdem sie den ersten Schluck getrunken hatten.

»Nein.« Sie schüttelte den Kopf. »Er will es weder dir noch mir überlassen. So ist Alejandro. Er rafft alles an sich. Seine Gier ist grenzenlos.«

»Du scheinst ihn gut zu kennen.«

»Gut genug, glaube ich.« Sie spielte mit ihren Haaren. »Er ist nicht schwer zu durchschauen. Anders als du.«

»Und mein anderes Koks hat er auch?«

»Ja. Alle vier Kilo.«

»Dreckskerl.«

»Ja.« Sie kam seinem Gesicht mit ihrem immer näher.

Blitzschnell küsste sie ihn erneut.

Er machte sich behutsam von ihr los.

»Nicht hier drinnen. Es könnte uns jemand beobachten.«

»Wer denn?«

»Wer auch immer.« Wolf drückte kurz ihre Hand. »Aber er braucht Papiere für die Jacht«, fuhr er mit dem eigentlichen Thema fort.

»Kein Problem für ihn. Er macht sowas ganz offiziell. Kennt die richtigen Leute, die ihm einen Gefallen schulden.«

»Das wird er büßen. Ich verspreche es dir.«

»Ach, Peter.« Sie beugte sich zu ihm herüber, um ihn zum dritten Mal zu küssen. Er ließ es geschehen.

Lass es laufen. Wird schon niemand zusehen. So wohl hast du dich seit Wochen nicht gefühlt.

Gab es so etwas wie den perfekten Seelenpartner für das eigene Leben?

Natürlich. Bei ihm war das Rebekka gewesen.

Hatte er nach ihr nun zum zweiten Mal das unvorstellbare Glück solch einem Menschen zu begegnen?

Es sah ganz danach aus.

Er ahnte, dass er Jane nie wieder loslassen würde. Sie trauerten beide um ihre nächsten Lieben, die ermordet wurden. Sie waren sich sympathisch. Und sie waren in Mexiko gemeinsam in die Fänge eines immens gefährlichen Verbrechers geraten. Das schmiedete sie im Moment zusammen.

Aber da war auch noch viel mehr.

89

Montag, 1.20 Uhr, Nuevo Laredo, Mexiko.

»Wer von euch Jungs hat das größte Zimmer?« Victoria sah die fünf angetrunkenen Geschäftsleute neugierig an.

»Ich hab eine Suite«, meldete sich ein Rothaariger mit

Sommersprossen und auseinanderstehenden Frontzähnen zu Wort.

»Ich hab zwar nicht das größte Zimmer. Aber ich hab mit Abstand den Größten.« Der kleine Dicke lachte keckernd.

Die anderen stimmten fröhlich ein.

»Euer Kumpel hier meint, ihr würdet gerne alle gleichzeitig mit mir Sex haben. Stimmt das?« Victoria zeigte auf den kleinen Dicken, der sich über seinen lustigen Spruch gar nicht mehr einkriegen wollte.

Sie blickte emotionslos von einem zum anderen.

»Warum nicht«, sagte der Rothaarige. Er grinste anzüglich.

Die anderen murmelten zustimmend.

»Habt ihr mit der Tour immer Erfolg?« Sie stemmte die Arme in die Hüften. Reckte ihre Brüste nach vorne.

»Oft«, meinte der kleine Dicke. Er leckte sich schnell den Schweiß von der Oberlippe. »Wir bezahlen auch gut. Stimmt's, Jungs.«

»Auf jeden Fall«, kam es von Rotschopf.

»Werdet ihr auch gehorsam sein, wenn Mama euch anständig rannimmt?« Victoria machte ein strenges Gesicht.

»Bestimmt.«

»Auf jeden Fall.«

»Unbedingt.«

»Natürlich.«

Eifriges Köpfenicken. Aufgekratzte Vorfreude. Ungeduldiges Füße scharren.

»Also gut. Gehen wir? Worauf wartet ihr noch?«

Alle Fünf stellten eilig ihre Getränke ab. Sie folgten ihr bereitwillig zum Fahrstuhl.

Der Barkeeper sah ihnen mit weit offenstehendem Mund nach.

90

Montag, 1.30 Uhr, Nuevo Laredo, Mexiko.

»Das ist … der reine … Wahnsinn.« Wolf war außer sich vor Lust. Was er gerade verspürte, schlug alles, was er jemals in punkto Sex erlebt hatte. Rebekka mochte es ihm verzeihen.

»Ja, mach's mir. Oh mein Gott, tut das gut.« Jane ging es offenbar nicht anders als ihm.

Gleich nach dem dritten Kuss hatte sie nichts mehr in der Bar gehalten.

Wie frischverliebte Teenager waren sie ins Freie gerannt.

Hatten eine Ecke weiter dieses altmodische Hotel entdeckt.

Eingecheckt.

Das Zimmer betreten.

Sich gegenseitig die Kleider vom Leib gerissen.

Jetzt, kurz vor dem Höhepunkt, klammerten sie sich aneinander wie Ertrinkende. Verschmolzen zu einem Rhythmus. Zu einer Person.

Anfangs war Rebekka noch zwischen ihnen gestanden. Hatte ihnen zugesehen.

Dann hatte die Gier nach Jane endgültig in ihm gesiegt.

Jetzt gab es nur noch sie und ihn.

Vergangenheit, Zukunft, die Welt waren außen vor.

Nachdem sie gleichzeitig ihren Höhepunkt hatten, rollte er vorsichtig von ihr herunter.

Legte sich neben sie.

Sah sie ihn nicht an. Starrte stattdessen gefangen in sich selbst an die Decke.

Was hatte er nur getan?

»Bereust du es?« Sie berührte zärtlich seine Schulter.

»Weiß nicht.« Er zuckte die Achseln. »Irgendwie ja. Wegen meiner Frau. Sie starb vor einigen Wochen. Andererseits war es … einfach unglaublich mit dir.«

»Das war es tatsächlich.« Sie lächelte selig. »Wunderschön. Willst du darüber reden?«

»Über meine Frau?«

»Ja.«

»Lieber nicht. Ein andermal vielleicht.« Er streichelte ihren Bauch. »Hätte gar nicht gedacht, dass ich noch zu solchen Gefühlen fähig bin.«

»Mir geht es genauso. Du bist ein wahrer Sexgott.« Sie streichelte seinen Bauch.

»Nur ein einfacher Mensch«, erwiderte er. »Legst du dich auf meinen Arm?«

»Okay.«

»Du machst mir Angst.«

»Du mir auch.«

»Wir sollten irgendwann heiraten.«

Was redest du da eigentlich für einen Scheiß, Wolf Schneider? Bist du noch richtig im Kopf. Anscheinend endgültig nicht mehr.

»Ja.« Ihre Hand glitt in seinen Schoss.

Er spürte, dass er wieder bereit war. Sollte er es wirklich tun? War das eine Mal nicht genug gewesen?

Sie küsste ihn innig.

Eine halbe Stunde später lagen sie völlig erschöpft und ausgepumpt nebeneinander.

»Ich wäre so gerne bei der Beerdigung meiner Mutter und meiner Schwester dabei gewesen«, sagte sie auf einmal.

»Wann sind die beiden denn gestorben?«

»Auch vor kurzem. Wie deine Frau.«

»Wie das?«

»Arthur hat hundertprozentig einen Killer beauftragt. Der hat sie gefoltert und umgebracht. Sicher sollte er herausfinden, wo ich bin.«

»Arthur? Bist du sicher?«

»Er war so wahnsinnig wütend auf mich. Es kann nur so gewesen sein.«

»Glaubst du, er ist immer noch hinter dir her?« Er setzte sich auf.

»Der Killer?«

»Sicher. Wer sonst.«

»Ich weiß es.« Sie nickte schwach. »Ich will, dass das Schwein dafür büßt.« Tränen liefen ihr über das Gesicht. »An Arthur kann ich mich leider nicht mehr halten. Aber diesen gemeinen Killer will ich zu gerne tot sehen.«

»Ich helfe dir dabei. Mit Auftragskillern kenne ich

mich aus.« Wolf brütete finster vor sich hin. Höchste Zeit, Nägel mit Köpfen zu machen. »Meine Frau wurde ebenfalls umgebracht. Und mein bester Freund.«

»Das erzählst du mir erst jetzt?«

»Ja.« Er zuckte die Achseln. »Wir bringen den Kerl zur Strecke. Versprochen. Mit Alejandro werden wir ebenfalls fertig.«

Ihr Blick zeigte ihm, dass sie jedes einzelne seiner Worte glaubte.

Ihm war zumute, als würde er gerade aus einem tiefen Schlaf erwachen. Endlich hatte er wieder eine Aufgabe, die ihn ausfüllte. Was seit seinen trüben Gedanken über Evas Tod gegolten hatte, galt nicht mehr.

Ab sofort zählte nur noch eins: Den Rachefeldzug wieder aufnehmen. Den miesen Schweinen dieser Welt zeigen, dass sie nicht mit allem durchkamen.

Er atmete tief ein und wieder aus.

Es fühlte sich gut an.

91

Montag, 1.30 Uhr, Nuevo Laredo, Mexiko.

Sie waren im Zimmer des Rothaarigen angekommen.

»Ich würde vorschlagen, ihr zieht euch alle erstmal aus. Dass Mama euch begutachten kann. Mit kleinen Schwänzen gebe ich mich nicht zufrieden.« Victoria hatte sich am Couchtisch positioniert.

Ein Bein hatte sie daraufgestellt, sodass ihr Oberschenkel unter dem zurückgezogenen Rock fast bis an den Ansatz zu ihrem Becken zu sehen war.

»Okay, Mama.« Der kleine Dicke ließ blitzschnell Hose und Unterhose herunter. »Meiner ist echt riesig. Guck mal.«

Die anderen folgten seinem Beispiel.

»Und jetzt in einer Reihe aufstellen.«

Sie folgten ihrem Befehl. Eifrig. Ihren rötlichen Gesichtern nach von immer größer werdender Vorfreude beseelt.

»Oh Mann, ich dreh gleich durch«, meinte der Rothaarige prompt. »Das ist sowas von geil.«

»Es wird noch geiler, Schätzchen. Kennt ihr das?« Sie holte eine Handvoll Kabelbinder aus ihrer Jacke hervor. Einige davon trug sie immer bei sich. Für den Fall der Fälle. So wie jetzt zum Beispiel.

»Handschellen?« Der Rothaarige bebte vor Erregung.

»Ich will, dass ihr euch ganz auszieht, und euch dann damit aneinander kettet. Aber stramm zuziehen. Kriegt ihr das hin? Mama überprüft solange mal gründlich eure Schwanzlängen.«

»Gerne.«

»Unbedingt.«

»Auf jeden Fall.«

»Super.«

»Oh Mann. Wie geil ist das denn.«

Nachdem sie ausgezogen und aneinandergefesselt vor ihr standen, zog Victoria ihre Dienstwaffe aus dem Achselholster.

»So meine Herren. Und jetzt brav ab auf den Flur. Einer hinter dem anderen.«

»Aber, Mama. Ist das dein Ernst?« Der Rothaarige lächelte unschlüssig.

»Mein tödlicher Ernst. Wenn einer von euch Vollidioten auch nur eine falsche Bewegung macht, schieße ich ihm die Eier weg.« Sie wusste, dass sie gerade absolut humorlos rüberkam. So sollte es auch sein.

Sie sahen sie schockiert aus angsterfüllten Augen an.

»Echt jetzt?« meinte ein dürres Männchen mit einem riesigen Schnurrbart mit zittriger Stimme.

»Echt jetzt.« Sie nickte. »Macht schon, armselige Wichser. Auf in die Hotelbar. Dort machen wir erstmal ein schönes Gruppenfoto von euch. Für eure Lieben daheim.«

»Bloß nicht.«

»Um Gottes Willen.«

»Das ist Wahnsinn.«

»Gnade.«

»Wir meinten es nicht so.«

Jeder der Fünf versuchte sein Bestes, um sie von ihrer Idee abzubringen.

»An eurer Strafe führt leider kein Weg vorbei. Ihr habt euch diesmal mit der Falschen eingelassen. Frauenfeindliches Pack.«

Victorias Miene zeigte immer noch keine Gefühlsregung. Obwohl sie sich, angesichts der fünf ängstlich zitternden Nackedeis vor ihr, das Lachen verbeißen musste. »Nach dem Foto geht's raus auf die Straße. Die Mexikaner haben sicher ihren Spaß an euch.«

»Bitte nicht. Unsere Frauen lassen sich scheiden und unsere Arbeitgeber werfen uns raus.« Der kleine Dicke weinte vor Verzweiflung.

92

Montag, 8.00 Uhr, München, Deutschland.

»Miguel Sousa. Wollen Sie einen Rechtsanwalt hinzuziehen?« Anton sah den zerknirscht dreinblickenden Portugiesen, der auf der anderen Seite des Tisches im Verhörraum saß, fragend an.

»Nein. Die verdienen nur an uns Armen. Wenn ich ein Reicher wäre, würde ich mir einen nehmen. Dann würde ich freikommen. So wie Sie in Portugal. Aber als Armer habe ich sowieso keine Chance.«

»Na gut. Wie Sie wollen.« Anton registrierte es einigermaßen verblüfft. So konnte man es natürlich auch sehen mit der Gerechtigkeit. Wohl nicht ganz zu Unrecht. »Dann beginne ich jetzt mit dem Verhör.«

»Ich gebe alles zu.« Miguel bohrte ausgiebig in seiner Nase.

»Aber ich habe Ihnen noch gar nichts vorgeworfen.« Anton sah ihn mit großen Augen an.

Ein Verdächtiger, der von Anfang an reinen Tisch machen wollte. Das hatte er schon lange nicht mehr gehabt.

»Ich habe Ihren Freund Hubert Stallberger entführt und Sie erpresst.« Miguel zeigte mit seinem Zeigefinger auf Antons Brust.

»Stimmt. Äh …«

»Bekomme ich jetzt weniger Strafe?«

»Warum?«

»Weil ich es freiwillig sagte.« Miguel blickte ihn erwartungsvoll an.

»Kann ich nicht sagen. Das entscheidet der Richter.«

»Also nein?« Miguel ließ enttäuscht den Kopf sinken.

»Ich weiß es wirklich nicht.« Anton breitete hilflos die Arme aus.

»Dann gebe ich es nicht zu.«

»Also doch nicht?« Anton musste unfreiwillig grinsen. In seiner ganzen grenzenlosen Einfalt war der Kerl irgendwie genial.

»Ich war es nicht. Ich habe nichts getan.«

»Wollen Sie sich das mit dem Anwalt nicht noch mal überlegen? Ich habe das Gefühl, dass Sie dringend einen brauchen.«

Miguel hatte zwar Antons besten und einzigen Freund entführt. Aber ihn hier mit seiner Naivität völlig chancenlos ins offene Messer laufen zu lassen, war auch wieder nicht richtig.

»Nein.« Miguel betrachtete eingehend seine Fingernägel.

Na gut. Aufdrängen werde ich ihn dir nicht.

»Ich kann Ihnen wie gesagt nichts versprechen. Aber natürlich kann es Ihnen auf jeden Fall mildernde Umstände beim Richter einbringen, wenn Sie freiwillig gestehen.«

»Also doch weniger Strafe?«

»Möglich wär's.«

»Okay, ich war's.« Miguel sah Anton offen ins Gesicht.

»Tatsächlich?«

»Ja.«

»Aha.« Anton hatte lange nicht mehr ein derart kindisch anmutendes Verhör geführt. Selbst seine dümmste Klientel benahm sich geschickter als diese Dumpfbacke ihm gegenüber. »Na dann erzählen Sie mal. Wie haben Sie es gemacht?«

»Ich fand in einem Gespräch mit Hubert heraus, wo sein Keller war.«

»Und dann?« Anton blieb ruhig. Er ahnte, dass die geringste Irritation genügen würde, um Miguel erneut von seinem Geständnis abzubringen.

»Ich kaufte einen Elektroschocker. Wartete im Treppenhaus auf ihn, als er seine Kneipe zusperrte. Schockte ihn. Schleppte ihn in den Keller.«

»Ganz allein? Hubert ist nicht gerade ein Leichtgewicht.«

»Ich bin kräftig. Außerdem ging es nach unten.«

»Dann riefen Sie mich an?«

»Ich rief an und erpresste Sie. Weil Sie Huberts bester Freund sind. Und weil Sie meinen Bruder umgebracht haben. Meinen armen Bruder. Ich liebte ihn so sehr.«

Miguel weinte.

Anton ließ ihn in seine Zelle bringen. Obwohl er nach wie vor sauer auf den Kerl war, hoffte er, dass er keine allzu hohe Strafe bekam. Wer so grenzenlos dämlich war, wurde bereits mehr als genug vom Leben bestraft.

Perfekt gelaufen.

Wenigstens dieses düstere Kapitel hatte ein gutes Ende gefunden. Ohne übertriebene Gewalt gelöst. So hätte es normalerweise auch damals mit Miguels Bruder Manuel laufen müssen.

Aber das war eine andere Geschichte.

Eine, die ihn auf jeden Fall noch viele Jahre im Schlaf verfolgen würde.

Von Wolf Schneider fehlte leider immer noch jede Spur. Hoffentlich kam in seinem Fall nicht alle Hilfe zu spät.

Anton stand auf. Er verließ den Verhörraum.

In der Kantine boten Sie Weißwürste zum Frühstück an. Er machte sich nachdenklich auf den Weg dorthin. Ein Paar Weißwürste mit süßem Senf und Brezn hatte noch niemandem geschadet. Ihm erst recht nicht.

93

Montag, 9.00 Uhr Thessaloniki, Griechenland.

Es waren nur wenige Gäste im Speisesaal des Hotels anwesend. Dorian kam das sehr gelegen. Er konnte laute Gespräche und Massenaufläufe noch nie leiden.

Die Sonne schien zu den Panoramafenstern herein. Es versprach ein herrlicher Tag zu werden.

Gerade hatte er sich noch mal einen Kaffee mit viel Zucker, ein Stück Kuchen und eine griechische Tageszeitung geholt. Genießerfrühstück sozusagen.

Warum auch nicht. Schließlich war er im Urlaub.

Er setzte sich mit einem vergnügten Pfeifen auf den Lippen an seinen Tisch und las.

Junges Mädchen bestialisch am Strand ermordet, stand auf der Titelseite.

Schau an. Rita wurde gefunden. Offenbar hatte er sie nicht tief genug im Sand vergraben. Wie auch ohne Schaufel. Nur mit den bloßen Händen.

Ach ja. Rita, die kleine Lolita.

Offensichtlich wurde sie nicht nur mit einem Stein erschlagen, schrieben sie. Der Täter hatte sie vorher bei lebendigem Leib von unten bis oben aufgeschlitzt. Erst nur oberflächlich. Dann wurden die Schnitte immer tiefer ausgeführt. Sodass die Gedärme freilagen.

Sie musste unmenschliche Schmerzen erlitten haben.

Ihrem martialischen Geschrei nach könnte das durchaus hinkommen, dachte Dorian.

Da hatte er insgesamt gesehen wohl doch emotionaler gehandelt, als er es in Erinnerung hatte, stellte er selbstkritisch fest.

Andererseits war das auch weiter kein Wunder. Ihre unflätigen Beleidigungen hätten wohl selbst den kühlsten Menschen dieser Erde zur Unbesonnenheit verführt.

Sie suchten nach einem unbekannten Täter.

Gott sei Dank hatte ihn also tatsächlich niemand mit ihr am Strand gesehen. Profi blieb eben Profi.

Trotzdem wäre es sicherer, wenn er seine verspiegelte Sonnenbrille ab sofort stets aufbehielte. Zumindest in nächster Zeit.

Die Menschen vergaßen schnell.

Was heute noch als Sensationsmeldung in den Gazetten galt, wurde bereits morgen zum Einwickeln von Fischen benutzt.

Er trank einen Schluck Kaffee.

Blätterte neugierig weiter zum Wirtschaftsteil.

Die Aktien, die er letztes Jahr gekauft hatte, sollten gestiegen sein. Das hatten sie vorhin im Radio gebracht. Er wollte sich sicherheitshalber noch einmal schwarz auf weiß davon überzeugen.

94

Montag, 14.05 Uhr, Nuevo Laredo, Mexiko.

»Spät geworden gestern?«, fragte Alejandro.

Es war bereits Nachmittag. Die Sonne brannte heiß auf Janes und Wolfs unbedeckte Köpfe. Sie ragten nicht weit voneinander entfernt aus dem Rasen in Alejandros Garten heraus.

Seine Leute hatten sie vorhin gefesselt und stehend bis zum Hals eingegraben. Ameisen, Käfer und Fliegen krochen über ihre Gesichter. Ihre Körper konnten sie keinen Zentimeter weit bewegen.

»Wir wollten nicht aufhören zu tanzen«, erwiderte Wolf.

Er ahnte bereits die ganze Zeit über, um was es ging. Seit sie sie vorhin gewaltsam aus ihren Betten geholt hatten. Irgendwer musste Alejandro von ihrem nächtlichen Abenteuer berichtet haben. Möglicherweise war Julio ihnen doch gefolgt.

Auf jeden Fall würde es gewaltigen Ärger geben.

»Ihr wart nicht im ›222‹.« Alejandro sah humorlos auf sie hinab.

»So? Wo denn dann?«

Bloß nichts zugeben, sonst ist gleich alles aus.

»Ihr wart in einer Bar. Habt euch davor geküsst. Später seid ihr in ein Hotel gegangen und habt es miteinander getrieben.«

»Wer behauptet das?«, wollte Wolf wissen.

»Julio«, sagte Alejandro. »War Peter besser im Bett als ich, Puta?« Er stellte sich genau über Janes Kopf.

Julio hatte sie also angelogen mit seiner angeblichen Chica und war ihnen heimlich gefolgt. Verdammter Mistkerl.

»Julio lügt. Wir tanzten. Dann fuhren wir nach Hause. Mit einem Taxi.« Wolf blies eine Fliege von seiner Nasenspitze. Der Schweiß verätzte ihm die Augen. Er bekam kaum Luft.

Er sah zu Jane hinüber. Ihr erging es nicht besser.

»Julio lügt nie. Ihr lügt schon.« Alejandro zeigte mit dem Finger auf ihre Köpfe. »Und mit euch habe ich Idiot Brüderschaft getrunken. Man lernt anscheinend nie aus.«

»Das ist alles nur ein großes Missverständnis, Alejandro. Wir haben nichts miteinander, stimmt's, Jane?« Wolf gab sich Mühe, langsam und unaufgeregt zu sprechen.

»Stimmt. Du musst ihm glauben«, bestätigte sie. »Ich liebe nur dich, Alejandro. Vielleicht gab es ein kleines Küsschen zum Abschied. Mehr war da nicht. Ich schwöre es.«

»Warum will Julio einen Keil zwischen uns treiben?« fragte Wolf. »Hat er Angst um seine Stellung als erster Leibwächter? Ich mache ihm bestimmt keine Konkurrenz.«

»Mehr war da nicht? Haltet ihr mich für blöd?« Alejandro hielt ihnen sein Smartphone vor die Nasen. »Sieht das hier etwa nach einem kleinen Abschiedsküsschen aus?«

Der kleine Film auf dem Display zeigte sie mitten in einem innigen Kuss auf dem Weg ins Hotel. Ihre eindeutig sexuellen Absichten dabei waren nicht zu übersehen.

»Dafür werdet ihr hier in der Erde schmoren, bis euer Blut aufhört zu fließen.«

»Bist du ein ernstzunehmender Geschäftsmann oder ein kleiner eifersüchtiger Junge, der herumheult, weil man ihm sein Spielzeug weggenommen hat?«

Wolf wusste, dass sie so gut wie keine Chance hatten, dass hier zu überleben. Aber versuchen musste er es wenigstens.

Bis zuletzt kämpfen.

Aufgeben war trotz all dem inneren Schmerz, der ihn unentwegt quälte, keine Alternative. Dann hätte er seinem Leben längst selbst ein Ende bereiten können. Am besten im Sturm auf Arthurs Jacht.

»Was willst du damit sagen?« Alejandro blickte ihn kochend vor Wut an. »Willst du mich beleidigen? Soll ich dich gleich jetzt zertreten wie einen elenden Wurm.«

Er beugte sich bedrohlich nahe zu ihnen hinunter.

Die Adern an seinen Schläfen traten pochend hervor.

Kleine Schaumbläschen bildeten sich in seinen Mundwinkeln.

»Du hast mich nach den Konstruktionsplänen für eine Laserwaffe gefragt«, erwiderte Wolf unbeeindruckt.

Angst war gestern.

Er wusste, dass er nichts und niemanden mehr zu nahe an sich heranlassen würde.

Nur mit Jane war es etwas anderes. Sie berührte ihn. Besaß den passenden Schlüssel zu seiner Seele.

»Sprich weiter.« Alejandro richtete sich hellwach auf.

»Ich könnte da eventuell etwas für dich tun.«

»Was sollte das sein? Du sagtest, dass du bei Arthurs Telefonaten immer die Ohren auf Durchzug gestellt hättest. So hast du dich ausgedrückt, oder?«

»Richtig. Aber ich sagte dir nicht alles.«

»Warum nicht?«

»Sagst du immer gleich alles? Ich wollte erstmal sehen, wie sich die Situation für mich entwickelt.«

»Na gut.« Alejandro zündete sich eine Zigarette an. »Sprich weiter. War Arthur Mr. Snow?«

»Arthur ist Geschichte. Ich kann dir einen Kontakt zu Wolf Schneider in Deutschland machen. Er besitzt diese Pläne.«

»Woher willst du das wissen?«

»Arthur hat es mir kurz vor seinem Tod erzählt.«

»Also doch.« Alejandro fasste sich nachdenklich ans Kinn.

»Ja.«

»Trotzdem bist du ein mieser Lügner, der meine Chica gevögelt hat.«

»Ich ein mieser Lügner? Lächerlich.« Wolf lachte hustend. »Wer hat sich denn Arthurs Jacht und meine vier Kilogramm Koks unter den Nagel gerissen? Der Lügner und Betrüger bist du.«

»Du wagst es, so mit mir zu reden?« Alejandro aschte ihm auf den Kopf. Er durchbohrte ihn dabei mit Blicken.

»Ja, tue ich.« Wolf grinste kalt. »Ich habe schließlich etwas anzubieten. Was ist mit dir?«

»Ich denke darüber nach. Du hast mich beleidigt. Niemand beleidigt den ›Patrón‹. Ich weiß nicht, ob ich dir und der Puta das jemals verzeihen werde.« Alejandro kratzte sich unschlüssig am Hinterkopf.

»Sieh es einfach so: Mal gewinnt man, mal verliert man. Wenn du das Geld für die Pläne hast, kannst du jede Frau der Welt haben.«

»Erzähl mir nicht, was ich denken soll«, fauchte Alejandro.

»Allerdings habe ich zwei Bedingungen, wenn wir ins Geschäft kommen wollen.« Wolf ließ sich nach wie vor nicht aus der Ruhe bringen.

»Glaubst du tatsächlich, dass du Bedingungen stellen kannst? Sieh dich an, Mann. Du bist bis zum Hals in meinem Garten eingegraben.«

»Dann grabt uns eben wieder aus.« Wolf blies eine Ameise von seiner Oberlippe. »25 Prozent deiner Gewinne für mich. Und Jane muss mit uns kommen. Unversehrt. Das sind meine Bedingungen. Wenn ihr oder mir auch nur ein Haar gekrümmt wird, platzt unser Deal. Ade, ihr schönen Milliarden.« Seiner Stimme war nicht die geringste Unsicherheit anzumerken. Er wusste, dass er einen Royal Flush in der Hand hielt.

»Milliarden?« Alejandros linkes Auge zuckte nervös. Er begann unruhig vor ihnen auf und ab zu laufen.

»Natürlich. Wenn man es richtig anstellt.« Wolf spürte, dass er ihn dort hatte, wo er ihn haben wollte.

Obwohl. Bei Kerlen wie Alejandro konnte man sich nie ganz sicher sein. Nach außen hin markierten sie den starken geschäftstüchtigen Macho. Innerlich waren sie aber gleichzeitig von Unsicherheit und übersteigerten Emotionen getrieben.

Wie wäre es eigentlich, wenn er die Pläne selbst verkaufte?

Die effektivste Rache an der ganzen Welt.

Weinbergers Laserkanone für alle, die es interessierte. Die Menschheit löschte sich damit irgendwann gegenseitig aus.

Sämtliche Probleme waren gelöst.

Aber vorher würde er noch ein großes Stück des Kuchens für Jane und sich selbst abschneiden.

Reizvoller Gedanke.

Zuerst mussten sie allerdings aus diesen mörderischen Erdlöchern raus. Hoffentlich bald. Bevor ihnen sämtliche Gliedmaßen für immer abstarben.

95

Mittwoch, 22.35 Uhr, Nuevo Laredo, Mexiko.

Victoria besuchte heute bereits zum dritten Mal den »Club 222«, in dem Alejandro Gonzales und Wolf Schneider angeblich am Montagabend von einem ihrer Informanten gesehen wurden.

Eine blonde Amerikanerin sollten sie auch dabei gehabt haben. Sie war gespannt, um wen es sich dabei handelte.

Die betrunkenen Geschäftsleute in der Nacht von Sonntag auf Montag hatte sie tatsächlich nackt und aneinandergefesselt auf die Straße gejagt.

Anschließend brachte sie den Nachtportier mit einem großzügigen Trinkgeld dazu, die Kerle die nächsten zwei Stunden nicht mehr hereinzulassen.

Es handle sich um eine interne Wette. Er dürfe auf keinen Fall öffnen, hatte sie ihm eingeschärft.

Noch vor der Morgendämmerung waren die fünf Herren abgereist, wie sie am nächsten Tag erfuhr.

Na also. Ging doch. Beim nächsten Mal würden sie es sich bestimmt gut überlegen, bevor sie eine Frau respektlos anmachten.

Der Barkeeper an der Hotelbar ließ sie seitdem keinen Drink mehr bezahlen. Sie hätte genau richtig gehandelt. Seine Schwester sei im Alter von zehn Jahren von vier Männern vergewaltigt worden. Leider habe man die Schuldigen nie herausgefunden. Rache zu nehmen wäre somit unmöglich gewesen.

Eine unendliche Qual für die Seele.

Zwei lange Abende hatte sie vergeblich hier im »Club 222« am Tresen gewartet.

Jetzt erblickte sie Alejandro Gonzales gleich von der Tür aus. Er war in Begleitung eines schlanken Mannes mit Brille und Bart, in dem ihr Informant wohl Wolf Schneider erkannt haben wollte. Ein weiterer Mexikaner, der aussah wie ein Bodyguard, und eine blonde Frau kamen direkt hinter ihnen herein.

Endlich. Sie war an Gonzales dran.

Das geduldige Warten hatte sich gelohnt.

Die vier setzten sich an einen runden Tisch in der Nähe des DJs.

Was tun? Sie könnte Gonzales natürlich mit Hilfe der hiesigen Behörden hochnehmen. Aber davon hätte sie nichts.

Bei seinen Verbindungen würde man ihn garantiert in null Komma nichts wieder aus dem Gefängnis entlassen.

Dem Mann mit der Brille fehlte wie Wolf Schneider ein Teil des linken Zeigefingers. Ansonsten ähnelte er dem Foto, das sie von ihm hatte, nicht besonders. Sie war allerdings auch zu weit weg, um ihn genau zu erkennen.

Natürlich stand er unter Gonzales' Schutz. Wenn es sich also tatsächlich um Scheider handelte, wäre es nahezu unmöglich, an ihn heranzukommen.

Sie musste irgendwie in ihre Nähe gelangen. Zuverlässig herausfinden, wer der Mann war und über was sie sprachen.

Mit langsamen Schritten durchquerte sie den Saal. Setzte sich unauffällig an den Nachbartisch. Nahe genug, um ihr Gespräch belauschen zu können.

»Ich habe euch endgültig verziehen«, sagte Gonzales zu Schneider und der blonden Frau. »Was ist schon ein albernes Küsschen unter Freunden.«

»Gott sei Dank«, erwiderte der Mann mit der Brille. »War ziemlich ungemütlich, bis zum Hals in deinem Garten vergraben.«

»Nur knapp zwei Stunden, Peter. Das ist gar nichts. Etliche Leute sind in solchen Erdlöchern gestorben.« Gonzales lachte dröhnend.

Peter? Natürlich: Peter Müller. Der Mann mit der Brille war also doch Wolf Schneider. Sie nahm ihn genauer in Augenschein. Na klar. Verdammt nochmal. Mit dem Vollbart hätte sie ihn fast nicht erkannt.

Du lieber Gott. Hugh Bender würde sie garantiert für einen Orden vorschlagen, wenn sie mit ihm in Washington auftauchte.

»Das will ich gar nicht wissen.« Schneider schüttelte den Kopf.

»Ich auch nicht«, sagte die Blonde.

»Aber hat euch mein Versöhnungsessen wieder milder gestimmt?«

»Hat es, Alejandro.«

Schneider trank aus seinem Cocktailglas. Eine grüne Flüssigkeit. Wahrscheinlich irgendetwas mit Curacao.

»Wir sind uns also einig, Peter. Du machst mir einen Kontakt zu Wolf Schneider. Wir reisen nach Deutschland. Holen uns die Pläne. Wenn nicht …«

»Wie abgemacht, Alejandro. Du kannst dich auf mich verlassen.«

Was für Pläne meint er nur?, fragte sich Victoria.

96

Mittwoch, 19.10 Uhr, München, Deutschland.

»Miguel Sousa hat tatsächlich freiwillig gestanden. Wollte wohl lieber in unser Gefängnis als zurück nach

Portugal.« Anton reichte Hubert die moderne Wohnzimmerstehlampe, die Maria letztes Jahr gekauft hatte.

Sie hatten sie gerade zusammen mit Antons anderen Sachen in einem gemieteten Kleintransporter hierher vor »Huberts Stüberl« gefahren.

»Seltsam das alles.« Hubert legte nachdenklich die Stirn in Falten. »Bringen wir erstmal die Kisten hier hoch zu mir. Äh, zu uns natürlich.« Er zeigte auf Antons Umzugskartons, die er auf dem Gehsteig gestapelt hatte. »Ich mag nicht ewig hier auf der Straße herumstehen. Es ist kalt.«

»Gut, dass ich endlich bei dir einziehe.«

»Wieso?«

»Dich kann man schließlich nicht unbeaufsichtigt lassen.«

»Stimmt.« Hubert lachte. »Andererseits ist man in deiner Nähe auch nicht gerade sicher.«

»Wagen wir es trotzdem?«

»No risk, no fun.« Hubert lachte erneut. »Hat Sousa eigentlich verraten, warum er mich entführt hat?«

»Nicht wirklich. Der Kerl hatte es anscheinend auf mein Geld abgesehen. Er muss uns beobachtet haben.«

Kleine Notlügen mussten erlaubt sein. Außerdem war es gar keine Lüge, wenn man bestimmte Dinge nur verschwieg. Zum Beispiel, dass Miguel Sousa eigentlich nur seinen Bruder Manuel rächen wollte. Woran natürlich indirekt wiederum Anton schuld war.

»Merkwürdig. Dann könnte man ja jeden x-Beliebigen entführen und von irgendwem Geld für ihn verlangen.« Hubert kratzte sich nachdenklich am Hinterkopf.

»Vielleicht hat er mitbekommen, dass wir zusammenziehen wollen und uns für ein verliebtes Schwulenpärchen gehalten.«

»Uns? Also, ich weiß nicht.« Hubert schloss grinsend die hintere Tür des Transporters. »Wie auch immer. Wir haben es beide überlebt. Gott sei Dank.«

»Wie man deutlich sehen kann.«

»Wer ist übrigens Manuel?«

»Wie meinst du das?« Anton runzelte die Stirn.

Herrgott. Jetzt fliegt es doch noch auf, dass er nur wegen mir in Lebensgefahr geriet.

»Miguel Sousa hat im Keller über sich und einen Manuel gesprochen. Kann aber auch sein, dass ich mich verhört habe.«

»Glaub ich auch, dass du dich da verhört hast.« Anton winkte ab. »Ich weiß jedenfalls von keinem Manuel.«

»Ist auch egal. Nachher zapfe ich uns erstmal ein schönes kühles Bierchen auf unsere WG.«

»Ich denke, deine Kneipe bleibt heute wegen Umzugs geschlossen.«

»Das gilt nicht für uns.«

Sie nahmen jeder eine Kiste. Trugen sie ins Treppenhaus.

»Aber nur eins«, meinte Anton, während sie zur Wohnung hinaufstiegen. »Morgen muss ich mich um einen neuen Fall kümmern.«

Ein Angehöriger des Innenministeriums hatte eine junge Frau vergewaltigt.

So wie es aussah, hatte er sie zuerst mit seiner Macht und seinem Geld beeindruckt. Im Gegenzug war sie ihm sexuell zu Diensten gewesen. Zunächst weiter nichts Ungewöhnliches.

Als sie sich ihm aber eines Tages verweigerte, hatte er sich mit Gewalt genommen, was er wollte.

Das erfüllte dann allerdings den Tatbestand einer Straftat.

Keine leichte Aufgabe für Anton, diese dem aalglatten Kerl nachzuweisen. Das wusste er jetzt schon.

Er musste ein Geständnis aus dem Kerl herausholen. Es war die einzige Chance, ihn dranzukriegen.

97

Freitag, 20.30 Uhr, Nuevo Laredo, Mexiko.

Victoria folgte Alejandro Gonzales und Wolf Schneider auf ihrem Weg zum Flughafen.

Die blonde Frau aus dem »Club 222« war ebenfalls zu ihnen ins Auto gestiegen. Sowie der Bodyguard, der auch bereits im Klub dabei gewesen war.

Sie meldete die Aktion Hugh Bender, der immer über alles informiert werden wollte.

»Was? Schneider will nach Deutschland?« Hugh war entsetzt. »Das sagen Sie mir erst jetzt? Seit wann wissen Sie es? Halten Sie den Kerl auf, Victoria. Sie müssen ihn unbedingt hierherbringen.«

»Können vor Lachen. Gonzales und seine Leute sind bis an die Zähne bewaffnet.« Victoria bremste an einer Ampel ab. Sie ließ Gonzales' Wagen, der vor ihr stehengeblieben war, nicht aus den Augen. »Außerdem hat er die Behörden hier im Sack. Selbst amtliche Unterstützung bei seiner Überwachung verweigerten sie mir mit dem Argument, dass sie keine Leute übrig hätten. Was kann man da noch tun?«

»Hier anrufen zum Beispiel, verdammt noch mal.« Hugh klang alles andere als erfreut. »Egal. Jetzt ist das Kind sowieso in den Brunnen gefallen. Finden Sie wenigstens heraus, wo sie landen, wohin in Deutschland sie wollen und folgen sie ihnen.«

»In Ordnung.«

»Am besten nehmen Sie denselben Flieger wie sie oder einen unserer Privatjets. Weitere Instruktionen bekommen sie noch von mir.«

»Schneider und Gonzales sprachen von irgendwelchen Plänen. Geht es etwa darum, Chef?«

Grün. Sie gab Gas, wie die anderen vor ihr.

»Das erfahren Sie alles rechtzeitig.«

Hugh legte auf.

»Ganz toll«, murmelte sie. »Da scheint einer nicht das geringste Risiko eingehen zu wollen.«

Offensichtlich war an der Sache mit den Plänen mehr dran, als sie zunächst vermutet hatte. Woher sollte sie auch wissen, dass es von größerem Belang war. Unentwegt ging es um irgendwelche Pläne bei ihrer Arbeit.

Ihr tägliches Brot sozusagen.

»Verdammt. Konzentrier dich, Mädchen!«

Ein Transporter hatte sie überholt. Der Fahrer drängte sie von der Fahrbahn ab. Brachte sie zum Stehen.

Drei Mexikaner sprangen heraus. Maschinengewehre im Anschlag stürmten sie blitzschnell auf sie zu.

Völlig sinnlos sich zu wehren, wusste sie.

Sie rissen die Fahrertür auf. Zerrten sie aus dem Wagen. Schleppten sie zu ihrem Fahrzeug.

Schlugen ihr dabei mehrmals ins Gesicht.

Fesselten sie.

98

Freitag, 20.40 Uhr, Nuevo Laredo, Mexiko.

»Habt ihr sie?«

Alejandro war das Auto mit der Frau am Steuer hinter ihnen bereits kurz nach ihrer Abfahrt bei ihm zu Hause aufgefallen. Er hatte Pepe und seine drei Assistenten daraufhin angewiesen, sich ihrer anzunehmen.

»Ja, Boss.«

»Und?«

»Sie hat einen Dienstausweis der CIA dabei.«

»CIA? Bist du sicher?«

»Ja.«

»Okay. Erledigt sie. Die Wichser sollen ruhig merken, dass sie hier bei uns in Mexiko nichts verloren haben.« Alejandro wusste, dass Pepe die Sache zuverlässig erledigen würde.

»Ihr wollt sie tatsächlich töten?«, fragte Wolf ungläubig. »CIA? Das gibt doch sicher jede Menge Ärger.«

»Lass das ruhig meine Sorge sein, Peter.«

Warte du nur, bis ich endlich die Pläne in der Hand halte, verdammter Gringo. Dann folgst du ihr in den Tod. Genau wie die blonde Schlampe, die mich mit dir betrogen hat.

99

Freitag, 21.05 Uhr, Flughafen, Nuevo Laredo, Mexiko.

»Das ist ein gewissenloser Killer. Ihm ist keinesfalls zu trauen. Wir müssen unbedingt dafür sorgen, dass er vor uns stirbt.«

Wolf hatte Jane auf dem Weg zur Toilette abgepasst.

Alejandro und Julio hatte er gesagt, dass er Zeitungen für den Flug kaufen würde.

Julio war ihm zunächst gefolgt. Hatte allerdings von ihm abgelassen, als er tatsächlich den Stand mit den Zeitschriften ansteuerte.

Zumindest hatte Wolf den Eindruck, dass es so war.

»Du meinst … wegen der Frau von der CIA? Glaubst du, sie bringen sie tatsächlich um?«

Wolf nickte. »Und weil er uns lebendig und im Stehen vergraben hat. Sowas tun nur gefährliche und kranke Sadisten. Die Ameisen haben mich im ganzen Gesicht und auf dem Kopf gebissen.«

»Mich auch. Es hat höllisch gebrannt.«

»Er muss weg. Ganz weg. Ich will nur, dass wir uns da ohne jeden Zweifel einig sind.«

»Sind wir, Peter.« Sie küsste ihn zärtlich.

»Lieber nicht.« Er machte sich sanft von ihr los. »Julio hat mich vorhin verfolgt. Ich hab ihn zwar abgehängt. Aber vielleicht täusche ich mich auch.«

»Ist doch egal. Alejandro weiß sowieso von uns.«

»Stimmt eigentlich.« Er legte noch ein Küsschen auf ihre linke Wange nach.

»Hast du die vielen armen Menschen auf dem Weg hierher gesehen?« Jane trat einen Schritt zurück. Sie sah ihm direkt in die Augen. »Sie trugen nur Fetzen. Sahen so schrecklich verhärmt und verhungert aus.«

»Ich hab sie gesehen.«

»Diese abbruchreifen Bretterbuden am Straßenrand. Das ist alles so erschreckend. Ich dachte die ganze Zeit über, es wäre gar nicht so schlimm.«

»Mexiko ist die Hölle auf Erden. Nicht erst seit gestern. Gut, dass wir hier bald wegkommen. Das hier überlebt niemand lange. Schon gar nicht in Alejandros Nähe.«

100

Freitag, 21.05 Uhr, außerhalb von Nuevo Laredo, Mexiko.

Der Parkplatz an der Interstate 35 außerhalb von Nuevo Laredo lag verlassen da. Ab und zu rollte ein Truck vorbei. Hinter dem kleinen Hügel bei den Toiletten konnte sie jedoch niemand sehen.

Die amerikanische Puta kroch vor ihnen im Staub.

Sie rief unentwegt laut um Hilfe. Wusste anscheinend nicht, dass sie hier draußen mit ihnen alleine war.

Dummes Stück.

Pepe schlug sie. Kräftig. Mit der Rückseite seiner Hand.

Sein Siegelring riss ihre linke Wange auf. Blut floss aus der Wunde. Bis in den Kragen ihrer weißen Bluse hinein.

Sie schrie noch lauter um Hilfe.

Herrje, die Weiber waren überall gleich dämlich. Egal ob hier in Mexiko oder in den USA. Er schwitzte vor Erregung. Fuhr sich kurz über sein pockennarbiges Gesicht.

Sie hatten gelost.

Juan würde sie als erster bekommen.

Dann er.

Zuletzt Emilio.

Gemeinsam zerrten und schnitten sie ihr die Kleider vom Leib. Nach kurzer Zeit gab sie ihre Gegenwehr auf. Schien endlich zu merken, wie sinnlos es war, sich gegen ihr Schicksal zu stellen.

Sie fesselten ihr die Hände auf den Rücken.

Pepe und Emilio rissen ihr die Beine auseinander. Hielten sie fest.

Juan drang in sie ein. Zuerst grob mit dem Lauf seines Maschinengewehrs. Dann mit seinem Schwanz.

Pepe und Emilio nahmen sie danach.

Brutal. Erbarmungslos. Kalte Verachtung im Blick.

Als Emilio mit ihr fertig war, urinierten sie zu dritt auf sie.

Rissen sie hoch. Fesselten nun auch noch ihre Füße.

»Zeit fürs Lagerfeuer.« Pepe grinste vielsagend.

»Was? Nein, ihr miesen Schweine. Lasst mich endlich in Ruhe. Ihr werdet das bereuen. Meine Kollegen werden euch alle vernichten.« Victoria stand nichts als blankes Entsetzen in den Augen.

»Wahrscheinlich glaubt sie auch an den Weihnachtsmann«, bedeutete Pepe den anderen.

Lautes markiges Gelächter.

»Verdammte scheiß Amerikaner.« Emilio lachte besonders laut. Seine Goldzähne funkelten dabei wie kleine Sterne.

Sie stellten sie gefesselt in eine große Blechtonne.

Emilio schüttete zwei Liter Benzin aus einem mitgebrachten Kanister hinein.

Pepe warf ein brennendes Streichholz hinterher.

Anschließend stiegen sie in ihren Transporter. Fuhren zurück ins Hauptquartier.

Victorias gellende Todesschreie verhallten währenddessen ungehört in der Nacht.

101

Freitag, 21.05 Uhr, Flughafen, Nuevo Laredo, Mexiko.

Julio folgte Peter, als der sich zum Zeitung holen verabschiedete.

Er verfolgte ihn auch danach unauffällig weiter.

Roch förmlich, dass der Kerl etwas vorhatte.

Und er behielt Recht.

Aus sicherem Abstand heraus beobachtete er, wie Peter und Jane sich trafen.

Sie sprachen aufgeregt miteinander.

Schienen Geheimnisse vor ihm und Alejandro zu haben.

»Na wartet, ihr beiden. Das hier fällt irgendwann auf euch zurück.«

Er holte schnell sein Handy aus der Jackentasche. Drehte ein kleines Filmchen von dem hübschen Pärchen. Wie in der Nacht, als er sie zu diesem Hotel verfolgt hatte.

Jetzt küssten sie sich sogar.

Genial. Besser konnte es gar nicht kommen.

102

Freitag, 21.20 Uhr, Flughafen, Nuevo Laredo, Mexiko.

»Nach Europa?«

»Ja.«

»Amsterdam?«

»Wie es auf dem Ticket steht.«

»Waren Sie geschäftlich oder privat in Mexiko?«

»Privat. Urlaub.«

»Bernd Maier?«

»Natürlich. Wie es in meinem Ausweis steht.« Wolf grinste frech.

»Lass die beiden schon durch, Pablo. Sie gehören zu mir. Gute Freunde.« Alejandro winkte Wolf und Jane, die als Karin Jones reiste, zu sich herüber.

Er hatte die Passkontrolle kurz vor ihnen durchschritten. Ohne seine Papiere vorzeigen zu müssen.

»Die Gringa auch?«, erkundigte sich der Kontrollbeamte.

»Ja, Pablo. Alle beide.« Alejandro rollte genervt die Augen.

»Okay. Gehen Sie bitte weiter.« Pablo lächelte zuvorkommend.

»Danke schön.« Jane hakte sich bei Wolf unter.

»Na, schon wieder verliebt?«, empfing sie Alejandro.

»Was? Wieso? Ach Gott …« Wolf löste sich von Janes Hand. Er trat errötend einen Schritt beiseite.

»War nur Spaß, mein Freund. Keine Angst.«

»Gott sei Dank.« Wolf wischte sich symbolisch den Schweiß von der Stirn. »Du kannst einen aber auch erschrecken, Alejandro.«

Was für ein nachtragender Idiot. Wahrscheinlich ist ihm Jane total egal. Aber er muss natürlich weiter seine alberne Eifersuchtsshow abziehen.

»So muss ein Patrón nun mal sein. Ehrfurcht und Respekt einflößend.« Alejandro lachte übertrieben fröhlich. »Kommt mit. Hier geht's zu meinem kleinen Privatjet.«

Er ging voraus.

Der »kleine« Privatjet, vor dem sie fünf Minuten später standen, erwies sich als mittelgroßes Passagierflugzeug.

13 Stunden und sie wären in Amsterdam.

Dort würden sie landen und die Passkontrollen hinter sich bringen. Mit den falschen Papieren war das sicherer als in München. Am Franz Josef Strauß Flughafen könnte Wolf trotz Bart und neuer Brille eventuell von irgendwem wiedererkannt werden.

Von Amsterdam dann noch einige Stunden mit dem Auto nach München.

Wolf war schon gespannt darauf, was ihn dort erwartete. Verfolgten sie ihn immer noch? Würde ihn jemand erkennen?

Was Alejandro blühen würde, wusste er genau.

103

Samstag, 9.00 Uhr, München, Deutschland.

»Eine SMS von Schneider.« Erwin zeigte auf sein Smartphone.

»Wolf Schneider?« Holger sah von seiner Zeitung auf. Er blickte Erwin über den Rand seiner Billiglesebrille aus dem Supermarkt hinweg an.

»Kennen wir sonst noch einen Schneider?«

»Nicht dass ich wüsste. Wolf Schneider ist im Moment der Einzige, dem wir einen Gefallen schulden.«

»Seit er uns bei der missglückten Geldübergabe laufen ließ.«

»Mann, was haben wir uns dabei blamiert. Ich darf gar nicht daran denken.« Holger schüttelte ausgiebig den Kopf.

Ihm war die Sache heute noch peinlich. Er wusste, dass es Erwin genauso ging.

»Er kommt heute Abend hierher nach München. Will, dass wir uns um zwei Mexikaner, die ihn begleiten, kümmern.«

»Kümmern?« Holger runzelte die Stirn.

»Wir sollen sie ausknipsen.«

»Echt?« Holger trank einen Schluck von seinem Frühstücksbier.

Gleich noch einen. Leerte das Glas.

Stellte es auf den Tresen zurück.

»Echt.« Erwin trank ebenfalls. »Es sollen gefährliche Kriminelle sein.«

»So wie wir, meinst du?«

»Yep.«

»Wann?«

»Gleich heute Abend. Er schickt uns noch die genaue Uhrzeit und den Ort. Schreibt auch noch, wie wir vorgehen sollen.«

»Kein Problem. Stimmt's?« Holger grinste selbstsicher.

»Yep.«

»Machst du uns noch zwei Bier, Irmi?«, rief Holger ihrer Lieblingsthekenkraft hier in »Karls Bierstube« zu.

Sie unterhielt sich gerade mit zwei Rentnern am anderen Ende des Tresens.

»Geht klar, Jungs.« Sie unterbrach ihr Gespräch und setzte den Zapfhahn in Gang.

»Von irgendwelchen Mexikanern lassen wir uns auf keinen Fall aus dem Geschäft drängen.« Holger las weiter.

»Auf gar keinen Fall. Diesmal machen wir alles richtig.«

Erwin zog seine Trainingsjacke an. Es war heute Morgen doch etwas kühler als er gedacht hatte.

104

Samstag, 9.10 Uhr, München, Deutschland.

»Stell dir vor. Sie stellen die Ermittlungen in meinem neuen Fall ein. So wie ich es vorausgesehen habe.« Anton schnaubte empört. »Alles nur kriminelle Dreckschweine. Korrupt bis ins Knochenmark.«

»Und jetzt?« Hubert drückte ihm die Steige mit den

Salatköpfen in die Hand, die sie gerade unter anderem in der Großmarkthalle geholt hatten.

Einkaufen.

Preise vergleichen.

Fahren.

Schleppen.

Die Ware im Kühlraum und den Vorratsschränken unterbringen.

Das gehörte alles dazu, wenn man eine Kneipe besaß.

Anton war das neu. Er half Hubert aber gerne. Als Belohnung gab es schließlich Freibier und Schweinswürstel.

»Nix ist jetzt«, erwiderte Anton, während sie voll beladen in »Huberts Stüberl« eintraten. »Der Kerl kommt damit davon, dass er ein junges Mädchen vergewaltigt hat.«

»Bloß weil er ein hoher Politiker ist?«

»Richtig, Hubert. Das reicht normalerweise. Die da oben machen, was sie wollen.« Anton stellte die Salatköpfe auf der Arbeitsplatte in der Küche ab. »Reden dürfen wir eigentlich auch nicht darüber.«

»Warum?«

»Die Sache ist sozusagen unter Verschluss. Strenge Geheimsache.«

»Und dann erzählst du einem Kneipenwirt davon?« Hubert grinste.

»Ich vertraue es meinem besten Freund an, würde ich sagen.« Anton grinste ebenfalls.

»Ist schon eine miese Saubande.«

»Das kannst du laut sagen.«

»Bier?«

»Logisch.«

Sie wechselten in den Schankraum hinüber. Dort roch es nach kaltem Schweiß, abgestandenem Bier und altem Fett.

»Du kannst spülen und putzen, so oft du willst. Den Gestank kriegst du hier nur mit langem Lüften wieder einigermaßen raus.« Hubert riss sämtliche Fenster weit auf.

Danach schenkte er ihnen ein.

»Stört mich nicht weiter. Finde es sogar irgendwie gemütlich. Aber weißt du, was mich gewaltig stört.« Anton setzte sich auf einen der Barhocker vor dem Tresen.

»Was?« Hubert stellte zwei volle Halbekrüge zwischen sie.

»Überall auf der Welt gibt es diese angeblich seriösen reichen Cliquen, die nichts als hochkriminell sind. Sie hebeln die Gesetze mir nichts dir nichts aus. Nehmen sich, was sie wollen. Und der kleine Mann wie wir finanziert das auch noch. Mit seiner Hände Arbeit und mit seinen Steuergeldern.«

»Das Leben war noch nie gerecht.« Hubert trank einen großen Schluck von seinem eigenen Bier.

»Manchmal kann ich sogar die Terroristen verstehen.« Anton trank ebenfalls. »Also die von früher. Die das Establishment vernichten wollten. Obwohl es natürlich keine Lösung ist, unschuldige Menschen umzubringen.«

»Bestimmt nicht. Das waren letztlich auch nur brutale Mörder.«

»Herrgott noch mal.« Anton schlug ärgerlich mit der flachen Hand auf den Tresen. »Korruption, Mafia, global Player. Wo du hinschaust, ein einziger Sumpf des Verbrechens.«

Und ich selbst bin auch nicht viel anders. Siehe Manuel Sousa. Es ist wirklich zum Verzweifeln.

»Lass uns noch ein Bier trinken, Anton.«

»Klingt vernünftig.«

»Vernünftiger als alles andere.«

105

Samstag, 9.20 Uhr, Luftraum über dem Atlantik.

Wolf bemerkte aus den Augenwinkeln, dass sich Julio langsam seinem Sitz näherte, wo er gerade in einer der Zeitungen las, die überall herumlagen.

Alejandro und Jane schliefen zwei Reihen weiter vorne.

»Du hast sie wieder geküsst«, raunte Julio, als er neben ihm stand.

»Was willst du?« Wolf sah ihn erstaunt an.

»Was ist es dir wert, dass ich es Alejandro nicht erzähle.«

»Gar nichts. Du kannst Alejandro erzählen, was du willst.« Wolf las weiter.

Alejandro würde nichts drauf geben. Er wollte sowieso nichts mehr von Jane.

Obwohl. Vielleicht waren seine kindischen Rachegelüste sie und Wolf betreffend immer noch nicht ganz befriedigt. Immerhin hatte er sich gründlich vor seinen Leuten blamiert. Bestimmt eine unvergessliche Schmach für einen überzeugten Macho wie ihn.

»Und wenn ich ihm das hier zeige.« Julio ließ das Video auf seinem Handy laufen, das er von Jane und Wolf in der Abflughalle gedreht hatte.

»Wie viel willst du?«

»50.000 US-Dollar.«

»Warte bis wir in München sind«, flüsterte Wolf, damit ihn Alejandro auf gar keinen Fall hören konnte.

106

Samstag, 21.00 Uhr, München, Deutschland.

Sie checkten im »Hotel Vier Jahreszeiten« ein.

Jeder bekam eine kleine Suite für sich alleine.

Alejandro lud alle ein. Eine Herberge geringerer Kategorie käme für ihn nicht infrage.

Arroganter Fatzke. Wolf hasste ihn jeden Tag mehr.

Er fühlte sich ganz allgemein nicht wohl in seiner Haut. Natürlich hatte er von Anfang an gewusst, dass er an den Morden, für die man ihn hier in Deutschland seit Rebekkas Tod verdächtigte, unschuldig war.

Aber wussten die Behörden das inzwischen auch?

Eher unwahrscheinlich. Warum sollte es auf einmal anders sein, als vor seiner Flucht.

Ehrlich gesagt interessierte es ihn auch nicht weiter.

Er wäre hier sowieso nur auf der Durchreise, wusste er seit ihrer Landung in Amsterdam.

Der Gedanke, mit Jane irgendwohin in den Süden zu gehen und von dort aus Weinbergers Konstruktionspläne selbst zu verkaufen, hatte sich während des Flugs immer mehr in seinem Kopf verankert.

Erstmal nach Griechenland. Thessaloniki. Später auf eine Insel. Irgendwo.

Bis dahin galt es allerdings, höchste Vorsicht in der Öffentlichkeit walten zu lassen. Sein neuer Name Bernd Maier, der Vollbart und die neue Brille würden ihn wohl erstmal vor Entdeckung schützen.

Hoffentlich auch genügend.

Julio hatte eine ansehnliche Menge Koks durch den Zoll geschmuggelt. Im Leihwagen von Amsterdam hierher hatte er es auf Alejandros Anordnung an alle verteilt.

Es sollte seinen Freunden an nichts mangeln, wie sich der »Patrón« dabei ausdrückte. Wollte sich offenbar als großer Wohltäter darstellen.

Wolf war dabei sonnenklar, dass er nur gut Wetter

machen wollte, damit er auch wirklich an die versprochenen Pläne herankam.

Netter Versuch. Vor allem von jemandem, der ihm noch vier Kilogramm Koks und eine Jacht schuldig war.

Egal. Nicht mehr wichtig.

Er und Jane würden bald eine ganze Flotte besitzen.

Sobald er auf seinem Zimmer war, gönnte er sich eine schöne Line. Lächelte zufrieden, als der Stoff zu wirken begann.

Er legte sich minutiös zurecht, wie Holger und Erwin Julio und Alejandro am besten auslöschen könnten. Rieb sich zufrieden die Hände.

Hervorragend. Es würde garantiert funktionieren.

Vergeltung. Reichtum. Ewiges Glück.

Natürlich würde er die beiden Münchener sehr gut für die Morde bezahlen. Sobald er Weinbergers Pläne an die ersten Kunden verkauft hatte.

Treue Untergebene musste man bei Laune halten. Sonst wandten sie sich eines Tages gegen einen selbst.

Fielen einem in den Rücken.

Verloren jeglichen Respekt.

Siehe Julios heimlichen Erpressungsversuch im Flugzeug.

Noch wussten Holger und Erwin nichts von dem Geldsegen, der über sie hereinbrechen würde. Dachten sicher, dass sie ihm einen reinen Gefallen tun würden. Unentgeltlich. Weil sie es ihm schuldeten.

Sie würden bestimmt Bauklötze staunen.

Aber was würden sie erst für Augen machen, wenn sie erfuhren, was er noch alles mit ihnen vorhatte.

Er rief Jane auf ihrem Zimmer an, um sie über alles zu informieren. Auf dem Weg nach Griechenland würde er ihr auch seinen richtigen Namen verraten, beschloss er.

Holger und Erwin redeten ihn sowieso mit Wolf Schneider an. Wäre den beiden wohl auch in 100 Jahren nicht auszutreiben, so wie er sie kannte.

Warum sollte sie also nicht Bescheid darüber wissen, mit wem sie in Wahrheit zusammen war.

107

Samstag, 22.25 Uhr, Haxensepp, München, Deutschland.

»Julio und ich gehen schon mal vor ins Hotel. Ihr zwei wollt sicher noch hierbleiben. Jetzt wo ich aus dem Spiel bin.« Alejandro faltete seine Serviette zusammen. Er bedachte Jane und Wolf mit einem anzüglichen Grinsen. »Köstlich übrigens diese Schweinshaxe, Peter.« Er zeigte auf seinen leergegessenen Teller.

»Sind die besten der Stadt. Alejandro, ich …«

»Ist okay, Peter. Nimm sie.« Alejandro streifte Jane

mit einem kurzen arroganten Blick, »Ich schenk sie dir. Wo ein anderer Mann kurz vorher drin war, geh ich sowieso nicht mehr dran. Nennt mich ruhig spießig. Ist aber so.« Er gab Julio ein Zeichen zum Aufbruch.

Sie erhoben sich.

»Na gut. Wenn du meinst.« Wolf wusste, dass der Mexikaner gerade nur ein Spielchen spielte.

Er wollte nichts mehr als Weinbergers Pläne. Dafür stellte er sogar den in seinen Augen vermeintlich immer noch geltenden Besitzanspruch auf Jane zurück.

Natürlich tat er das aus rein taktischen Gründen.

Nichts anderes war der Fall.

Sobald er die Pläne in der Hand hätte, wären sie alle beide von einer Sekunde auf die andere tot. Aus verletzter Eitelkeit und aus Gier. Jeder, der bis drei zählen konnte, war in der Lage sich das auszurechnen.

»Das sollte für das Essen reichen.« Alejandro warf 1.000 Euro auf den Tisch. »Lasst euch den Nachtisch schmecken.«

»Machen wir. Herzlichen Dank für die Einladung.« Wolf steckte das Geld ein. Warum auch nicht. Immerhin schuldete ihm der miese Kerl nach wie vor vier Kilo Koks und eine Jacht. »Das reicht sogar noch für einige Drinks in einer Bar. Vor der Tür warten übrigens Taxis.«

»Wir werden zu Fuß gehen. Nach dem langen Flug tut uns ein wenig Bewegung sicher gut.« Alejandro reckte sich demonstrativ.

Julio tat es ihm gleich.

»Der Termin mit Wolf Schneider morgen um 11 Uhr steht?«

»Sicher, Alejandro. Alles in Butter.« Wolf hielt den Daumen hoch. »Aber macht keine großen Umwege auf dem Weg zum Hotel. Ihr werdet eure Kondition morgen brauchen.«

Verdammt, ich muss sie unbedingt zum Taxifahren bringen. Sonst ist alles aus.

»Wieso?«

»Wolf Schneider residiert zurzeit in einer Hütte in den Bergen. Dort müssen wir zu Fuß hinauf. Keine Straße.«

»Tatsächlich?« Alejandro hob erstaunt die dichten Brauen.

»Tatsächlich«, erwiderte Wolf.

»Dann nehmen wir jetzt wohl doch besser ein Taxi.«

»Bestimmt vernünftiger.«

Gott sei Dank.

»Ich muss vorher noch aufs Klo, Boss«, sagte Julio. »Mein Magen. Ich vertrag kein fettes Schweinefleisch. Hätte ich eigentlich wissen müssen.«

»Okay. Ich warte beim Eingang auf dich.«

Als die beiden Mexikaner außer Sichtweite waren, tippte Wolf »Jetzt« in sein Handy. Er schickte die SMS an Holger unverzüglich ab. »Scheiße. Das ist gerade nochmal gut gegangen.«

»Du hast ihn perfekt eingewickelt.« Jane drückte aufmunternd seinen Unterarm. »Wollen wir wirklich in eine Bar gehen?«

»Alles was du willst, Darling. Ab heute entscheiden nur noch wir beide, was passiert.«

»Willst du?«

»Wenn du es willst, will ich es auch.«

»Okay, ich will.« Sie lachte.

108

Samstag, 22.35 Uhr, München, Deutschland.

Holger fuhr los.

Er überholte die vor dem »Haxensepp« am Straßenrand auf Kundschaft wartenden Taxis. Stellte sich vor alle anderen an die erste Position am Standplatz. Schaltete die Taxileuchte auf dem Autodach ein.

Es dauerte nicht lange, bis sich Ärger ankündigte.

Der übergewichtige Fahrer aus dem Wagen hinter ihm rannte wild gestikulierend auf ihn zu. Blieb schimpfend neben seinem Fahrerfenster stehen.

Holger ließ die Scheibe hinunter. »Was gibt's, Kumpel?«

»Ich bin der Nächste, du Arschloch.« Die dicken Backen des Taxichauffeurs wabbelten rot vor Wut.

»Bist du nicht.« Holger sah ihn unaufgeregt an. »Jetzt bin ich der Erste.«

»Nix da. Erst komm ich, dann die Anderen und dann du. Ja, wo gibt's denn sowas. Fahr sofort hier weg oder es passiert was.« Der Mann schüttelte drohend die Faust vor Holgers Gesicht.

Holger stieg aus. Er baute sich vor ihm auf.

»Wie heißt du?«

»Das geht dich einen Scheiß an.«

»Nochmal. Wie heißt du?« Holger drückte das Messer in seiner rechten Hand tiefer in den fetten Wanst seines Gegenübers.

Der Dicke blickte an sich herunter.

»Gü, Gü, Günter«, stammelte er erschrocken.

»Also, Günter. Hör gut zu. Wir machen es so. Du gehst jetzt schnell zu deinem Taxi zurück. Machst die Tür auf. Setzt dich hinein. Hältst deine Fresse. Bis ich mit der Kundschaft, die gleich für mich aus dem Lokal kommt, verschwunden bin. Es sind ganz besondere persönliche Gäste.«

»Okay, Mann. Ich will keinen Ärger.« Günter lächelte beflissen. »Lass deine Leute ruhig einsteigen. Wusste nicht, dass du reserviert warst.«

»Kein Problem, Günter. Einen schönen Abend noch.« Holger steckte sein Messer weg.

Er stieg wieder ein.

Beobachtete den Eingang des Lokals.

Da drüben. Das mussten sie sein.

Auf den Fotos die ihm Schneider aufs Handy geschickt hatte, schienen sie in einem Flugzeugsitz zu schlafen. Jetzt standen sie im Halbdunkel und unterhielten sich.

Erkennen konnte er sie trotzdem.

109

Samstag, 22.38 Uhr, München, Deutschland.

»Da winkt einer. Den nehmen wir.« Alejandro zeigte auf das erste Taxi an dem Standplatz vor dem Lokal.

»Lass uns hinten einsteigen, Boss. Dann haben wir alles besser unter Kontrolle.«

»Wie du meinst.«

Sie stiegen zu Holger in den Wagen.

Nachdem sie Platz genommen hatten, sagte Alejandro, dass sie ins »Vierjahreszeiten« wollten.

Holger fuhr los.

»Sobald wir die Pläne haben, machen wir die beiden alle«, fuhr Alejandro auf Spanisch an Julio gewandt fort.

»Unbedingt, Boss.« Julio rieb sich voller Vorfreude die Hände.

»Wir lassen uns nicht von einer dreckigen Puta und einem miesen Gringo verarschen.«

»Auf keinen Fall.«

»Glaubst du Peter das mit der Bergtour morgen?«

»Warum nicht. Hier sind überall Berge im Süden.«

»Unsere Waffen müssten bereits im Hotel für uns bereitliegen. Der Bote wollte sie um zehn Uhr hinbringen.«

»Perfekt.«

»Wenn wir die Pläne erst haben, sind wir stinkreich, Julio.« Alejandro schlug seinem Beschützer Nummer eins spaßhaft auf den Oberschenkel.

»Ich auch?«

Da bin ich mal gespannt. Bisher hast du mir immer nur große Versprechungen gemacht. Bezahlt hast du mich dann aber nur ganz mies, du Geizhals.

»Natürlich. Wie kannst du das fragen.«

»Ich kann im Moment alles Geld gebrauchen, das ich kriegen kann. Meine Mutter ist krank, meine Schwester soll ihr Studium machen. Mein Bruder braucht einen neuen Job. So eine große Familie ist verdammt teuer.« Julio blickte verschämt zu Boden.

So offen hatte er noch nie gewagt mit dem »Patrón« zu sprechen. Vielleicht würde er die 50.000 Euro von Wolf gar nicht brauchen.

Obwohl. Was man hatte, das hatte man.

Also besser gar nicht erst darüber sprechen.

»Sag deinem Bruder, er kann bei mir anfangen. Den Rest kriegen wir auch gebacken. Du bist bald ein reicher Mann. Glaub mir.«

»Danke, Boss.«

»Wir werfen sie in den Bergen am besten in eine Schlucht. Dann sieht es aus wie ein Unfall.«

»So machen wir es.«

»Gleich darauf geht es zurück nach Nuevo Laredo.«

»Unsere geliebte Heimat.« Julio lächelte versonnen.

»Dort machen wir sie alle platt, Julio.«

»Klar, Boss.«

»Die Konkurrenz. Die Regierung. Die USA. Alle.«

»Wir werden die Größten sein, Boss.«

»Die Allergrößten. Genau, Julio.« Alejandro lehnte sich mit einem zufriedenen Grinsen zurück.

Julio tat es ihm gleich.

110

Samstag, 22.50 Uhr, München, Deutschland.

Holger stoppte am Rand einer dunklen Seitenstraße in den Isarauen. Hier war um diese Zeit niemand mehr unterwegs.

»Was ist los, Mann? Das ist nicht unser Hotel.« Der Mann, den der andere die ganze Zeit über Boss genannt hatte, sprach jetzt Englisch. Er klang ärgerlich und arrogant.

Holger feixte.

Gleich wird er noch viel ärgerlicher werden, schätze ich.

Er richtete die Pistole mit Schalldämpfer, die Erwin vorhin noch besorgt hatte, abwechselnd auf die Köpfe der beiden.

»Seid ihr Mexikaner?«, fragte er ebenfalls auf Englisch.

»Ja.« Alejandro nickte langsam. »Hört man das nicht? Willst du unser Geld?« Er steckte die Hand in seine innere Jackentasche.

»Schön ruhig. Nimm die Hand langsam wieder da raus.«

»Schon gut, Mann. Ist nur meine Brieftasche.«

»Seid ihr mit Peter und Jane unterwegs?«

Besser er ginge sicher. Nicht dass aus Versehen Unschuldige dran glauben mussten. Das wäre schlicht und ergreifend überflüssig.

»Äh … ja«, erwiderte Alejandro. »Warum?« Er sah ihn verwirrt an.

»Darum.« Holger drückte ab.

Die Kugeln trafen sie jeweils in einem Auge. Alejandro im linken, Julio im rechten. Wie vom Blitz gestreift, schleuderte es sie kurz nacheinander tief in die Rückbank.

Dort blieben sie liegen. Rührten sich nicht mehr.

Ihre blutigen Gehirnmassen tropften langsam von der Innenseite des Rückfensters.

»Gott sei Dank«, meinte Holger halblaut. »Das lief eindeutig glatt. Schneider wird zufrieden sein.«

»Hol mich endlich hier raus, Mann«, ertönte Erwins Stimme dumpf aus dem Kofferraum.

»Gleich, Erwin.«

Holger nahm die Brieftaschen, die Papiere und das Koks, das die beiden dabei hatten, an sich. 30.000 Euro. Herrje, allein dafür hatte sich die Sache schon gelohnt.

Er steckte alles ein.

Dann ging er nach hinten, um seinen alten Freund und Geschäftspartner aus seinem Blechgefängnis zu befreien.

Erwin hatte sich dort vorhin extra von ihm einsperren lassen, um ihm später beim Entsorgen der Leichen helfen zu können.

»Mann, noch zehn Minuten länger und ich hätte mich nie wieder bewegt«, stöhnte er jetzt.

»Alter Übertreiber. Werfen wir sie in die Isar?«

»Sind sie tot?«

»Mausetot.«

»Wozu in die Isar werfen? Wir lassen den Wagen einfach hier stehen.«

»Aber da sind überall meine Fingerabdrücke drauf.«

»Wieso?« Erwin sah ihn verwundert an.

»Wie *wieso*?«

»Wir haben alle zwei Handschuhe an, Holger. Du selbst wolltest das so. Jeder professionelle Chauffeur hat Autofahrerhandschuhe an, hast du gesagt.«

»Ach du Scheiße, stimmt ja.« Holger sah kopfschüttelnd an sich hinunter. »Was bin ich bloß für ein Trottel.« Er schlug sich mit der flachen Hand vor die Stirn.

»Stimmt.«

»Hast du mich gerade etwa einen Trottel genannt? Ich darf das. Aber du …« Holger schnappte nach Luft. Er bekam einen roten Kopf.

»Beruhig dich, Holger. Lass uns lieber verschwinden.«

»Und wenn sie meine Gene da drinnen finden?«

»Welche Gene?« Erwin machte ein verwundertes Gesicht.

»Mann, Gene eben. Daran können sie dich hundertprozentig identifizieren. Kennst du doch aus den Krimis im Fernsehen.«

»Dann lass uns die Kiste halt anzünden. Hinten im Kofferraum liegt ein voller Benzinkanister, soweit ich mich erinnere.«

»Gute Idee, Erwin. So machen wir's.«

111

Sonntag, 12.15 Uhr, München, Deutschland.

»Irgendwelche Hinweise auf die Identität der Opfer?« Anton Wallner kratzte sich ausgiebig am Hinterkopf.

Die Zentrale hatte ihn vorhin geweckt und hierher in die Isarauen bestellt, weil keine eindeutige Unfallursache an dem ausgebrannten Auto am Straßenrand auszumachen war.

»Bisher leider gar nichts. Von ihnen sind nur zwei riesige Briketts übrig.« Rainer Ferstmaier, der Leiter der Spurensicherung, hob bedauernd die Hände. »Was verbrennen konnte, ist verbrannt. Die Feuerwehr kam zu spät.«

»Ein Gewaltverbrechen?«

»Keine Ahnung. Das musst du schon selbst mit deinen Leuten herausfinden. Auf der Rückbank lag ein verkohlter Benzinkanister aus Blech. Vielleicht war es auch nur purer Leichtsinn von den Beiden.«

»Du meinst, sie haben geraucht und dann … wumm?« Anton vollführte eine Geste, die eine Explosion darstellen sollte.

»Möglich wär's.«

»Also ein Unfall?«

»Nicht unbedingt. Jeder von den beiden hat ein Loch im Hinterkopf. Sie könnten von zwei Kugeln stammen, die durch die Augenhöhlen eintraten.«

»Also doch ein Gewaltverbrechen?«

»Möglich wär's.«

»Möglich wär's, möglich wär's«, blaffte Anton. »Also was jetzt? Sag schon.«

»Um etwas Konkretes sagen zu können, müssen sie erst gründlich in der Rechtsmedizin untersucht werden. Tu doch nicht so, als wärst du zum ersten Mal an einem Tatort.«

»Ja, ja, Rainer.« Anton winkte genervt ab. »Also. Wie lautet die inoffizielle Version?«

»Sie könnten durchaus erschossen worden sein.«

»Danke.« Anton grunzte zufrieden. »Sieht aus wie ein Mercedes.« Er zeigte auf das Autowrack.

Ein weiterer schwieriger Fall. Hörte der Wahnsinn in dieser angeblichen Weltstadt mit Herz denn gar nicht mehr auf.

»Der Schildbefestigung auf dem Dach nach könnte es ein Taxi gewesen sein«, meinte Rainer.

»Das ist doch schon was. Wir werden gleich morgen alle Taxiunternehmer abklappern. Irgendwem muss die Karre ja fehlen.«

»Wir?« Rainer sah ihn überrascht an.

»Nein, wir.« Anton zeigte auf sich selbst.

»Eure Majestät?« Rainer grinste.

»Meine Abteilung und ich.« Anton musste ebenfalls grinsen. Sprach jedoch schnell in ernstem Tonfall weiter. »Ihr macht hier weiter. Aber gründlich. Sucht nach allem Möglichen. Fußspuren, DNA. Wenn es Mord war, brauchen wir alle Hinweise, die wir kriegen können.«

»Tatsächlich? Das ist ja mal was ganz Neues.«

»Ich find das hier nicht besonders lustig, Rainer.« Anton sah sein schmales Gegenüber humorlos an.

»Ich auch nicht. Aber sehe ich so aus, als würde ich

meinen Job zum ersten Mal machen?« Rainer kehrte kopfschüttelnd zu seinen Leuten zurück.

»Natürlich nicht«, rief ihm Anton nach. »Gebt euch aber trotzdem Mühe.«

Damit es nicht wieder so läuft wie beim Fall Schneider und den unbekannten Toten im Parkhaus und auf der Autobahnraststätte. Da habt ihr anfangs so einiges übersehen ihr hirnlosen Vollpfosten.

Aber gescheit daherreden und beleidigt tun. Zum Kotzen sowas.

Er stieg ächzend und stöhnend in seinen Dienstwagen. Startete los Richtung Revier.

Der Einsatz seiner Leute musste geplant werden. Erste Spuren gesucht. Er sollte für Fragen zur Verfügung stehen. Das ging alles am besten von seinem Schreibtisch aus. Auch wenn es mitten in der Nacht war und er zehnmal lieber im Bett gelegen wäre.

Andererseits konnte er bestimmt sowieso nicht mehr schlafen.

Er fuhr auf der Maximiliansstraße stadteinwärts. Am »Hotel Vier Jahreszeiten« vorbei. Die stinkreichen Pinkel da drinnen würden natürlich niemals in eine gefährliche Situation wie die zwei Toten an der Isar kommen. Die hatten ihre Bodyguards. Ihre Privatchauffeure. Ihre Rundum-sorglos-Pakete.

Wer mochten die beiden Toten sein?

In welche Geschäfte waren sie verwickelt?

Handelte es sich um einen privaten Rachefeldzug?

Herrgott nochmal, nichts als Schmarrn. Hoffentlich verging die restliche Zeit bis zu seiner Pensionierung möglichst schnell.

112

Montag, 17.00 Uhr, München, Deutschland.

Wolf hatte mittags Weinbergers Konstruktionspläne bei Dr. Bückler abgeholt, wo er sie vor Wochen hinterlegt hatte. Der Notar, dessen Büro unweit der Münchener Freiheit in Schwabing lag, hatte sie ihm ohne Fragen zu stellen herausgegeben.

Wolf würde sie mit nach Griechenland nehmen.

Einem Verkauf an alle möglichen weltweiten Kunden stand ab sofort nichts mehr im Wege. Er und Jane würden reich werden. Schon bald irgendwo ihre eigene Insel besitzen.

Seine anfänglichen Skrupel, ein Waffenhändler zu werden, hatten sich endgültig in Wohlgefallen aufgelöst. Waren seinem neuen Credo gewichen: Die Menschheit hatte es nicht verdient, dass man sie fair behandelte. Das Leben war ihm gegenüber schließlich auch nicht fair gewesen.

Die Kopien, die er unter dem Baum im Englischen Garten versteckt hatte, ließ er dort liegen. Zur Sicherheit. Man konnte nie wissen, was noch alles geschah.

Jetzt war er auf dem Weg in den Münchener Norden. Zu Dr. Wiegert, einem Wissenschaftler, von dem ihm Weinberger erzählt hatte. Er kannte sich angeblich hervorragend mit der Konstruktion von Laserwaffen aus. Hatte sogar bereits an einigen Projekten Weinbergers mitgearbeitet.

Weinberger hatte Wolf auf dem Kongress, auf dem sie sich vor einigen Wochen trafen, von ihm erzählt. Er sei in den letzten Jahren allerdings unter die Räder gekommen.

Alkohol.

Depressionen.

Abgedrehte Artikel in Fachzeitschriften, die niemand mehr so recht nachvollziehen konnte.

Ein großer Technikkonzern habe den armen Kerl gnadenlos über den Tisch gezogen. Seitdem sei er nicht mehr derselbe gewesen.

Wolf brauchte dringend einen Fachmann an seiner Seite, um Weinbergers Pläne verifizieren und seinen potenziellen Kunden erläutern zu können. Wenn dieser ein Säufer war, umso besser. Es wäre ein Leichtes ihn zu kontrollieren.

Für Schnaps würde er sicher so gut wie alles tun.

Natürlich würde Wolf ihn auch finanziell fürstlich für seine Arbeit entlohnen. Ihm, wenn es möglich und nötig war, später sogar eine Entziehungskur finanzieren. Einen geschulten wissenschaftlichen Berater konnte er auch für zukünftige Projekte gut gebrauchen.

Er verliebte sich immer mehr in die Idee seines sozialen Engagements als zukünftiger Firmenchef. Die Buddhisten sagten, dass du noch mehr zurückbekommst, wenn du bereit bist, großzügig zu geben. Oder waren es die Hindus? Oder die Islamisten? Oder die Christen?

Egal. Irgendwer war es bestimmt.

Er klingelte an Wiegerts verwitterter Wohnungstür. Die Farbe an der Hauswand daneben blätterte überall ab. An manchen Stellen kam bereits der Putz herunter.

Schlurfende Schritte. Jemand öffnete.

»Was wollen Sie?« Zwei dunkelbraune Knopfaugen hinter großen Brillengläsern sahen ihn fragend an.

»Dr. Wiegert?«

»Wer will das wissen?« Das dürre Männchen setzte eine verschlossen Miene auf.

»Ich bin ein Bekannter von Dr. Weinberger. Darf ich kurz hereinkommen?«

»Das kann jeder sagen, dass er Weinberger kannte.«

»Stimmt.« Wolf senkte seine Stimme. »Aber nicht jeder besitzt Dr. Weinbergers neueste Konstruktionspläne für eine revolutionäre Laserwaffe.«

»Was sagen Sie da?«

Wiegert blickte sich kurz nach allen Seiten um.

Dann packte er Wolf am Ärmel. Zog ihn blitzschnell zu sich in seine Wohnung hinein.

Er verschloss die Tür von innen. Führte ihn in ein heruntergekommenes Wohnzimmer.

Überall standen leere Flaschen herum. Stapel von Zeitungen türmten sich gefährlich schief vom Boden aus Richtung Decke. Die vor Schmutz starrenden Vorhänge waren zugezogen. Eine nackte Glühbirne an der Decke sorgte für grelles Licht.

»Gemütlich haben Sie's hier.« Wolf setzte sich auf ein freies Stück Couch.

»Sie haben also Weinbergers Pläne?«, fragte Wiegert, ohne auf Wolfs ironische Bemerkung einzugehen. »Und was wollen Sie von mir?«

»Dr. Weinberger hat Sie mir vor seinem Tod als wissenschaftlichen Berater empfohlen. Ich will Ihnen einen Job anbieten.« Wolf hörte damit auf, sich verblüfft in dem heillosen Chaos ringsumher umzusehen.

Er richtete den Blick auf sein Gegenüber.

»Sie besitzen sie tatsächlich?« Wiegert staunte mit offenem Mund. »Sind Sie etwa Wolf Schneider?«

»Wie kommen Sie auf den Namen?« Wolf zuckte unmerklich zusammen.

»Weinberger hat mir von einem Journalisten erzählt, dem er unbedingt vertraute. Der hieß Wolf Schneider.«

»Mein Name ist Maier.« Wolf entspannte sich wieder. »Aber ich kannte Herrn Schneider sehr gut. War ein Kollege von ihm. Über ihn lernte ich Dr. Weinberger kennen.«

Einem Säufer verrate ich meinen richtigen Namen besser erstmal nicht.

»Wie soll das denn aussehen mit dem Job als wissenschaftlicher Berater?«

»Sie fliegen mit mir ins Ausland. Dort bekommen sie von mir ein kleines Haus, einen Haufen Geld und Alkohol bis zum Abwinken. Allerdings sollten sie schon noch ein, zwei Jahre am Leben bleiben.«

»Klingt zu schön, um wahr zu sein.« Wiegert spielte nervös mit seinen Fingern.

»Haben Sie irgendwelche Verpflichtungen in München?«

»Nein.«

»Die Wohnung?«

»Gehört meinem Schwager. Er lässt mich aus Mitleid hier wohnen.«

»Also los. Holen Sie Ihren Ausweis und ab geht's. Worauf warten Sie noch?«

Wolf erhob sich langsam. Er wollte nicht zu viel Staub aufwirbeln. Hätte dabei bestimmt eine Lungenentzündung riskiert.

»Ich kann, so wie ich aussehe, in kein Flugzeug steigen.« Wiegert zeigte an sich herunter. »Ich brauche erstmal einen neuen Anzug. Neue Hemden, neue Schuhe.«

113

Dienstag, 15.10 Uhr, Thessaloniki, Griechenland.

In Griechenland herrschte Chaos.

Die nächsten Wahlen standen bevor. Das Volk war auf der Straße. Jeder wollte seine Partei vorne sehen.

Gute Voraussetzungen, um erstmal unterzutauchen.

Jane und Wolf hatten sich in einem Mittelklassehotel nicht weit vom Hafen entfernt eingemietet.

Hier würden sie sicher unentdeckt bleiben.

Einmal war das Haus sehr gut besucht. Und als Bernd Maier und Karin Jones würden sie erst recht niemandem auffallen.

Genau wie Dr. Wiegert. Er machte in seinem neuen grauen Anzug einen sehr unspektakulären Eindruck.

Natürlich hatte er sich Wolfs verführerisches Angebot nicht durch die Lappen gehen lassen und war mitgekommen. Hatte ihn vor, während und nach dem Flug in die Thematik von Weinbergers Superwaffe eingeweiht. Ihm bei einer Flasche Wodka die wichtigsten Features erklärt.

Ihn so mit Argumenten für den Verkauf gefüttert.

Wolf telefonierte bereits den ganzen Tag über unter seinem neuen Pseudonym Dr. Winter, während Jane in der Innenstadt beim Shoppen war.

Er bot die Konstruktionspläne über ein nichtregistriertes Prepaidhandy an. Allen möglichen Staatsregierungen, Kartellen und Militärs gleichzeitig. Ließ Holger und Erwin dafür in München Informationen über potenzielle Kunden herausfinden.

Über Telefon, Internet, Zeitungen.

Fand selbst ebenfalls einiges heraus.

Das Geschäft versprach enorm erfolgreich zu werden.

Alle Ansprechpartner waren sogleich an weiteren Informationen interessiert. Als hätten sie nur auf ein solches Angebot gewartet.

Die Welt im Laserfieber. Herrlich.

Aber so war es ja immer. Wenn einer ein neues Spielzeug besaß, wollten es alle anderen auch.

»Dr. Winter hier«, meldete er sich gerade bei Hugh Bender, dem Verantwortlichen für Technisches bei der CIA. »Ich hätte ihnen ein unschlagbares Angebot zu unterbreiten, Mr. Bender.«

»Um was geht es, Dr. Winter?«

»Haben Sie Interesse an den Plänen für eine völlig neuartige Laserkanone? Das Ding holt Ihnen garantiert jede Drohne vom Himmel. Kein Terrorist, der sich davor noch in einer Gruppe von Kindern verstecken kann. Aber auch ganze Landstriche sind Geschichte, wenn Sie zum Beispiel vom All aus operieren.«

»Kommt darauf an.« Hugh hörte sich zögerlich an.

»Worauf?«

»Wer die Pläne gemacht hat. Wann Sie liefern können. Was sie kosten. Bedenken Sie außerdem, dass ich noch nie von Ihnen gehört habe, Dr. Winter. Sie könnten mir hier sonst was erzählen.«

»2.000.000.000 Dollar. Lieferung innerhalb einer Woche.«

»2.000.000.000 Dollar ist nicht gerade wenig.«

»Keineswegs. Sie bezahlen dabei praktisch nur einen Teil der Entwicklungskosten. Die Fertigstellung geht natürlich auf ihre Kappe. Aber das ist ein Klacks.« Wolf zündete sich eine Zigarre an. »Außerdem arbeiten wir seriös. Ein wahres Genie hat die Pläne erarbeitet. Ein deutscher Wissenschaftler namens Weinberger. Er hat einen einwandfreien Ruf.«

Seit dem ersten Abendessen mit Jane, Alejandro und Julio in München hatte er sich das Rauchen angewöhnt.

Es schmeckte ihm. Am besten noch ein Glas Whiskey dazu.

Danach eine Line Koks und die Welt war in Ordnung.

Wie lange war der Samstagabend in München her? Es konnten unmöglich nur drei Tage sein.

»Den Namen hörte ich schon irgendwo«, sagte Hugh.

»Bestimmt sogar. Er war oft in den USA, hat er mir erzählt.«

»Sie kennen ihn persönlich?«

»Kannte ihn. Er ist verstorben. Wissen Sie das nicht?«

»Nein.«

»Merkwürdig. Ihr bei der CIA wisst doch sonst alles. Aber zurück zum Thema.« Wolf wischte ungeduldig mit der Hand durch die Luft. Sein Privatleben, seine

Kontakte oder Einzelheiten seiner Geschäfte gingen keinen der Kunden etwas an. »Ein Schuss aus Weinbergers Laserkanone kostet Sie nicht mehr als einen Dollar. Stellen Sie sich das vor: Ein Feind weniger für nur knapp einen Dollar. Wenn das nicht spottbillig ist, was dann?«

»Es klingt interessant. Das Ganze müssen wir natürlich erst gründlich von unseren Spezialisten prüfen lassen. Sie werden sicher verstehen, dass ich vorher auch Auskünfte über Sie einholen muss.«

»Kein Problem. Unsere Spezialisten gewähren Ihren Leuten die nötigen Einblicke, die die Qualität und die Machbarkeit der Waffe beweisen. Alles verraten wir dabei natürlich nicht.«

»Gibt es einen Prototyp?«

»Sicher. Er funktioniert bestens. Nicht mal die neuesten elektromagnetischen Abwehrwaffen der Russen haben eine Chance gegen seine Strahlen. Sie beherrschen die Welt damit, Mr. Bender.«

»Bekommen wir ihn zusammen mit den Plänen?«

»Er steht nicht zur Disposition. Sie bekommen eine exakte Bauanleitung von uns. Eins zu eins. Unsere Leute unterstützen Sie außerdem bei der Herstellung bis zum fertigen Serienprodukt. Mehr Service geht nicht.«

»Wie läuft das Ganze ab?«

»Wir werden einen bindenden Vorvertrag mit Ihnen abschließen.« Wolf klang nach wie vor kälter als eine Hundeschnauze. »Sie hinterlegen eine Sicherheit von 200.000.000 Dollar auf einem neutralen Konto. Sollte das Geschäft aus unserem Verschulden heraus nicht zustande kommen, bekommen sie automatisch 95 Prozent Ihrer Anzahlung zurück. Bei Verschulden Ihrerseits bekommen Sie gar nichts.«

»Warum 95 Prozent und nicht alles, wenn Sie es vermasseln?«

»Wir haben Kosten, Mr. Bender. Aber wenn Sie die Sache nicht interessiert. Mir soll's recht sein. Meine Zeit ist kostbar. Machen Sie's gut.«

»Halt, halt, Dr. Winter. Nicht so schnell.« Hugh sprach hastig. »Wir sind interessiert. Die Sicherheitszahlung sollte weiter kein Problem sein.«

»Ich melde mich heute Nachmittag wegen der Einzelheiten bei Ihnen.«

»Wenn Sie genauso zuverlässig, wie schnell sind, kann das eine gute Sache werden.«

»Sag ich doch, Mr. Bender. Sag ich doch. Wenn wir tatsächlich ins Geschäft kommen, wäre sofort eine Million Vorschuss fällig. Als Zeichen Ihres guten Willens sozusagen.«

Wolf legte auf.

Wenn alles so lief, wie er es geplant hatte, lägen in einem halben Jahr insgesamt mindestens um die 20.000.000.000 Dollar auf seinen diversen Nummern- und Offshore-Konten in der ganzen Welt. Weitere Verkäufe natürlich nicht ausgeschlossen.

Sollten sie sich alle gegenseitig abschießen.

Keine Gnade.

Keine Ausnahmen.

Kein »Verzeihung« oder »tut mir leid«.

Der Menschheit war so oder so nicht mehr zu helfen.

114

Dienstag, 9.25 a.m., Washington, USA.

Hugh knallte erfreut den Hörer auf die Gabel.

Er sprang mit geballter Siegerfaust von seinem Chefsessel auf.

Tigerte breit grinsend in seinem Büro auf und ab.

Jawohl. Sensationell.

Nicht zu fassen.

Endlich bekäme er seine Konstruktionspläne für die revolutionäre Laserkanone. »Weinbergers Laserkanone«, hatte Dr. Winter gesagt. Das waren eindeutig dieselben Pläne, die ihm bereits Arthur Smith alias Mr. Snow verkaufen wollte.

Es konnte nur so sein.

Zum einen war der Name »Weinberger« in einem ihrer vielen Gespräche bereits gefallen. Hugh meinte sich genau daran zu erinnern. Zum anderen waren konkurrierende Produkte zurzeit nicht in Umlauf. Das hätte er mitbekommen.

Die Vorherrschaft der USA in der Welt war also schon bald auf Jahre hinaus gesichert.

Dieser Dr. Winter hatte sehr überzeugend gewirkt. Seriös, flott und kompetent. Zack, zack. Wie die Deutschen nun mal waren.

Diesmal klappte es bestimmt damit.

Es galt nur noch, so schnell wie möglich den Sack zuzumachen und das Geschäft abzuschließen.

Er würde seine Fachleute bei der Begutachtung der Pläne zur Eile antreiben. Sie sollten Dr. Winter und die Pläne genau überprüfen. Natürlich.

Aber zu lange durfte es auf keinen Fall dauern.

Man musste das Eisen schmieden, solange es heiß war.

Herr im Himmel. Sein hohes politisches Amt war zum Greifen nah.

Er sah sich bereits als Außenminister um die Welt fliegen. Auf Du und Du mit den Reichen, Mächtigen und Schönen.

So und nicht anders sollte es sein.

Pamela durfte sich bald einen neuen Trottel suchen, der ihre ewigen Launen aushielt. Er war jedenfalls in naher Zukunft aus dem Spiel. Brauchte sie und ihr verdammtes Geld nicht mehr.

Seine Gebete wurden erhört.

Lieber Gott. Hab vielen Dank.

Das Leben konnte so wunderbar und voller Geschenke sein.

Doch unermessliche Gier konnte auch blind machen. Das blendete Hugh gerade aus.

Ob bewusst oder unbewusst, sei dahingestellt.

115

Dienstag, 15.30 Uhr, München, Deutschland.

»Sie wissen, warum wir Sie herbestellt haben?« Anton blickte Erwin Stürmer eindringlich über seinen Schreibtisch hinweg an.

»Also jetzt ... eigentlich nicht.« Erwin sah zuerst Anton an, dann Holger, der als Zeuge mitgekommen war und neben ihm saß.

»Wir fanden heute Vormittag ihre Trainingsjacke. Zumindest sind ihre Fingerabdrücke und ihre DNA dran. Beides ist bei uns gespeichert, wie Sie sicher wissen.«

»Das freut mich. Ich hab sie schon vermisst. Muss mir jemand geklaut haben. Aber hätte da ein Anruf nicht genügt?« Erwin machte große Unschuldsaugen.

»Nein.« Anton grinste humorlos. »Wir fanden sie unweit eines Tatortes in den Isarauen.«

Er wusste, dass er nicht viel gegen ihn in der Hand hatte. Aber nachdem Erwin Stürmers Jacke in der Nähe des verbrannten Taxis vom Sonntag am Boden gelegen hatte, musste er ihn einfach zum Verhör aufs Revier einbestellen.

Noch dazu, da Stürmer und der neben ihm sitzende Holger Dombrowski in der Vergangenheit immer wieder wegen kleinerer gemeinsamer Delikte verurteilt worden waren. Vielleicht hatten sie sich inzwischen zu Auftragskillern hochgearbeitet.

Nicht gerade sehr wahrscheinlich, wenn er sie so betrachtete.

Aber unmöglich war es auch wieder nicht.

»Keine Ahnung, wie sie da hingekommen ist. Samstagabend im ›Marktstüberl‹ beim Viktualienmarkt hatte ich sie noch. Irgendwann drehte ich mich kurz zu Holger um. Wollte ihn was fragen. Weg war sie. Stimmt's, Holger? Ich sagte doch noch: *scheiße, wo ist nur meine Trainingsjacke hin?*«

»Stimmt«, bestätigte Holger. »Genauso war's.«

»Sie verbrachten also alle beide dem Samstagabend im ›Marktstüberl‹?«

Erwin und Holger nickten synchron.

»Wo waren Sie den Rest der Nacht?«

»Also bis um 1 Uhr im ›Marktstüberl‹ Bier trinken«, sagte Erwin. »Dann sind wir gemeinsam heim.«

»Sie wohnen zusammen?«

»Ja«, erwiderte Erwin. »Eine Art Zweck-WG.«

»Zweck-WG?«

»Zusammen lebt es sich billiger in München.«

»Verstehe.« Anton verstand das sogar gut. Ihm selbst und Hubert ging es schließlich nicht anders. »Warum haben Sie das bei der Meldebehörde nicht angegeben? Auf deren E-Mail hier auf meinem Tisch stehen zwei getrennte Wohnungen.«

»Wir wollten heute oder morgen hingehen. Ehrlich, Herr Kommissar.«

»Hauptkommissar.«

»Hauptkommissar.«

»Genau«, blaffte Anton grantig.

Immer dasselbe. Die meisten Leute nahmen einen gar nicht richtig wahr. Solche Strizzis aus der Vorstadt, wie die beiden, natürlich erst recht nicht.

Da fehlte es einfach an Hirn und an Respekt.

»Entschuldigung. Mit den Diensträngen kennen wir uns nicht so gut aus.« Erwin lächelte beflissen. »Für mich könnten Sie genauso gut der Polizeipräsident sein.«

Na gut. Ganz dämlich waren sie offenbar auch wieder nicht.

Anton merkte, dass er hier nicht weiterkam.

Selbst wenn sie am Tatort gewesen wären, würde er es niemals von ihnen erfahren. Das mit der Jacke allein reichte auf keinen Fall, um sie einzusperren.

Er musste sie also laufenlassen.

»Kennen Sie einen gewissen Wolf Schneider«, fragte er sie noch, bevor sie zur Tür hinaus waren.

»Nein, warum?«

Beide sahen ihn überrascht an.

»Nichts. Nur so. Wir suchen ihn. Dachte, Sie hören bestimmt so einiges auf der Straße.«

»Da können wir Ihnen leider nicht helfen, Herr Hauptkommissar«, sagte Erwin.

»Keine Ahnung, Mann«, meinte Holger. »Echt nicht.«

»Na gut. Danke, meine Herren. Sie können dann endgültig gehen.« Anton entließ sie mit einer auffordernden Handbewegung. »Die Jacke behalten wir vorerst hier.«

Erwin verließ den Raum als Erster.

Holger folgte ihm eilig.

116

Dienstag, 16.10 Uhr, München, Deutschland.

Als Erwin und Holger vor dem Revier auf die belebte Straße traten, atmeten sie erst einmal tief durch.

»Wieso hast du Vollpfosten deine Trainingsjacke verloren?«, giftete Holger ärgerlich. »Und warum hast du mir nichts davon erzählt?«

»Ich hatte Angst, dass du so loslegst wie jetzt. Außerdem bemerkte ich es zuerst wirklich nicht.«

»Verdammter Blödmann. Du bringst uns nochmal in Teufels Küche mit deinem Leichtsinn.«

»Es war Pech, Holger. Mir war so heiß. Erst der Kofferraum, dann das Feuer. Ich zog sie wohl aus und ließ sie liegen, als ich an diesen Baum pinkelte.«

»Na ja«, lenkte Holger ein. »Ist ja gerade noch mal gut gegangen. Drankriegen werden sie uns jedenfalls nicht deswegen. Wir müssen nur stur bei unserer Aussage bleiben.«

»Auf jeden Fall. Ich ruf Schneider an und sag ihm, dass der Bulle ihn sucht, okay?«

»Gute Idee.«

»Wir waren gerade auf dem Revier«, legte Erwin los, nachdem Wolf drangegangen war.

»Weshalb?«

»Nichts Wichtiges. Die haben meine Jacke gefunden.«

»Wo?«

»Angeblich nicht weit von dem verbrannten Auto. Leider.«

»Verdammter Blödmann.« Wolf schnaubte ärgerlich. »Wie konnte das passieren?«

»Keine Ahnung, Chef. Aber die können uns nichts. Mussten uns wieder laufen lassen.«

»Na gut. Umso besser.« Der Chef schien sich wieder zu beruhigen.

»Aber da ist noch was.«

»Red schon.«

»Ein gewisser Hauptkommissar Wallner sucht Sie.«

Er scheint ganz schön in Eile zu sein. Könnte sich ruhig auch mal bei uns für den super Job mit den Mexikanern bedanken.

»Hat er gesagt, warum?«

»Nein.«

»Okay. Danke fürs Bescheid sagen. Und danke für den Job mit den Mexikanern. Habt ihr super gemacht.«

»Passt schon, Chef.«

Na also.

»Gleich morgen tretet ihr einen bezahlten Urlaub in Griechenland an. Ich schicke euch nachher die Tickets per E-Mail aufs Handy. Für die Mexikaner und eure anderen bisherigen Bemühungen bekommt ihr außerdem einen dicken Bonus. Finanziell gesehen. Na, was sagst du dazu?«

»Echt? Das ist der Hammer.« Erwin grinste breit über beide Backen.

»Was ist?«, wollte Holger wissen. Er spitzte nervös die Ohren.

»Warte kurz.« Erwin legte mit hochgezogenen Brauen seinen Zeigefinger vor die Lippen.

»Sobald ihr hier seid, reden wir über eine gut bezahlte Festanstellung bei mir«, fuhr Wolf währenddessen am anderen Ende der Leitung fort. »Für meine künftigen

Vorhaben kann ich jeden guten Mann gebrauchen, den ich kriegen kann.«

»Geil.« Erwin blieb vor Überraschung der Mund offen stehen.

»Bis demnächst also.«

Wolf legte auf.

»Sag schon. Was ist los?« Holger hielt die Spannung nicht mehr aus.

»Wir werden reich und wir bekommen einen Job in Griechenland. Aber erstmal machen wir einen schönen bezahlten Luxusurlaub.«

»Echt jetzt?«

117

Dienstag, 21.00 Uhr, Thessaloniki, Griechenland.

Die dustere Kneipe im Rotlichtviertel von Thessaloniki, die der Taxifahrer ihm für diverse Geschäfte empfohlen hatte, war voll bis auf den letzten Platz.

Wolf stand seit einer Viertelstunde an der Bar. Er

beobachtete die Menschen ringsumher. Von Kleinkriminellen bis gefährlich aussehenden Schlägertypen war alles vertreten.

Als der Barkeeper ihm das zweite Bier brachte, hielt er ihn am Arm fest.

»Wo finde ich bei euch jemanden, der gewisse Aufträge übernimmt«, fragte er ihn auf Englisch.

»Ich weiß nicht, was Sie meinen.« Der muskulöse Grieche zuckte die Achseln. »Gewisse Aufträge?«

»Mal angenommen, ich hätte etwas vor, das nicht ganz legal wäre. Wüssten Sie jemanden, der mir dabei professionell helfen könnte.«

»In meinem Lokal jedenfalls nicht.« Der Grieche zeigte eine abweisende Miene. »Bitte gehen Sie.«

Wolf schob Hundert Euro über den Tresen.

»Wo dann?«, fragte er.

»Keine Ahnung.«

»Wirklich nicht?«

Wolf legte zwei weitere Hunderter nach.

»Kommen Sie in zehn Minuten hinters Lokal.« Der Grieche steckte das Geld unauffällig ein.

Als sie sich wenig später verabredungsgemäß trafen, übergab er Wolf einen Zettel mit einer Telefonnummer darauf.

»Rufen Sie dort an. Er ist der Beste in seinem Fach. Sagen Sie nicht, woher Sie die Nummer haben, sonst sind Sie tot, verstanden?«

»Alles klar.« Wolf nickte langsam.

Sobald der Kneipenbesitzer wieder weg war, hielt er das kleine Papierstück dicht vor seine Augen.

Gar nicht so leicht, die Zahlen bei der fahlen Straßenbeleuchtung zu lesen.

Er wählte die Nummer, die draufstand.

»Wer spricht?«

»Mein Name ist Dr. Winter?«

»Hallo, Dr. Winter. Wie kommen Sie an meine Nummer?«

»Ein Freund gab sie mir.«

Kurze Pause.

»Was kann ich für Sie tun?«

»Stimmt es, dass Sie, sagen wir mal, delikate Aufträge übernehmen?«

»Was meinen Sie damit konkret, Dr. Winter?«

»Es gibt einen Hauptkommissar in München, der hinter mir her ist.« Wolf zögerte. Sollte er das wirklich tun. Einmal ausgesprochen war der Auftrag sicher nicht mehr zu stornieren.

»Und?«

»Ich möchte, dass er nicht mehr hinter mir her ist.«

»Wie viel sind Sie bereit dafür anzulegen?«

»Das Doppelte von Ihrem üblichen Preis. Er stört mich wirklich sehr.«

»Woher weiß ich, dass Sie nicht von der Polizei sind.«

»Ich werde selbst gesucht«, erwiderte Wolf. »Könnten wir uns morgen treffen?«

»Warum sollte ich das riskieren?«

»Bitte machen Sie eine Ausnahme. Ich möchte Ihnen ein wirklich gutes Angebot machen.« Wolf war klar, dass es nicht einfach werden würde, ihn zu überreden.

»Klingt vielversprechend. Trotzdem bekommen mich meine Auftraggeber normalerweise nicht zu sehen.«

»Es geht nicht nur um einen Auftrag.«

»Sondern?«

»Ich suche außerdem einen kompetenten Sicherheitschef in Festanstellung. Top-Gehalt, eigene Villa, freie Kost und Logis. Da würden wir uns sowieso andauernd sehen.«

»Es handelt sich also um ein Einstellungsgespräch?«

»So ist es.«

Stille.

»Top-Gehalt sagten Sie?«

»Wären 200.000 Euro im Monat angemessen?«

Erneute Stille.

»Eine eigene Villa, freie Kost und Logis kämen dazu?«

»Ja.«

»Wie sieht es mit Erfolgsprämien aus? Weihnachtsgeld, Urlaubsgeld.«

»Kein Thema. Über die Höhe werden wir uns sicher einig.«

Wenn er so gut wie teuer ist, mache ich gerade einen sensationellen Fang. Ich brauche einen wie ihn.

»Na gut. Wann und wo sollen wir uns morgen sehen?«

»Wir könnten zusammen essen. Ich bringe meine Freundin mit. Alles ganz entspannt.«

»Lassen Sie uns in die ›Taverna Ouzo‹ gehen. Gleich unten beim Hafen. Die bereiten herrlich frischen Fisch zu.«

»20 Uhr?«

»Gerne, Dr. Winter.«

»Sie finden uns am Tresen. Ich werde mir eine weiße Nelke ins Knopfloch stecken.«

118

Mittwoch, 19.55 Uhr, Thessaloniki, Griechenland.

Dorian war gespannt auf den neuen Auftraggeber. Dr. Winter schien noch nicht lange hier zu sein. Auf jeden Fall hatte er aber wohl reichlich Geld und gute Kontakte.

Er war kein Agent und kein Polizist.

Das alles sagte zumindest ein sehr enger alter Freund von Dorian, der über das Internet vielerlei Einblicke in das Leben anderer bekam. Auch in alle möglichen Bankdaten und Regierungsgeschäfte.

Er öffnete die Tür zur »Taverna Ouzo«.

Natürlich war er nicht unbewaffnet gekommen. Hatte seine Pistole im Achselhalfter dabei. Hut, dichter falscher Vollbart, seine verspiegelte Sonnenbrille. Niemand der ihn so sah, würde ihn jemals wiedererkennen.

Da vorne an der Theke. Der schlanke Mann mit Brille, Bart und Nelke im Knopfloch. Daneben die auffallend hübsche Brünette. Das mussten sie sein.

Moment mal. War das nicht … Aber natürlich. Das war Arthur Smiths Frau Jane. Dorian war sich absolut sicher. Schließlich hatte er sich ihr Foto tagelang eingeprägt.

Wie kam sie denn hierher nach Griechenland? Ausgerechnet an der Seite von diesem Dr. Winter.

Sagenhaft. Es gab Dinge, die gab es gar nicht.

»Dr. Winter?« Er blieb mit einem Meter Abstand vor den beiden stehen.

»Ja?«

»Wir telefonierten gestern Abend. Wegen eines speziellen Auftrages, den Sie für mich hätten. Und wegen einer möglichen Festanstellung im Sicherheitsbereich bei Ihnen. Ich bin John Barns.« Er lächelte verbindlich wie ein Rosenverkäufer.

»Guten Tag, Mr. Barns.« Wolf lächelte erfreut zurück. »Wie wunderbar, dass Sie es einrichten konnten. Das hier ist Karin Jones, meine Freundin und engste Vertraute. Sie weiß alles, was ich weiß. Na ja, fast alles.« Er lächelte. »Einen Drink?«

»Gerne. Einen Ouzo ohne Wasser, bitte.«

Karin Jones. Das ich nicht lache. Aber wenn er Arthur Smith die Frau ausgespannt hat, muss er auf jeden Fall etwas draufhaben.

Als sie beim Nachtisch angelangt waren, reichten sich Wolf und Dorian gegenseitig die Hand. Deal perfekt.

Alles unter Dach und Fach.

Dorian sah eine glänzende Zukunft vor sich.

Arthurs Frau Jane war ein Teil davon. Er würde sie nicht umbringen. Beschlossen.

Erstens war Arthur Smith definitiv tot.

Wo kein Auftraggeber, da auch kein Auftrag.

Außerdem waren die Karten generell neu gemischt. Die Vergangenheit war vergangen. Und ein verantwortungsvoller Freiberufler musste besonnen für die Zukunft voraussorgen.

Dr. Winter erschien Dorian vom Typ her ganz ähnlich wie Arthur Smith. Er hatte klare Visionen. Schien genau zu wissen, was er wollte.

Und wie er es bekam.

119

Mittwoch, 21.00 Uhr, Thessaloniki, Griechenland.

Wolf hatte Jane vorgeschlagen, an der Hafenpromenade entlang zu Fuß ins Hotel zurückzukehren.

Sie hatte bereitwillig zugestimmt. Hatte gemeint, dass ihnen nach dem ausgiebigen Abendessen ein wenig Bewegung sicher nicht schaden würde.

»Er macht mir Angst, Wolf«, sagte sie, während sie sich nach einer halben Stunde auf eine Bank setzten. »Ich finde ihn richtig unheimlich.«

Die Aussicht auf das von zahlreichen Lichtern beleuchtete Meer war einmalig. Eigentlich eine Schande, sich hier in diesem zugegebenermaßen ziemlich verarmten, aber dennoch wunderschönen Mittelmeerparadies den Kopf über Geschäfte zu zerbrechen.

Sie sollten das Leben lieber genießen.

Ach was. Dummes Zeug. Es ging nach wie vor um Rache. Für Rebekka und Roman. Für Janes Mutter und ihre Schwester. Und natürlich ging es ums Geschäft.

Sie würden märchenhaft reich werden.

»Barns?« Er sah sie neugierig an. »Warum?«

»Ich kann es dir nicht sagen. Es ist nur so ein Gefühl.«

»Unsinn, Darling.« Wolf winkte ab. »Ich bin froh, dass wir ihn im Boot haben. In der internationalen Geschäftswelt weht ein rauer Wind. Tödliche Bedrohungen überall. Da brauchen wir einen wie ihn und meine beiden

Münchener. Irgendwann werden wir sogar eine kleine Armee besitzen. Nur für uns alleine.«

»Hast wohl recht.« Sie lehnte ihren Kopf an seine Schulter.

Er nahm eine ausgiebige Prise Koks. Bot ihr ebenfalls davon an.

Sie schnupfte es gierig.

»Wir wollen doch ganz weit nach oben, oder?«, sprach er weiter. »Uns dafür rächen, dass man uns unsere Liebsten genommen hat.«

»Das wollen wir.« Sie starrte reglos auf ihre Füße.

»Wir machen sie alle fertig.« Seine Stimme überschlug sich vor innerer Erregung.

»Ja, Wolf.«

»Es ist unser gutes Recht, uns an allen zu rächen.«

»Es ist unser gutes Recht.« Sie nickte. Gleichzeitig begann sie zu weinen.

»Barns wird uns bei allem helfen, glaub mir.«

»Ich glaube dir.«

Sie standen auf. Gingen langsam weiter.

»Er wird der verlängerte Arm unserer Wünsche werden. Unser ganz privater Racheengel.« Wolfs Augen glühten fanatisch. »Und er wird uns beschützen.«

»Du hast recht. Das wird er.« Jane richtete ihren Oberkörper ruckartig auf. Sie wischte sich die Tränen aus dem Gesicht.

»So ist es gut, Darling. Aufrecht bleiben, dann kann dir nie wieder jemand etwas anhaben.«

»Okay.« Sie lächelte tapfer.

»Wir lassen die Puppen tanzen, wie wir wollen. Die Welt gehört uns.« Wolf redete sich immer mehr in Rage. Hatte Schaum vor dem Mund. Seine Augenlider zuckten unkontrolliert. »Wir dürfen auf gar keinen Fall schlapp machen. Verstehst du?«

»Ich verstehe dich«, sagte sie. »Natürlich.«

Den resignierten Zug um ihre Augen nahm er nicht wahr.

»Das ist meine Jane.« Er legte seinen Arm um ihre Hüfte.

Sie sahen aus wie ein harmloses Liebespaar im Urlaub.

120

Samstag, 21.00 Uhr, München, Deutschland.

Dorian öffnete die Wohnungstür mit einem seiner Dietriche. Altes Schloss, kein Problem.

Er schlich auf leisen Sohlen durch die Wohnung in der Münchener Innenstadt. Schraubte geräuschlos den Schalldämpfer auf seine Pistole.

Ging dabei immer weiter. Den Schnarchgeräuschen nach.

Unhörbar öffnete er das Zimmer, aus dem die Geräusche kamen.

Schoß dreimal in den Kopf des Mannes, der hier schlief. Um ganz sicher zu gehen.

Erst bei näherem Hinsehen, stellte er fest, dass er den Falschen erwischt hatte.

Das Gesicht war noch zu erkennen.

»Sorry, Mann«, flüsterte er. »Nichts Persönliches.«

Wo war nur der andere Kerl? Der Bulle, den er eigentlich umbringen sollte.

Er öffnete die Tür zum nächsten Zimmer.

Vernahm keine Geräusche darin.

Hob sicherheitshalber seine Pistole an.

Zielte auf das riesige Doppelbett am Ende des Raumes.

Sah einen hellen Blitz.

Registrierte, wie es Nacht um ihn herum wurde.

Registrierte nichts mehr.

121

Samstag, 21.10 Uhr, München, Deutschland.

Anton wühlte sich geschockt aus dem Bett. Er schaltete das Licht an, um den nächtlichen Eindringling genauer zu begutachten.

Schlank. Gutaussehend. Tot.

Er hatte ihn zweimal ins Herz getroffen. Blattschuss wie die Jäger sagten.

Seine Waffe hielt der Kerl immer noch in der Hand.

Anton nahm sie wie in Trance an sich. Stellte fest, dass ein Schalldämpfer auf den Lauf geschraubt war. Schüttelte ungläubig den Kopf.

Gott sei Dank war er noch wach gelegen. Hatte das Knarren der Dielen im Flur gehört. Im fahlen Mondlicht gesehen, wie jemand ins Zimmer kam. Leise seine Pistole an sich genommen, die seit 30 Jahren immer auf seinem Nachttisch lag, während er schlief.

Dass der Eindringling unmöglich Hubert sein konnte, hatte er gleich gemerkt. Hubert hatte eine komplett andere Figur.

War dicker. Kleiner. Breiter.

Außerdem würde er niemals mit einer Waffe im Anschlag zu ihm ins Zimmer kommen.

Wer zum Kuckuck war das nur hier auf dem Boden?

Ein Einbrecher? Auftragskiller?

Steckte Miguel Sousa dahinter? Hatte er aus dem Gefängnis heraus den Auftrag gegeben, ihn zu erledigen? Dann war er also doch nicht so dämlich, wie es den Eindruck machte.

»Hubert? Bei dir alles in Ordnung?«, rief er zur Tür hinaus.

Keine Antwort.

Logisch. Wenn Hubert schlief und seine Zimmertür geschlossen war, konnte er ihn natürlich nicht hören.

Er trat auf den Flur hinaus.

Öffnete Huberts Zimmertür.

Schaltete auch hier das Licht an.

Ging hinein.

Erblickte Hubert.

Erstarrte.

ENDE